中公文庫

新装版

孤　　狼

刑事・鳴沢了

堂 場 瞬 一

中央公論新社

目次

主な登場人物

鳴沢《なるさわ》了《りょう》…………青山署の刑事
今敬一郎《こんけいいちろう》…………練馬北署の刑事

堀本正彦《ほりもとまさひこ》…………死んだ刑事
堀本美和子《みわこ》………堀本の妻
戸田《とだ》均《ひとし》…………行方不明の刑事
戸田玲子《れいこ》…………戸田の妻
沢登《さわと》…………………警視庁捜査一課理事官
福江《ふくえ》…………………渋谷中央署の刑事
小滝一浩《こたきかずひろ》…………警視庁捜査一課の刑事
藤沼《ふじぬま》章介《しょうすけ》………元警視庁捜査一課長
新藤則昭《しんどうのりあき》…………常習窃盗犯

新谷寛英《しんたにひろひで》…………新潟県警魚沼署刑事
横山浩輔《よこやまこうすけ》…………警視庁の刑事
内藤《ないとう》優美《ゆみ》…………鳴沢の親友の妹
内藤勇樹《ないとうゆうき》…………優美の息子
小野寺冴《おのでらさえ》…………元刑事。現在は探偵

孤狼

刑事・鳴沢了

第一部　刑事の失踪

1

二人の男はよく似ていた。

ともに身長は百七十センチほど。若い頃肉体を鍛え抜いた名残は、未《いま》だに分厚い筋肉の鎧《よろい》になって体を覆っている。二人とも柔道二段で、時には道場の乱取で、若い連中に冷や汗をかかせることがある。短く刈り揃えた髪。ぴんと伸びた背筋。目に痛いほど白いワイシャツと、赤を基調にしたネクタイは揃いの制服のようだった。

違いは一つだけ。

一人は死んでいた。

ドアの内側に立った男は、室内をざっと見回した。短い時間で現場を観察し、状況を把握するのには慣れている。遣り残したことがないか、頭の中に描いたイメージと実際の部屋の様子を照らし合わせた。よし、問題ない。俺がここにいたという証拠は何もない。

晩秋の夜、身がすくむほど寒いが体は熱い。短い髪を撫《な》でると、掌《てのひら》が汗で濡《ぬ》れた。大丈夫だ、と自分に言い聞かせる。見逃しがちなポイントも分かっている。完璧《かんぺき》な現場だ。刑事たちはすぐに結論を下すだろう。鑑識活動がそれを裏づけるだろう。

大変なことをした、という意識はある。その一方で、当然だと思う気持ちもあった——いや、そう思いこもうと自分を説得した。この男は、死ぬべくして死んだのだ。死ななくてはならなかったのだ。罪を犯した人間には然るべき罰が必要だし、それは法によってのみ与えられるものではない。俺は、必要な法的手続きを大幅に省略したに過ぎない。

死体は、窓際の壁に寄りかかるように座っていた。呑《の》み疲れ、終電のシートからずり落ちそうになった酔っ払いのようにも見える。あまり気持ちのよい眺めではなかったが、恐怖はなかった。見慣れた光景だから。死体は物体に過ぎない。どれほど憤り、悲しみながら死んでいったとしても、襲いかかってくることはないのだ。それに、これより酷《ひど》い遺体も、今までいくらでも見ている。体中の脂肪が溶け落ち、枯れ木のようになった焼死体。首吊りから何日も経って発見された自殺死体は、さながら奇妙なオブジェのように首が数十センチも伸びていた。三人が死んだ鉄道事故の現場では、うっかりして胃袋を踏みつけてしまったこともある。そういうことに比べれば、何ということもない。肩を揺らして溜息《ためいき》をつき、部屋の外に出た。風が頬《ほお》に吹きつけ、思わず身震いする。遺り残したことはない。もう一度頭の中で各項目を点検してからドアを閉めた。

たった一つだけ男は見逃していた。死んだ男が、右手に紙片を隠し持っていたことを。小さく折り曲げた紙片は、きつく握り締めた掌の中に完全に隠れてしまっていたのだ。

その紙片には、小さな几帳面《きちょうめん》な字で「鳴沢了《なるさわりょう》」と書きつけてあった。


「いやはや、あれにはたまげたよ。何しろ素っ裸の相手といきなり目が合ってね。丸出しだよ、丸出し。男の裸なんて見ても、面白くも何ともないのにねえ。しかし、あんなに必死に逃げたのは生まれて初めてじゃなかったかな。俺が逃げるのも変な話なんだけど。そういえば池袋《いけぶくろ》の街中で、豊島《としま》署の刑事さんとマラソンみたいな追いかけっこをしたことがあるんだけど、それはもう話したっけ？　もう二十年ぐらい前になるけど、あの頃は俺も若かったなあ」

私は鉛筆の尻で紙を叩《たた》いた。調べには協力的だから怒鳴りつけることもできないが、とにかく話が長過ぎる。

新藤則昭《しんどうのりあき》、通称「ノビの新さん」。刑務所暮らしの長い常習窃盗犯で、二年前に還暦を迎えた。手口は常に忍びこみ——「ノビ」のあだ名の由来もそこだ——だが、空気のように軽くさりげない動きも、年相応に錆《さ》びついてきたようだった。何しろ今回は、盗みに入ろうとした家の隣の住人に気づかれ、取り押さえられてしまったのだから。その住人が空手道場の師範だったという事情を差し引いても、新藤はそろそろ引退を考えるべきだ。だが彼は、一発くらって目の下にできた蒼い痣《あざ》を気にしている様子もない。世の中には、絶対に反省しない人間もいるものだ。あるいは引退など考えられないほど、自分の職業に誇りを抱いているのか。

当直勤務だった私が現場へ出向いて逮捕し、そのまま取り調べを担当している。強行班はこのところずっと暇な状態が続いているから、ついでにやっておいてくれ、ということだったが、それが押しつけだったと気づくのに、一時間もかからなかった。とにかく話が長い。それに、新藤は決して泥棒業界のスーパースターというわけではないのだ。長い期間を刑務所で過ごしているということは、それだけヘマばかりしている証拠でもある。

「新藤さん、刑事から見れば、決して「おいしい」タマではない。話を戻しますけどね」

「まあまあ、そう慌《あわ》てないで。時間はたっぷりあるんだから」新藤が椅子《いす》の背に肘《ひじ》をひっかけ、体をねじった。「あんたはどう思う？　昼間から素っ裸ってのは、やっぱり女の子といいことしてたんだろうね。不倫かな？　誰かが家を覗《のぞ》きこんでたら、普通は怒るわな。それを急に、パンツも穿《は》かないで逃げ出そうとするんだから、自分でも後ろめたいことがあったんでしょう。そう、パンツ抜きでいきなりズボンを穿いたわけよ。風邪ひかないといいんだけどねえ」

「それはいいです。それより、世田谷《せたがや》のマンションの件なんですがね」

新藤は、青山《あおやま》の古いマンションで取り押さえられた本件についてはすっかり供述してしまい、この前出所してからの三年間で犯した余罪について、求めもしないのに喋《しゃべ》り始めていた。その数、三十二件。これから一件ずつ供述を固め、裏取りをしていかなくてはならない。無駄話につき合う余裕などないのだ。

「うん、そうね」新藤が耳に人差し指を突っこんだ。「よく覚えてないんだよな」

「やったって言ったのはあなたですよ。だいたいあれは、まだ二日前でしょう」

「あんたも余裕がないねえ」新藤が深く溜息をつく。「昔の刑事さんは、もっとゆったりと話につき合ってくれたもんだぜ。もうちょっと余裕を持って応対してくれないと、俺だって気持ちよく喋れないよ」

「そんなことは……」

「そうそう、世田谷の一件って言えば、あの近くで妙なことがあってさ。所轄は違うだろうけど、それも調べてみたら？」

「自分のことじゃないんですか」

「違う、違う」新藤が大袈裟《おおげさ》に顔の前で手を振った。齧歯類《げっしるい》を思わせる顔つきが真面目になった。「あんたの同業者じゃないかと思うんだけど……」

「他人のことはいいんです」自分の声がわずかに高くなるのを意識した。以前は――新潟で平巡査だった頃は、早く刑事になりたい一心で必死に泥棒を追いかけ回したものだが、こんなお喋りに悩まされることはなかった。

「まあまあ、先にこっちの話を聞いて下さいよ。時間はたっぷりあるんでしょう？ どうせ二勾留つけるんだろうし。二十日間、長いつき合いになりますよ。ところで、そろそろ地検に行く時間じゃないの？」

いい加減にしろ、と怒鳴りつけようとした瞬間に、取調室のドアが開いた。振り返ると、刑事課長の二田《ふただ》が顔を覗かせている。

「鳴沢、ちょっといいか」

椅子を引き、立ち上がる。二田は、署内では「透明人間」と揶揄《やゆ》されている男だ。いてもいなくても、仕事にはほとんど関係がない。そういう陰口を叩かれていることも知っているはずだが、聞こえない振りをしているようだ。

取調室を出て、刑事部屋の隅で二田と向き合った。

「どうだ、新さんは」

「のらりくらり」

「そうだろうな。ま、ああいう奴を調べるのも勉強になるもんだよ」

言いたいことは山ほどあったが、肩をすくめるだけにした。

「それよりお前、呼び出されてるぞ。取り調べは別の人間にやらせるから、すぐに世田谷東署に行ってもらえるか」

「世田谷東署？」

「場所、分かるよな」

「三軒茶屋《さんげんぢゃや》でしたよね。新藤の余罪の関係ですか」

「俺にも分からん。そこで沢登《さわと》理事官がお待ちだ」

「理事官って……」

「本庁の捜査一課の理事官」

「何なんですか、いったい」本庁への異動の知らせだろうか。一瞬かすかな希望が点ったが、それはすぐに掻《か》き消えた。これまで自分がしてきたことを考えれば、一課へ行く可能性が限りなくゼロに近いのは分かっているし、一課の理事官がわざわざ平刑事を呼び出して異動を告げることなどありえない。

「俺は知らんよ、詳しいことは」二田がきゅっと唇を結んだ。「しばらくこっちには戻ってこられないような話だったぞ。ま、お前がいなくなっても青山署が潰れることはないから、安心して行ってくれ」


世田谷東署は、東急の三軒茶屋駅を出て、国道二四六号線沿いに七、八分歩いたところにある。それを五分に短縮しようと私は急いだが、郵便局の手前まで来て、前をのろのろ行く男に進路を塞《ふさ》がれた――文字通り塞がれた。身長は、百八十センチある私とさほど変わらないようだが、とにかく横に広い。縦横がほぼ同じサイズで、首は胴体にめりこんで見えなくなっていた。綺麗に刈り上げた坊主頭が、遅い午後の陽射しを浴びて鈍く光る。コートが必要なほどの寒さなのに、背広を脱いで肩にかけ、悠々と歩いていた。

左側をすり抜けようとすると、相手も左に動く。右に行くと、またそちらに体を寄せた。左にフェイントをかけて右から抜こうとすると、やはり同じように動く。わざと嫌がらせをしているのだろうか。

「失礼」声をかけると、首のない顔がゆっくりと後ろを向いた。

「ああ、どうもすいません」男が丸い顔に笑みを浮かべ、ガードレールの方に体を寄せる。その脇をすり抜け、やっと前に出た。一言文句を言ってやろうかとも思ったが、時間の無駄だと自分に言い聞かせて歩調を速める。

時間通りに署に着き、指示された通り、四階の小さな会議室に入る。空だった。相手が来ていないので座る気になれず、壁際に押しつけられた書類棚の前に立って待った。湿った埃《ほこり》の臭いがこもっていて、鼻がむずむずしてくる。

一分後、ノックの音が響く。「どうぞ」と言うのも変なのでそのまま黙っていると、ドアが開いた。顔を覗かせたのは、先ほど私の行く手を邪魔した真四角な男だった。こいつが沢登なのか？　まさか。

「おや」相手が驚いたように口を開ける。「もしかしたら、鳴沢さんじゃないですか」

「そうですが」

「先ほどは失礼しました。私、今《こん》と言います。練馬北署の今敬一郎《けいいちろう》です。今回はご一緒させていただきます」

「聞いてませんよ」

「そうですか」今がくしゃくしゃになったハンカチをズボンのポケットから引っ張り出し、顔の汗を拭《ぬぐ》った。パイプ椅子にどっかりと腰を下ろすと椅子が悲鳴をあげ、部屋全体が揺らいだように感じた。「しかし、暑いですね」

「今日は寒いぐらいですよ」

「ご覧の通り脂肪が多いもので」屈託なく笑い、平手で腹を叩く。海外で買ったか、あるいは特注のワイシャツに違いないが、それでも腹回りには余裕がなく、ボタンが飛びそうになっていた。

「それにしても何なんですかね、人を呼び出しておいて遅れるとは——」

今の文句は、ノック抜きでドアが開く音に遮《さえぎ》られた。五十絡みの目つきの鋭い男が部屋に入ってくる。沢登理事官のお出ましだ。今が慌てて立ち上がり、椅子を蹴飛ばして倒してしまう。

「座ってくれ」低い、落ち着いた声で言って、沢登が窓際の席に腰を下ろす。今は先ほどまで座っていた椅子を起こして座り、私はデスクを挟んで沢登の向かいに陣取った。

「鳴沢君に今君《こん》だね」順番に顔を見渡す。「しばらく、君たちを借りることにした。所轄の方には了解を貰《もら》っている」

「こんなデブでお役にたてるでしょうか」

今が冗談を飛ばす。沢登が眼鏡の奥の目を細くしたが、今は意に介する様子もなく、自分の冗談に低い笑い声を漏《も》らした。沢登が舌打ちをし、押し殺したような声で続ける。

「最初に言っておく。この件は極秘だ。署には一切報告する必要はないし、一件が片づくまでは顔を出さなくてもいい。むしろ、顔を出してもらったら困る」

「どういうことですか」異例の事態だということを強く意識しながら訊ねた。

沢登が短くうなずく。薄い唇が堅く結ばれ、がっしりした顎《あご》が引き締まった。

「刑事が一人、行方《ゆくえ》不明になった。君たちに捜して欲しい」

「所轄はどこなんですか」

「所轄は……」沢登がすっと目をそらした。「それはどうでもいい」

「どうでもいいって、どういうことなんですか」

「この件には、所轄は直接は関係ないということだ。とにかく、大袈裟になって表に出るとまずい。だから君たちに特命を与えることにした。利害関係のない君たちにね」

そういうことか。気取《けど》られないよう、唾を呑んだ。新潟県警を辞めて警視庁に転身した私には、友人と言えるような存在はいないが、逆にしがらみもない。利害関係がないとは、そういうことなのだろう。迂闊《うかつ》に余計なことを喋る相手がいないから、極秘事項も任せておけるというわけだ。機密は、関わる人間が多くなるほど漏れる危険性が高くなる。とすると、斜め向かいでしきりに汗を拭っている今という男も、私と同じような立場なのだろうか。頭を振り、想像を追い払って質問を続けた。

「行方不明になってどれぐらいになるんですか」

「二日だ。昨日発覚した」

「二日ぐらいだったら、大騒ぎすることもないでしょう」

「ある」沢登の冷たい視線が私を突き刺した。「あるから君たちを呼んだんだ。二人が優秀なのはよく分かっている。この話がどこにも漏れないうちに、問題の刑事を捜し出して欲しいんだ」

「分かりませんね」両手を組み合わせて机に置いた。「刑事が一人行方不明になったからって、何がそんなに大変なんですか」

「事件の揉み消しだ」

「は？」

「君はどう思う」

「あってはならないことですね」沢登の腹の内が読めないまま、私は模範解答を持ち出した。「事件はしかるべく処理すべきです。警察官の判断一つでなかったことにしてしまうわけにはいかない」

喋りながら、胸の奥がかすかに痛んだ。私の祖父は、ある事件を揉み消し、数十年後にその記憶に耐えかねて自ら命を絶った。そして私も、その事実を自分の中にしまいこんでいる。

「だが、実際にはそういうこともある」沢登が立ち上がる。指先で机を叩き、そこに視線を落としながら繰り返した。「残念なことだが、ある」

「実際に揉み消しがあったんですか」

「それはまだ分からない。だが、そういう疑いがある」

「揉み消された事件は――」

「殺しだ。死んだのは刑事だ」

沢登の一言が、室内から音を奪う。世田谷東署は、国道二四六号線と首都高から数十メートルだけ引っこんだ位置にあり、騒音はひっきりなしに飛びこんでくるのだが、それすらも消えてしまったようだ。夕焼けが部屋に入りこみ、窓に背中を向けている沢登の表情が逆光で見えなくなった。

「最初に言っておく。このことは絶対に他言無用だ」

「殺しを揉み消した奴がいた――行方不明になっているのは、その男なんですか」

冷静な表情を保ったまま、沢登がうなずいた。見た目は小柄で細身の男であり、命を預けたくなるようなタイプではない。だが実際には、何度も傷口に塩を塗りこまれ、たわしで擦《こす》られるような目に遭ってきたのだろう。刑事が殺人事件を揉み消した——とんでもない事実を告げる口調も、まったく揺らいでいなかった。

「事実関係はまだはっきりしない。だが、そういう疑いがある以上、本人に話を聴かねばならんだろう」

「それにしても、どうして私たちなんですか。そもそも殺しだったら、一課が出てくるべきでしょう」

「警視庁には四万人からの人間がいる。中には事件のことよりも、利害関係ばかりを考える奴もいるんだよ。そういう人間に引っ掻き回されたくない」

「どういうことですか」

「一課にいる私が言うのも変な話だが、下らないしがらみは一課の中にもある。この件については、神経を尖らせている人間が山ほどいるんだ。その中には、揉み消しに加担した疑いのある人間もいる。大々的に動いたら、大騒ぎになるのは分かるだろう。だから、異例のことだが、信頼できる少数の人間に任せるしかない。君たちの任務は、行方不明になった刑事を迅速に捜し出して私に報告することだ。青山署と練馬北署の署長にはそれとなく伝えてあるが、誰に聞かれても今回の件については知らぬ存ぜぬで通して欲しい」

　分かったような分からないような話だった。そもそも、殺人事件を隠蔽することなどできるのだろうか。殺人事件の場合、ほとんどは死体の発見から捜査が始まる。そして、遺体を発見するのが警察官であるケースは極めて稀だ。一般人の通報から事件が発覚した場合、なかったことにしてしまうのはまず不可能である。ありそうなのは――。

「本当は殺された遺体を、自殺として処理したんじゃないですか」

「さすがだな、鳴沢」仮面を被《かぶ》っていたようだった沢登の表情が初めて崩れた。「勘が鋭いのは評判通りだ」

「実際、どうなんですか」

「その可能性もある。もちろん、本人を捕まえてみないと分からないが」沢登が顔の前で手を振った。「とにかく極秘に、だ。君たちならできると思う。いいか、警察にもワルはいる。それは否定できない。だがな、そういう膿《うみ》を出そうとする人間がいるのは、組織としてまだ健全な証拠じゃないか。自浄作用が働くうちは、多少傷がついても立ち直ることはできる。もっとも、警察の自浄作用も、最近は当てにならなくなってきてるがな。だからここは一つ、我々で何とかしようじゃないか。腐った奴らを炙《あぶ》り出してやろうじゃないか」

「ちょっと待って下さい」今《こん》が割りこんだ。「一人の刑事が殺人事件を揉み消した。その揉み消しに加わった人間が他にもいるかもしれない、そういう理解でよろしいんでしょうか」

「まだはっきり断言はできん。そうするには材料が少な過ぎる」

「殺された……死んだ刑事の名前を教えて下さい」私は訊ねた。

「堀本正彦《ほりもとまさひこ》」

「行方不明の刑事の名前は？」

「戸田均《とだひとし》だ」

真意を探ろうと、私は沢登の顔をじっと見つめた。だがあらゆる疑念や不安は、彼の細い目に吸収されてしまうようだった。

「もちろん、本来の仕事を放り出してきてもらっているわけだから、悪いようにはしない。今後の異動で、君たちの希望は最大限尊重するようにする――まあ、回りくどいことを言うまでもないだろう。どこか配属希望があるなら、それが実現できるように努力しようじゃないか。私も、警視庁の中ではそれなりの影響力がないわけじゃない」

目の前にニンジンか。

だがそれは、あまりにも魅力的なニンジンだった。たぶん自分は、所轄をぐるぐると回って年老いていくだろうと半ば覚悟はしていた。だが、本庁に行けたら。捜査一課に上がれたら？

それこそが私の仕事の本筋なのだ。収まるべき場所に収まる、そういうことをそろそろ考えてもいい時期ではないだろうか。

この一件には最初から胡散《うさん》臭さがつきまとっている。だが得る物は少なくなさそうだ。だいたい、胡散臭いからと言って、命令を断ることなどできはしないのだ。

「何だか、よく分からん話ですね」

三軒茶屋駅への帰り道、今《こん》がしきりに首を傾《かし》げた。私は軽くうなずくだけにとどめ、少ない情報の中から意味ある結論を導き出そうとした。無理だった。明日の朝、もう一度世田谷東署に出頭することになっている。そこで詳しい情報を渡す、と沢登から申し渡されていた。

「鳴沢さん、ちょっとお茶でも飲んでいきませんか」

「ああ」

「じゃ、ここにしましょう」

返事する前に、今が二四六号線に面した喫茶店のドアを開けた。私が座る前からメニユーを取り上げ、舐《な》めるように吟味する。

「何か食べますか？」

「俺は遠慮するよ。知り合いと飯を食う約束があるんだ。コーヒーだけにしておく」

「じゃあ、私もそうしましょう」

恨めしそうに言って今がメニューを放り出し、ウェイトレスを呼んでコーヒーを二つ頼んだ。コーヒーが運ばれてくると、砂糖のパッケージを二つ開ける。

「体重、何キロだ」

「二百五十五ポンドです」

「百十五キロ？　いくらなんでも太り過ぎだよ、それは」

「ありゃりゃ」コーヒーをかき混ぜながら、今が目を見開いた。「参ったな、普通の人は二百五十五ポンドって言うとごまかされるんですがね」

「昔アメリカにいたから、ポンドの換算には慣れてるんだ」

「何だ、そういうことですか」

「それにしても、少し痩せた方がいいんじゃないか」

「全て自然のままに、ですよ」穏やかな笑顔。言い訳ではなく、心底そう信じているようだった。

しばらく言葉の探り合いをしているうちに、彼が私と同期であることが分かった。同期と言っても、生まれたのと警察官になったのが同じ年という意味である。警視庁でのキャリアは彼の方がずっと長いのだが、それが分かった後も、今は丁寧な口調を崩そうとしなかった。

「それにしても妙な話ですね」

「ああ、妙だ」

「それらしい話は何も聞いてないんですけど、鳴沢さん、何か知ってますか」

「いや」

「私もですよ。何か裏がありそうですけど、どう思います？」

「それは、もう少し詳しい話を聞いてみないと何とも言えないな。いきなりとって食われるようなことはないだろうけど」

「それにしても、引っかかりますね」

「と言っても、仕事だからやらなくちゃいけない。それに、この件が本当だったらえらいことだぞ」

「確かに許せんことです」今《こん》が拳《こぶし》を握り締める。

「誰かが戸田をかくまってるのかもしれない」

「ありうる話ですね。警察は身内に甘いから。まあ、せいぜい足元をすくわれないように気をつけましょう。ただ、捜査一課に行けたら、それはおいしい話ですよね」

「ああ」大きな事件が待っているはずだ。背負う責任の重さも所轄とは桁違いになる。表情が緩みはしなかったが、腹の底でふつふつと熱いものが湧き出すのを感じた。

「私は、本庁には縁がないと思ってましたから、今回の件が上手《うま》くいけばタナボタですね」今が、短く刈りこんだ髪を掌で擦った。顔には苦笑が浮かんでいる。「それにしても、しがらみがない、には参ったな」

「ああ」自分のことに話題を振られるのではないかと警戒し、コーヒーを一口飲んだ。カップ越しに今の顔を眺めたが、好奇心も邪気も感じられない。

「ま、私なんかはそう見られても仕方ないんですけどね」

「どうして」

「そのうち警察は辞めるって、あちこちで触れ回ってますから」

「そういうことは口にすべきじゃないな。正気を疑われる」少なくとも、まともな仕事は回ってこなくなる。

「私はいいんですよ。みんな事情を知ってますから」

「事情って？」

「何だと思います？」今が身を乗り出す。悪戯《いたずら》っぽい笑みが浮かんでいた。

「分からないし、謎《なぞ》かけは好きじゃない」

「いずれは田舎《いなか》に帰るんですよ。これは既定路線ですから」

「実家の仕事を継ぐとか」

「さすが、勘が鋭い。そういうことです」

「オヤジさんが田舎の町会議員でもやってるとか？」

「いや、寺なんですけどね」

「寺？」あやうく噴き出しそうになった。

「静岡の三島《みしま》にある浄土真宗の『万年寺《まんねんじ》』っていう寺なんですけどね、ご存じないですよね」

「悪いけど、寺には詳しくないんだ」

「そうか、それは残念ですね」

ふと思い出した。この辺《あた》りは二四六号線の上を首都高が走り、都内でも有数の騒音地帯なのだが、歩いている時も、彼の声は突き抜けるように私の耳に届いていた。このよく通る声は、住職にとっては大きな武器になるだろう。

「要するに、オヤジさんの跡を継いで住職になるってことか。それがどうして刑事なんかになったんだ。変だろう」

「ええ、まったくおっしゃる通りですね。何の因果か……」今《こん》が砂糖をもう一袋追加した。「私はこの仕事を愛してるんですよ、心の底から」

確信に満ちた、満面の笑みが浮かぶ。クリームたっぷりのケーキとか、ふっくらとした大福とか、歯が溶けそうな菓子を思い出させる笑みだった。

2

「お坊さんで刑事?」

「まだ坊主になったわけじゃない」

「でも、いずれは警察を辞めてお坊さんになるんでしょう? 変わった人ね」

「確かに相当変わってるね。ついでに言えば、あんなに太った奴は見たことがない。山みたいだ」

内藤優美《ないとうゆみ》と無駄話をしながら、私は彼女の息子、勇樹《ゆうき》のキャッチボールの相手をしていた。小学二年生だから、まだボールは山なりで、こちらもゆっくりと投げ返す。グラブの出し方が危なっかしく、ちょっと速いボールを投げたら取り損ねそうだったから。

一方で、「遊びだろうが何だろうが子どもを甘やかしてはいけない」と誰かが言っていたのを思い出したりもする。とすると、ここはやはり思い切り返球して、野球の怖さと面白さを教えてやるべきか。だが、優美の自宅近くのこの公園は照明が貧相で、ともすればボールを見失いそうになる。顔面直撃、などということになったら優美に殺されかねない。

「ジュース、飲む？」

「ああ、いいね」

「ちょっと買ってくるね」

「悪い」

優美の背中を見送ってから、私は勇樹に山なりのボールを投げ返した。

「もっと速くてもいいよ」

「暗いから危ないぞ」

「大丈夫だから」

ふん、と鼻息を漏らしながら、勇樹が全力で投げこむ。膝《ひざ》の辺りに届いたボールを、すくい上げるようにキャッチした。

「ずいぶん上手くなったな」

「そう？」勇樹が鼻の下を擦り、グラブを顔の高さに掲げる。

「ああ。なかなかいいよ」

「うん」弱い照明の下で勇樹の顔が輝く。まるでそれ自体が光を発しているように。

「ピッチャーやりたいんだよな」

「うん」

野球の試合に連れて行っても、勇樹は打者ではなく投手ばかりを見ている。子どもには、豪快なホームランの方が分かりやすいと思うのだが。

「よし」返球してしゃがみこみ、グラブをぽん、と一つ叩いた。「投げてみろ。ピッチャー、内藤勇樹」

勇樹がにっと笑って振りかぶる。両手が頭上で伸びきると、急に真剣な表情になった。力が入り過ぎたのか、緩いボールが目の前でショートバウンドして取り損ねる。クソ、小学二年生の投げたボールを取れないとは――いやいや、俺はもともとラグビー選手だから、小さいボールの扱いは苦手なんだ、と自分を慰めた。

ボールは、公園と道路を隔てる植えこみに飛びこんでしまった。分け入って探すのも面倒だと舌打ちをしたところで、「ボール」と声をかけられる。公園の外まで転がってしまったのだろう、誰かが拾ってくれたのだ。

「すいません」

　空気を切り裂く音がして、思い切りボールが投げ返される。顔の前にグラブを突き出し、間一髪でキャッチした。掌がびりびりと痺《しび》れるような重いボールだった。数メートルの距離で全力投球するとは、常識外れも甚だしい。一言文句を言ってやろうと思った瞬間、膝の力が抜けるのを感じた。

　そこにいないはずの人間、いて欲しくない人間がいた。腰に両手をあて、へなちょこ野郎、とでも言いたそうに皮肉に唇を歪《ゆが》めている。

「野球は下手《へた》なのね、鳴沢」

　小野寺冴《おのでらさえ》。かつての私の相棒。一度だけ寝た女。

　勇樹にボールを投げ返し、「ちょっと待ってろ」と声をかけて、植えこみ越しに彼女と向き合った。その距離、約二メートル。それ以上近づくと、予想外の事態が起きそうだった。

「久しぶりね」

「ああ」喉《のど》が詰まる。久しぶり――そう、二年ぶりになる。彼女に関する想い出は、全て多摩署時代に経験した暗い事件に結びつく。私は大事な友を撃ち殺さざるを得ず、同時に私たちも傷ついた。肉体的にも、精神的にも。その後別れて以来、一度も顔を合わせていない。彼女が警察を辞めたということは人づてに聞いていたが、わざわざ捜してまで会う気にはなれなかった。

「まだ多摩署にいるの？」

「いや、青山署の刑事課」

「ちゃんと仕事してるんだ。よかったじゃない」

冴の顔に硬い笑みが浮かぶ。髪を少し短くしたのだ、と気づいた。ベージュ色のパンツスーツを着て、ステンカラーコートの前ははだけている。ブラウスのボタンが二つ外れ、胸元で涙の形をした銀色のペンダントが揺れていた。以前は、装飾品の類は一切身につけていなかったはずだが。

「怪我《けが》は？」

「ああ」冴が肩に手を当てる。「大丈夫。傷跡もほとんど消えたし」

「それはよかった」あれだけ強いボールを投げ返すぐらいだから、確かに全快しているはずだ。

「よかったって思ってくれるの？」

彼女の質問には答えず、耳の上を指先でなぞった。あの事件で冴は肩を撃たれ、私は耳のすぐ上を銃弾で削《そ》がれた。あと数センチずれていたら、二人とも間違いなく死んでいただろう。私の傷跡には、そこだけ髪が生えていない。伸ばした髪で隠れてはいるが、傷は決して消えないのだ。

「もちろん。元気なのが一番だ」私は無理に笑顔を作った。相変わらず喉は引き攣《つ》るようで、鼓動もわずかに速い。「君は何をやってるんだ」

「私？　探偵」

「探偵？」

私の顔に浮かんだ疑念に、彼女は目ざとく気づいたようだった。仕方ないわね、とでも言いたそうに苦笑を浮かべる。

「胡散臭いって思ってるんでしょう」

「そういうわけじゃないけど、本物の探偵を見たのは初めてだから。驚いた」

「じゃあ、私が第一号ね。鳴沢みたいな人間から見れば胡散臭いかもしれないけど、結構ちゃんとした仕事なのよ」

冴がハンドバッグから名刺を取り出し、私に差し出した。体を伸ばし、植えこみ越しに受け取る。指先が触れないように気をつけながら。暗い照明の下、「東京中央探偵事務所　調査員　小野寺冴」の文字が読み取れた。事務所の住所は渋谷。ということは、私たちは案外近くにいたことになる。

「何かあったら電話してね」

「何もないと思うけど」

冴の唇が皮肉に歪んだ。

「仕事の話よ」

「ああ」耳が赤くなるのが分かり、私は地面を見下ろした。「そういうことはないと思うけどね」

「じゃあ、久しぶりに食事でも？」

「勘弁してくれ」顔を上げ、彼女を正面から見る。髪の長さが変わったぐらいで、あとは二年前とほとんど同じ彼女がいた。相変わらずシャープな顔立ちで、心の奥底に宿った苛立《いらだ》ちが鋭い目から滲《にじ》み出てくるのも、以前と同じだった。

「食事ぐらいいいじゃない」

「君のペースに合わせて飯を食ってると、フルマラソンでも走らないとカロリーを消費できない」

冴が声を上げて笑った。白い、綺麗な喉が闇の中で浮かび上がる。

「相変わらずね」

「そんなに簡単には変われないよ」

「了？」

勇樹に呼ばれ、慌てて振り返る。笑いかけてやろうとしたが、目の辺りが引き攣ってしまった。

「すぐ行くよ」

「誰、あの子？」冴の目に疑念の色が浮かぶ。捜査の過程で、わずかなほころびを見つけた時と同じような表情だった。

「ああ」すんなり説明できるとも思えず、曖昧《あいまい》な答しか出てこなかった。「ええと、知り合いの子」

「ガールフレンド？」

「まあ、そういうこと」

「鳴沢、いきなり子持ちっていうのは荷が重過ぎない？」冴が腰に手を当てた。目の端がぴくぴくと痙攣《けいれん》している。

「早とちりしないでくれよ」

「まあ、いいわ。私には関係ないことだし」あっさりと言い切って、勇樹に向かって手を振る。勇樹は一瞬きょとんとした表情を浮かべたが、すぐに満面の笑みを浮かべて手を振り返した。そう、冴の笑顔には老若男女全てを蕩《とろ》けさせる魅力がある。

手を差し出そうとし、途中で思いなおしたのか拳を握り締めた。そのままだらりと体の横に垂らす。

「じゃあね」

「ああ」

「彼女によろしく」

「君、少ししつこくなったか？」

「昔からよ。気づかなかった？」

そうやって挑発するのも昔と同じだ。私たちは何も変わっていないのかもしれない。死にかけた経験も、仕事が変わったことも、私たちの本質的な部分には何ら影響を与えていないのではないだろうか。

優美の家は麻布十番にあり、ふだんは祖母のタカ、勇樹の三人で住んでいるが、タカは、三日前から持病の神経痛がぶり返して入院していた。ぴしぴしと厳しいタカがいない家に上がりこんでいると、ほっとする反面、何か後ろめたい気分にもなる。

玄関に座りこんで靴を磨いた。私専用のボロ布とクリーナー、ブラシは優美が用意してくれている。公園でついた泥をブラシで落とし、クリームをたっぷり塗りこむ。しばらくおいてから、布で鈍い光沢が蘇《よみがえ》ってくるまで磨く。

「了」

優美の声に振り向く。風呂上がりで、だぼっとしたトレーナーの上下を着こみ、濡れた髪が触れないように肩にタオルをかけている。私の隣に座りこむと、肩越しに靴を覗きこんだ。

「ずいぶん丁寧に磨いてるのね」

「革靴でキャッチボールなんかするもんじゃないね。泥だらけだ」

「あなた、何か心配事があると靴を磨くのよね」

「そんなことはない」

優美と一緒にいて、一つだけ苛々《いらいら》させられるのがこの勘の鋭さだ。こちらの心を見透かしたように、ずばりと切りこんで来る。仮に胸の内が読めたとしても黙っていてくれればいいのだが、アメリカ育ちの彼女はそういう我慢ができないらしい。

「勇樹が、あのお姉ちゃんによろしくって言ってたわよ」

「へえ」靴を磨く手に力が入る。

「誰なの？」

「昔の同僚」

「そうなんだ。女性刑事？　格好いいじゃない」

「あえて『女性』ってつける必要はないと思うけどね」

「でも、綺麗なお姉ちゃんなわけね」

「何だ、勇樹がそう言ってたのか？」

「子どもは正直よね」

彼女の気配が消えた。靴を置き、追いかける。リビングルーム代わりに使っている十二畳の和室で、横座りしてカーディガンを羽織っていた。目が合う。ふっと寂しそうに笑った。こうやって彼女と会うようになって一年が経つが、こんな表情を見るのは初めてだった。

「あのさ」テーブルを挟んで向かい合う。戦後すぐに建てられた日本家屋なので、晩秋の夜気は容赦なく入りこんでくる。

「なあに？」巧みに視線を逸《そ》らしながら、優美が濡れた髪の先をタオルでそっと拭う。

「彼女が小野寺冴だ」

優美が顔を上げる。真っ直ぐ私の目を覗きこみ、全て分かったとでも言いたそうに素早くうなずいた。冴と一緒に巻きこまれた事件——年長の友人を私の手で撃ち殺さなくてはならなかった事件——についても、優美は知っている。牙と特別な関係にあったことには一言も触れていないが。

「まだ刑事をしてるの？」

「警察は辞めた。探偵をしてるそうだ」

「探偵」熱の抜けた声で言って、優美がまた私の顔をじっと見た。「それは、彼女自身が望んだことなのかしら」

「どうだろう」財布から牙の名刺を抜き出し、テーブルの上に滑らせた。「アメリカだったら探偵は許可制だし、それなりに仕事としての意味もあると思う。でも日本では、名刺を刷って看板を掲げれば誰でも探偵を名乗れるからね。恐喝者と同じような意味しか持たない探偵もたくさんいるよ。調べた内容を使って逆に依頼人を脅したり」

「よくないわね」優美が眉《まゆ》をひそめる。

「ああ、よくない。もちろん、彼女がそんなことをしているとは思えないけど」

「牙さん、どうして探偵なんかになったのかしら」

「たぶん、それしかできなかったから」

「捜査、ね」

うなずく。油が切れたように、頸椎がぎしぎしと鳴った。

「何の権利もないし、法的な後ろ盾があるわけじゃないから、探偵の仕事を捜査って言っていいかどうかは分からないけど」

「警察は辞めても、捜査の仕事は続けたかった——でも、どうして警察を辞める必要があったのかしら。こんなこと言ったら怒るかもしれないけど、立場はあなたも同じだったんでしょう」

「ああ」

「彼女は辞めて、あなたは残っている」優美の口調は批判めいたものではなかったが、端的に真実を突いている分、心に深く突き刺さった。

「そうだな」

「そのことについて、彼女と話し合ったこと、ある？」

「いや。あの事件以来会ってなかったんだ。会うつもりもなかった」

「怖かったから」

「そうだ」どんなにきついことを言われても、自分で封印している本音を指摘されても、優美の言葉なら素直に聞ける。「正直言って、避けてた。今日も、彼女が偶然通りかかったんだよ」

「そう」

「話す必要、あると思うか」

「冴さん、どんな様子だった」

「きつかった」

「昔からそんな感じ?」

「ああ」頬が緩む。「顔を合わせると喧嘩《けんか》ばかりしてた」

「昔と変わってないわけね。だったら、無理に話さなくてもいいんじゃないかしら。あの事件で彼女が変わってしまったら、あなたが責任を感じるのも仕方ないかもしれないけど、そうじゃないんだったら……」優美が冴の名刺を取り上げ、しげしげと眺める。

「あなたが嫌な思いをする必要はないと思うわ」

「そうだね」

「それでいいわね?」

優美がまた私の目を覗きこんだ。全てを読み取ろうというような、強い意志が感じられる。それが私を包みこみ、心の凝りをほぐしていく。時には生の感情に傷つけられることもあるが、それぐらいは我慢できる。彼女の心は黄金でできているし、その言葉にはどんな時でも耳を傾ける価値があるのだ。

「ああ、いい」

「分かった」優美が私の上着を脱がせた。そのまま、ワイシャツの背中に頬を預けてくる。彼女の体温が、じんわりと私を暖めた。

「タカさん、いつまで入院してるんだ」

「一週間ぐらいかな。明日、もう一度病院に行って先生に確認するけど」

「何だか、いない間に忍びこんでるみたいで気が引けるな」

「そうね。おばあちゃまがいる時は遠慮しちゃうもんね」

離婚し、両親を亡くし、生まれ育ったアメリカから日本に来た優美は、まだこれから

の行く末を決めかねている。結論は、それほど難しいものではない。私には分かってい

る。優美にも分かっている。勇樹だって子ども心に理解しているだろう。彼女の兄で私

の古い友人、ニューヨーク市警刑事の七海《ななみ》も当然分かっているはずだ。

しかし、そのことをはっきり口にするのはタカだけなのだ。「あなたたち、これから

どうするのか早くはっきりしなさい」と。

「はっきりさせないといけないかな」

「かもね……ねえ、あなた、どうしてこういうことになるとはっきりしないの？　ふだ

んと全然違うじゃない」

「それは君も同じじゃないか」

「私は一度失敗してるから。やっぱり、それなりに臆病になるでしょう」

いつも繰り返される会話だ。答はない。互いにそれを口にすることを恐れ、遠慮しているのだ。いつかは正面から向き合おうと思っているのだが、私は、この奇妙に安定した状態に心地良さを感じてもいた。

3

午前八時半、前日と同じ世田谷東署の会議室に入った。誰もいない。デスクの上には半透明のフォルダが置いてあり、沢登の名刺が貼りつけてある。中身を確認する前に窓を開けた。部屋に入った瞬間から感じていた埃臭さはすうっと抜けて行ったが、代わって強烈な排気ガスの臭いが入りこむ。

「おはようございます」ドアをぶち破るような勢いで入ってきた今《こん》が、狭い室内を見回して不満気に目を細める。「理事官はまだですか」

「来ないんじゃないかな。これが置いてあった」フォルダを開けると、几帳面な字で書かれた手書きのメモがデスクに滑り落ちた。

『資料は全てコピー。返却の必要なし。捜査終了後は速やかに廃棄。連絡は、全て携帯電話へ。なお、本日午前十一時から堀本の葬儀が行われる』。署名、電話番号、葬儀の場所。素っ気無さの極みだ。デスクについた今に見せる。

「こういうのはいかんですねえ」ハンカチで額の汗をぬぐいながら文句を重ねる。「メモ一枚にしても心をこめるべきです。こういうところから、人間関係がスムースになったり、逆にぎくしゃくしたりするんですよ」

「一応、必要なことは分かる」

「葬式、行きますよね」

「ああ、様子を見よう」

「結構です」今《こん》が腕を突き出して手首の時計をのぞかせ、時間を確認する。カシオのデジタル時計らしいが、女性もののドレスウォッチの大きさにしか見えない。「葬式の会場、町田《まちだ》か……ここから一時間ぐらいですね。それまで資料を読んでおきますか」

「そうだな」

死んだ堀本正彦と行方不明になった戸田均の経歴、それに堀本の検視結果。資料を広げかけたところで、今が紙袋から二人分のコーヒーを取り出した。

「どうぞ」

尻ポケットから財布を引っ張り出そうとしたが、今は首を振って拒否した。

「いいですよ、コーヒーぐらい」

「そうはいかない」

「じゃ、昼飯の時にコーヒーを奢《おご》って下さい。それでチャラにしましょう」

「金額の計算が面倒だ」

今が、喉の奥の方でふっふっと低い笑いを漏らした。

「聞きしに勝る堅い人ですね」

「俺のことを嗅《か》ぎ回るのはやめてくれ」

「嗅ぎ回ったわけじゃありませんよ」悠揚とした口調で今が否定した。「噂《うわさ》なんて、座ってても耳に入ってくるものです。とにかく、変な仕事を押しつけられたのも何かの縁なんですから、できるだけ協力しましょうよ」

「分かってる」

腰を据えて資料に取りかかることにした。今はコーヒーにたっぷり砂糖を加え、かき回すのに熱中している。これだけで、一週間は糖分を取らなくても済みそうだった。

まずは自殺とされる警官、堀本。

遺体が発見されたのは三日前、場所は、世田谷東署の管内に一人で借りているアパートの一室だ。家族は町田に住んでいるらしい。何か事情があっての別居ということなのだろう。町田だったら都心に通勤するのに遠いわけではないし、警察官の給料で、家のローンを払い続けながら、さらに自分用の部屋を借りることは難しい。

町田の家は親から継いだ家で、家賃もローンも払っていないとも考えたが、経歴を読んでいるうちにその可能性は消えた。本人は長野県出身で、やはり警察官だった妻は愛知県の生まれである。東京の親戚が家を残してくれたのでない限り、月々のローンがまだ何十年も残っていたはずだ。頭を振って、堀本の経歴に戻る。都内の大学を卒業後、十九年前に警視庁に奉職。所轄は豊島署が振り出しで、その後はほぼ一貫して防犯畑を歩んでいる。専門は薬物だったらしい。現在の——最後のと言うべきか——所属は生活安全特別捜査隊で、階級は警部補。四十一歳で警部補なら、キャリア的にはまずまず順調な警察官人生と言える。

「君は、堀本のことは知らないのか」

「名前を聞くのも初めてですよ」今《こん》が書類に視線を落としたまま答える。「何せ警視庁には四万人からいるわけですから。知ってる人間の方が少ないですよ」

「所属は生活安全特別捜査隊だ。確か、本庁じゃないよな」

「春日《かすが》じゃないですか。文京区」

「妙だな」

「と言いますと」

堀本が、家とは別にアパートを借りていたことを説明した。今が書類から顔を上げる。太いソーセージのような指を折りながら数え上げ始めた。

「可能性その一、アパートに愛人を囲っていた。その二、特殊勤務で、都心に近い場所に住む必要があるので特別に手当をもらっていた。その三、親戚が残したアパートを遺産として受け継いでいた。どれにしますか？」

「却下だろうな、全部」

「了解しました」

平然とした顔つきで今が書類に戻った。多分、この男をやりこめることは不可能だろう。何を言われてもへこたれない、あるいは非難を侮辱として受け取れない鈍い人間なのか。

コーヒーを一口飲み、書類に目を戻す。家を離れていた理由はどこにも書かれていない。アパートは、ごく普通の民間の賃貸アパートのようである。少なくとも、これで話を聴くべき相手はできた。アパートの大家と不動産屋。

それにしても、これが行方不明になった戸田とどう結びつくのだろう。堀本の死は、公式にはあくまで自殺である。本当は殺しだったのを自殺にしてしまうというのは、事件処理としてできないことではないが、どうして捜査一課の戸田が介入してくる必要があったのか。

書類には本人の写真も添付されていた。制服、制帽姿のいわゆる公式写真と、スナップ写真の顔を引き伸ばしたものがあった。公式写真の撮影は二年前。顔つきはほっそりしているが、鍛えていることは制服を着ていてもはっきり分かる。書類をひっくり返し、柔道二段だったことを確認した。

腕組みをし、天井を見上げた。犠牲者に感情移入するのは刑事の第一歩である。だが、実際に死体を見るのと、まもなく火葬されてしまう男を写真で見るのとでは意味合いがまったく違う。ずっと昔に上映された映画を、深夜のテレビで観るような気分だった。それも白黒で。それでも私は、堀本という男の姿を、人生を、何とか自分の心に写しこもうと努めた。大きな目は、顔が細いだけに余計目立つ。普通、目が大きな人間はあまり鋭い感じがしないものだが、堀本の場合、その原則は当てはまらなかった。薄い唇はきつく引き結ばれており、強情な印象を与える。百人に写真を見せれば、九十人までが「刑事」と答えそうな顔つきだ。

「ところで、自殺の方法は？」

「首吊り」見ていた書類を渡す。今《こん》がざっと目を通した。

「カーテンレールにロープを引っかけて首を吊った、と。発見者はアパートの管理人か……ロープがまだ首に巻きついた状態で見つけたんですね」

「腰を抜かしただろうな、その管理人は」

「ええ」今が大袈裟に目を見開く。「ぎっくり腰でそのまま入院って書いてありますね。発見したのは管理人ですけど、実際の通報者はアパートの隣人ですし」

「管理人が入院している病院、書いてあるよな」

「はい。葬式の後で行ってみますか」

「そうだな……しかし、カーテンレールで首吊りか」

珍しいことではない。体重がかかって折れたりネジが外れてしまうこともあるのだが、作りが頑丈だったら十分自殺の道具になる。ロープを短めにして、両足を前へ投げ出して体重をかければ、それで終わりだ。人は、存外簡単に死ぬものだ。新潟時代、私は水深わずか十センチの用水路で主婦が溺《おぼ》れ死んだ事故を調べたことがある。

「偽装じゃないのかな」

「検視報告を読んだ限りでは、それらしいことはないですね」

「遺書は？」

「現場では見つかっていません」

「貸してくれ」

「どうぞ」

もう一度、じっくりと文字を追っていった。五分で読み終える。今の言う通りで、わずかながらも殺しをイメージさせるものは、「死」という漢字以外にはまったく見当たらない。

「ちょっと考えてみたんですが、自殺教唆《きょうさ》っていう線はどうでしょう」

「戸田がそそのかしたとか？　どうして」

「それは、戸田を捕まえてみないと分かりませんね」

「捕まえる、じゃなくて見つける、だろう。まだはっきりした容疑があるわけじゃないんだから」

「刑事というより探偵の仕事ですね」

探偵。ふと冴の顔が目に浮かぶ。生涯に何人の女と出会えるかは分からないが、中には絶対に消せない刻印を残していく女がいる。彼女がそんな一人であることは間違いない。折に触れて思い出すことがあるし、それはこれからも変わらないだろう。ただ、それを恋愛感情と呼ぶことはできない。誰かを好きになるということは、別の誰かを忘れることに他ならないからだ。優美がいる限り、冴が私の心に戻ってくることはない。

「鳴沢さん？　どうかしました？」

「いや、何でもない。それで、戸田はどんな人間なんだ」

「偶然かもしれないけど、警視庁に入った年は堀本と同じですね」

「同期か。知り合いかな」

「警察学校は一緒だったでしょうけど、経歴を見た限り、その他の接点はないですね、それより、一つ気になることがあるんです。そもそもどうして、戸田が殺人を揉み消したなんて話が理事官の耳に入ったのか」今《こん》が腕組みをした。丸太が二本、交差しているようなものだった。

「独自の情報源でもあるんじゃないか」

「何か、釈然としないんですよね」今が音を立ててコーヒーを啜《すす》った。「この仕事に我々を使おうとするのも変だし」

「それは、理事官も言ってただろう。一課の中に足を引っ張ろうとする奴がいるからじゃないのか」

「相当ふざけた話ですよ」

「ふざけた、というレベルじゃないな」

拳を固め、テーブルに強く押しつけた。一人の刑事が、何らかの目的で事件を揉み消すというのは想像できる。だが、それに複数の人間が絡んでいるとなると、もう私の理解を超えていた。

「君は、警察という組織を信じているか」

大統領就任の宣誓でもするかのように、今が顔の横で掌を立てた。

「申し訳ありませんが、その答は留保させていただきます」

書類をそろえて立ち上がり、窓辺に寄った。もう一度窓を開け、冷たい外気に顔を叩かせる。少しすっきりして窓を閉めた途端、デスクに置きっ放しにしておいた携帯電話が鳴り出した。今がさっと手を伸ばし、こちらに滑らせる。巨体の割に動きが素早い。

「鳴沢君か」

「はい」沢登だった。彼の名刺を取り上げ、今に向けて振ってみせる。一瞬顔をしかめたが、すぐに平板な表情を取り戻してうなずいた。

「葬式には出るつもりか」

「ええ」

「気づかれないように」

「は?」

「とにかく、目立たないようにな」

「誰に気づかれるとまずいんですか」

「感情を害する人間もいる」

「堀本の家族のことを言ってるんですか」

「それもある」

デスクに腰かけ、左足をぶらつかせた。この男は、どうしていつも謎めいた話し方をするのだろう。

「堀本の自殺は、殺しと考えていいんですか」

「それを調べるのが君たちの役目だ」

「それなのに、葬式で目立っちゃいけないとおっしゃる。手足を縛られたまま殴《なぐ》り合いをしろって言うようなものですよね」

「方法を考えろ」沢登の声は依然として冷静だった。「君たちならできるだろう。それに、本来の仕事は戸田を捜し出すことだ。それを忘れてはいけない。戸田が見つかれば、全てがはっきりする」

「教えて下さい。怒らせてはいけない人間は誰なんですか」

「くれぐれも隠密にな」

電話は一方的に切れた。謎めいた雰囲気《ふんいき》を作るために、わざと言葉を省略して喋っているとしか思えない。携帯電話をそのまま窓から放り出してやりたいという衝動と戦いながら、押し潰すように「終了」のボタンを押した。

「いきなり理事官と喧嘩ですか」からかうように今《こん》が言った。

「おかしいんだ」沢登との会話を、できる限り正確に再現してやった。「本当に捜査して欲しいのか、そうじゃないのか、さっぱり分からない」

「まあ、いいじゃないですか」今が両手を頭の後ろで組み合わせる。ワイシャツの脇の下が引っ張られ、破れそうになった。「理事官がどういうつもりなのか、裏がどうなってるのかは分からないけど、もしも本当に殺しが自殺に偽装されたとしたら大事《おおごと》じゃないですか。それを闇の中に葬り去るわけにはいかないでしょう。我々が引っ張り出してやらないと」

「ずいぶん簡単に言うな」

「世の中はですね、何でもシンプルに考えた方がいいんですよ」今がゆっくりと両手をデスクに置いた。「大抵のことは、ひどく簡単なんです。あれこれ考えて引っ掻き回すから難しく見えるだけで」

「それが君の哲学なのか」

「いいえ。これは世界中どこへ行っても通用する真理です。とにかく、そうかりかりしないで」今がゆっくりとコーヒーを飲み干し、珍獣を目の当たりにしたような目つきで私を見た。

私も今も勘違いをしていた。町田だから、三軒茶屋から世田谷線で山下《やました》まで出て小田急線に乗ればいいのだとばかり思っていたのだが、実際に葬儀場があるのは南町田だった。田園都市線に乗れば乗り換えなしで行けたのに。

「気づけよ」一六号線の数珠《じゅず》繋ぎになった車を横目で見ながら、今に文句を言った。

「失礼しました。未だに東京の電車には慣れないんですよ」

「何年いるんだ」

「大学からですから、かれこれ十五年になりますけど、そんなものじゃないですか。鳴沢さんだって同じでしょう」

「俺は、そんなに長く東京にいるわけじゃない」

「そうですか」

会話が途切れる。騒音に包まれながら無言で歩き続け、十分後、ようやく斎場に到着した。かなり大規模な斎場で、同時進行で葬儀が三件行われている。

「寂しい葬式みたいですね」

今がぽつりと漏らした。確かに「堀本家式場」の看板がかかっている辺りには人が少ない。隣では子どもが駆け回ったり、老人たちが想い出話に花を咲かせている——葬式は老人たちの社交場だ——のと対照的である。読経が流れるだけで、堀本の式場からは啜り泣きの声も何も聞こえない。

「内輪だけみたいですね」

「自殺だと、同僚も来づらいんだろう」

「残念なことです」

一度建物の外へ出ることにした。参列している人間に顔を見られたくない。外で待機していて、出てきた人間の顔を確認することにした。家族しかいないようだったら、ここで話を聴いてもいい。

今が、立て看板の陰に身を隠した。もちろんほとんどはみ出してしまうのだが、それでも気配は消えている。参列者がちょっと外の空気を吸いに来た、というようにしか見えないのだ。私は彼から一歩離れて立ち、周囲に視線をめぐらせた。

「自殺ってのは、よくないことなのか」

「何ですか、それ」

「坊さんの目から見たらどうなんだ」

「私はまだ坊さんじゃありませんよ」そういう今の顔には、ぎすぎすした毎日を送っている刑事には縁遠い、何かを諦めたような笑みが浮かんでいた。「人は自殺する、単純にそういうことです」

「何だよ、それ」

「いい、悪いを言っても仕方ないんですよ。人間っていう動物は、自殺するようにできてるんです。ＤＮＡのプログラミングの問題なんですから、どうしようもないでしょう」

「坊さんらしくない発言だな」

「そうでもないと思いますけどね……終わったみたいですよ」

ぱらぱらと人が出てくる。これから火葬が終わるまで一時間以上かかるだろう。その間、精進落としをするのが普通だが、どうにも様子が違った。黒いスーツ姿の男が五人、一塊になって斎場の出口に向かう。警察官だということは一目で分かった。中で一番若い男の後頭部に派手な寝癖がついている、寝癖を許してもらえるのは二十歳までだ。

「警察内部では嫌われ者ってわけじゃなかったようですね」今《こん》が皮肉を飛ばす。

それから先の一時間が長かった。ほどなく会話も尽き、線香の匂いと眠気を誘う読経を我慢するだけの時間が続く。今は苦にならない様子で、時折左右の足に体重を移し変え、一秒一秒を数えるのが楽しくて仕方ないというように、穏やかな笑みを浮かべている。

ようやく家族が出てきた。黒い和服に骨壺を持った女性——堀本の妻だろう——の両脇を支えるように二人の男の子が立っている。右側が中学生ぐらい、左が小学校高学年ぐらいだった。残っているのはその他に十人ほどで、私たちは全員が車で走り去るのを黙って見送った。

「まだ警察関係者がいましたよ」

「知ってる人間か」

「ええ。家族の車に一人乗ったでしょう？　あれ、確か防犯の管理官です。昔、所轄で一緒だったことがありますよ。さて、これからどうしますか」

「家族に話を聴くのは……」

「今日はやめた方がいいでしょう」

「急いだ方がいいんじゃないか」

「いや、しばらく警察の人間が付き添っているとすると、避けた方がいいでしょう。いずれにせよ葬式の後ですから、まともな事情聴取はできませんよ。あと一日二日時間を置いた方がいいと思います」

「だったら、入院してる管理人だな」

「そうですね。じゃあ、昼飯を食ってから行きましょう」

「何だか、君と飯を食うのは気が進まないんだけど、どうしてだろう」

今が、音をたてて平手で腹を叩く。スーツの前のボタンは留まらないようだ。

「まあまあ、そう言わずに。誰だって飯は食わなくちゃいけないんですから。南町田駅の隣にアウトレットモールがあるの、気づきましたか？」

「ああ」

「あそこで飯が食えますよ。とにかく食べながら考えましょう」

並んで歩き出した。どうしても車道側に押し出される格好になり、歩きにくいことこの上ない。ちょっと避けろよ、と文句を言おうとした瞬間、気配が変わるのを感じた。相変わらず車が激しく行きかう中、誰かの視線が背中に張りつくのを感じる。つけられている。

携帯電話を取り出し、メモ画面を開いて「尾行されている」と入力して今《こん》に見せた。「ほう」今が正面を向いたまま短く漏らす。太い眉をわずかにひそめ、不機嫌そうに唇をすぼめた。自分も携帯を取り出すと、キー二つを一緒に押してしまいそうな太い指先で素早く文字を入力した。「この先で分かれる。右へどうぞ」

「了解」声に出して言った。さらに「どこで落ち合う」と打ちこんで見せる。二十秒後に返ってきた答は「アウトレット。電話します」だった。

意識して歩調を緩めた。三十秒ほど歩いて、今が指示した脇道にそれる。今はそのまま真っ直ぐ、駅の方に歩いて行った。さて、尾行者はどちらを選ぶだろう。二人以上いるなら二手に分かれる手があるが、私の勘は「一人だ」と告げていた。どちらかを選ばなくてはいけないとなれば、今の後をつけるのではないだろうか。的としては彼の方が圧倒的に大きいから見失う心配はないはずだ。

二十歩数えて立ち止まる。振り向かず、そのまま十数えた。気配は消えている。やはり尾行者は今を追っていったのだ。このまま先回りしてアウトレットモールで待っていてもいいが、それでは面白くない。引き返し、逆に尾行してやることにした。

いた。百メートルほど離れているが、今の巨大な背中ははっきりと見える。その後ろ、二十メートルほどのところを、薄手のコートを着た男がつけていた。先ほど葬儀に出席していた男の一人だ。コートの襟にかかるまで伸びた髪に、はっきり目印になる寝癖がついている。

男は、逆尾行されているのには気づいていない様子だった。携帯電話を取り出すと、歩きながら電話をかけ、二言三言喋ってから切る。さすがに何を話しているかまでは聞こえない。少し歩調を速め、間合いを詰めた。今が途中で右に折れ、坂をだらだらと下ってアウトレットモールに入る。何度か来たことがあるようで、迷わず歩を進め、モールの中ほどにある店に入った。半分オープンテラスのような作りで、テラス部分は屋根から下げられたビニールのカーテンで覆われている。暖かくなれば、カーテンを外すのだろう。

「ベトナム料理？」看板を見上げてぼそりとつぶやき、彼の後に続いた。尾行者は店を無視して真っ直ぐ進んでいる。電話を取り出すのが見えた。直接店に入るのはまずいと思っているようだ。こっちも向こうの顔を知っていると判断したのだろう。ということは、あくまで私たちの動きを探るための尾行だ。わざと姿を見せて圧力をかけるためのものではない。

今《こん》は一番奥の席に座って、早くもメニューを検討していた。右手を拳に固め、人差し指の辺りを口に押し当てている。それは自分の手だ、食べ物じゃないと思わず言いそうになった。

「奴さん、店には入らなかった」

「そうみたいですね」尾行者のことをすっかり忘れたように、今の視線はメニューに釘づけになっていた。「おお、このメニューはお得だ。ランチセットなんかどうですか。

生春巻きやカニ爪コロッケの前菜盛り合わせにフォーですよ」

「昼からそんなに食べたら動けなくなる」

「動けなくなったら動かないのが一番です。日本もシエスタの習慣を定着させるべきだと思いませんか」

「勝手に習慣にしてる人間もいるじゃないか。昼飯の後に、刑事部屋で居眠りしてる奴を見てると腹がたつんだよな」

「そういう時はどうしてるんですか」

「よろけたふりをして、足を蹴飛ばす」

今が喉の奥から搾《しぼ》り出すように笑った。

「いやはや、お若いですね、鳴沢さんは」

「関係ないだろう」

「まあまあ。これで注文しますよ」

手を上げて店員を呼ぶ今の顔は、艶々と輝いていた。注文を終えると、グラブ並に大きな手を組み合わせてテーブルに置く。

「尾行してたのは、さっきの葬式にいた奴でしたか」

「ああ」

「何か尾行されるような理由は？」

「個人的にはないな」

「変だな」今が顎を撫でた。「何で我々が尾行されないといけないんですかね」

「捕まえて直接聴いてみるか？　まだその辺にいるはずだぞ」

「墓穴を掘ることはないでしょう。放っておきましょうよ。あまりしつこいようだったら、ちょっと絞り上げてやればいいし」

「本当に坊さんらしくないな。君は平和主義者じゃないのか」

「何言ってるんですか。歴史上、戦争の八十パーセントは宗教が原因で起こってるんですよ」


世田谷区に「都市計画」という言葉はない。あるかもしれないが、他の自治体で通用しているのとは別の意味を持っているようだ。道は狭く曲がりくねっており、あちこちで一方通行になっている。世田谷で車に乗るのは、渋滞とつきあうことに他ならない。二子玉川《ふたこたまがわ》からバスに乗ったのだが、多摩堤《たまづつみ》通《どお》りにはびっしりと車がつながっており、時間だけが無為に過ぎ去っていく。平日の日中とは思えなかった。

「今日一日、時間の無駄になったな」

がらがらのバスの中、私たちは一番後ろの席を二人だけで占領していた。二人がけの席で今《こん》と並んで座る気にはなれない。それどころか、物理的に不可能だ。

「葬式の様子を見て、管理人の事情聴取をしたらもう夕方ですか。確かに効率はよくないな」文句を言いながら、今がバッグの中からチョコレートバーを取り出した。

「さっき食べたばかりじゃないか」

「甘い物はすぐにエネルギィに変わるんですよ」

「今日は、エネルギィを使うような仕事はしてないと思うけどな……そう言えば、昔の相棒でいつもチョコレートバーをバッグに入れてた奴がいたよ。非常食とか言って」冴。実を言えば、私も彼女に会ってからそうしている。だが、一度も食べたことはない。

「飯が食えない時には便利ですからね」彼の歯が、チョコレートに混じったピーナツをばりばりと嚙《か》み砕く音が響く。「昔の相棒ね……その人、どうしてます?」

「警察を辞めた」

「ほう」

「チョコレートばかり食ってたからじゃないかな」

「鳴沢さんと組んでたからってことはないでしょうね」

一々減らず口の多い奴だ。無視して腕を組み、目を閉じる。今後の方針をぼんやりと考えてみた。堀本のことはある程度調べられるだろう。だが、戸田の行方を追うにはどうしたらいいのか。まずは家族に会わなければならない。勤務先は——駄目だ。捜査一課の大部屋に顔を出して聴きまわることなど、できようはずもない。

仕事以外の生活がある人間だったのだろうか。例えば私には、「社交」と呼べるようなものがほとんどない。仕事でない時は、ほとんどの時間を優美や勇樹と一緒にいるか、ジムで過ごしている。高校や大学時代の友人とつき合うわけでもないし、新潟県警時代の仲間たちと連絡を取り合うこともない。もしも私が姿を消そうとしたら簡単だ。優美が知らなければ、誰も私の足跡を追うことはできないだろうから。戸田は何本の線を持っているのだろう。家族しかないとしたら、捜し出すのは相当面倒になる。

「そもそも、戸田の家族は警察に届けたんでしょうか」チョコレートを食べ終えた今がぽそりと疑問を口にする。二人で同じようなことを考えていたわけだ。あまり楽しいシンクロ現象ではなかったが。

「書類には何も書いてなかったな」

「そもそも、警察官が行方不明になって、警察に届けるなんて話は聞いたことがありませんね」

「それは初めてってことはないだろう。警察官だって自殺もするし、人を殺すこともある」

「そうですね。で、どうしますか？」

「戸田の家族に会おう」

「今夜、この後でどうでしょう」今《こん》が手帳を取り出す。「戸田の家、調布《ちょうふ》ですよ。そんなに遠くありません」

「ああ、夜の方が捕まえやすいかもしれないな。家族構成はどうなってたっけ」

「奥さんと、息子さんが一人。奥さんの方の両親と同居してます」

「婿養子じゃないよな」

「経歴を見た限り、そうじゃないみたいですけどね。嫁さんの両親のために二世帯住宅を建てたってことじゃないですか」メモに視線を落とさず、今がすらすらとまくしたてた。少なくとも、体重は脳細胞の働きを妨害していないようである。「そうそう、確か、義理の親父《おやじ》さんも刑事でした」

「退職してるんだろうな」

「でしょうね。それは調べられますけど、どうしますか」

顔を上げ、顎の下をそっと擦った。

「そこまでしなくてもいいんじゃないかな。退職した人が何か知ってるとも思えない」

「了解」今が手帳を閉じ、バッグに落としこんだ。そのまま手を突っこんで、ごそごそと動かしている。

「まさか、まだ何か食べるつもりじゃないだろうな」

「残念ながら、食料は切れました」

「君、エンゲル係数はどれぐらいになってるんだ」

「そんな恐ろしいこと、人には言えませんよ」

今が太い肩をすくめる。次の瞬間には、すっと目を閉じて軽い鼾《いびき》をかき始めた。いったいいつまで、この男とつき合うことになるのだろう。気取られないように一つ溜息をついた。


「これはこれは、大変でございますね」

今が大袈裟に両手を広げる。六人部屋の病室は、彼が入っただけで急に酸素が足りなくなってしまったようだ。ベッドの上で半身を起こしたアパートの管理人、石沢《いしざわ》がたじろぎ、今から逃れようと体を捻った拍子に悲鳴を上げた。

「急に動くといけませんよ」

今が椅子を引いて座る。仕方なく、私は彼の背後に立ったままでいた。ここでの調べは任せることにする。腕を確かめるいいチャンスだ。

「警察の方ですか？」体を斜めに倒したまま、石沢が訊ねる。「看護師さんが言ってましたけど……」

「ええ、ええ」今が勢いよくうなずく。「ご養生のところ、申し訳ありませんね。本当はお体がよくなった時に伺うべきなんですが、なにぶんにも緊急事態でございまして」

「あの件、まだ終わってないんですか」

「念には念を入れる、ということですよ」

私は手帳を取り出しボールペンを構えたが、今の話は前置きが長く、ペン先が乾いてしまいそうだった。

「ぎっくり腰だそうですね」

「ええ、もともと何回かやってるんですけど、たまげただけでぎっくり腰になったのは初めてですよ」

今が、破裂するような笑い声を立てた。他の入院患者の厳しい視線が突き刺さってくる。それを敏感に感じ取ったのか、身を屈め、声を低くした。会話を聞き漏らさないよう、私は彼の横に回りこんだ。

「まさに腰を抜かすってやつですね」

「そうです」石沢の顔がわずかにほころんだ。「本当に驚くと、膝から力が抜けるもんなんですね。尻から廊下に落ちて、動けなくなっちまって」

「分かりますよ。実は私も腰に持病がありましてね。何しろこの体重でしょう、やっぱり負担がくるんですよ」

二人は、たまたま病院の待合室で隣同士になった患者のように、腰痛についての知恵比べを披露し続けた。温泉がいいとか、軽い筋トレが効果的だとか。暇を持て余し、石沢を観察する。六十歳ぐらい、ひょろりとした体型で胸板が薄い。浴衣《ゆかた》の前がはだけ、洗濯板のような胸が見えていた。貧相な体の中で手だけはがっしりしている。口を開けると、前歯が二本欠けているのが見えた。

二人は「温めるのが一番だ」という結論に達した。ただしそれは一時しのぎに過ぎず、結局は麻痺させているようなものだという注釈つきで。

「さて」今が、芝居がかった調子で左右を見渡した。巨大な両手を組み合わせ、体をぐっと前に倒す。さらに声を低く抑えた。「事務的なことから行きましょう。あのアパートの住人のリストをいただきたい。連絡先が分かるやつがありがたいですね」

「女房に言っておきますよ。後で取りに行っていただけますか」

「お願いします。さて、何度も同じ話になって恐縮なんですが、見つけた時の状況を教えて下さい」

「電話があったんです」石沢は背中を真っ直ぐ伸ばして今《こん》の質問に答えた。

「電話?」

「水道の様子がおかしいから見て欲しいって」

「それは誰から? 堀本さんですか」

「そうですよ」

今が顔を上げる。私は目を細めてやった。死人から電話がかかってきたのか? 私の疑念が顔に表れたのか、石沢が慌てて首を振って否定する。

「私、あの辺りのアパートとマンション五軒をまとめて管理してるんですが、住んでるのはあそこの一階なんです。そこに電話がかかってきたんですよ」

「その時刻は?」

「ええと」石沢が顎に指先を当てる。「夜の十時半ごろ、かな」

「ずいぶん遅かったんですね」

「まあ、それで給料を貰ってるわけですから。そういうことは滅多にないですけどね」

「なるほど。それですぐに部屋に行ったんですね」

「そうです」

それなら合点がいく。堀本が死ぬ前に電話してきたのだろう。しかし、何のために？ これから死のうという人間は、水道の水が噴き出していても気にしないのではないだろうか。今がすかさず突っこんだ。

「堀本さんとは親しかったんですか」

「顔を合わせれば会釈ぐらいはしましたけど、それぐらいですね。話をしたことはほとんどないなあ」

「で、水道はどうなってました」

「いや、部屋へ行ってインタフォンを鳴らしても返事がなくて、鍵が開いていたんでドアを開けたんですよ。真っ暗だったから、つい部屋の灯りを点けてみたらいきなり……でしょう」石沢が言葉を濁す。「それですぐに腰を抜かしてここへ運びこまれてきたから、水道なんか確認してませんよ」

「なるほど」

今がちらりと私の顔を見上げた。うなずき返し、先を急がせる。

考えられる可能性は二つだ。一つは、堀本が自分の遺体を早めに見つけて欲しいと願ったこと。数週間も経ってから腐乱死体で見つかるのは、誰にとっても幸せなことではない。しかしもしもそうなら、堀本の人生の輪はひどく狭かったことになる。たまに会うと会釈を交わすぐらいの管理人に、自分の最期を看取らせようと考えるとは。

もう一つの可能性——電話したのは誰か別の人間ではないか。

それでは動機が分からない。仮にこれが本当に自殺だとして、どうして「死体を見つけた」と素直に言えないのか。あるいは管理人ではなく警察に電話しなかったのか。

「とにかくそこで、堀本さんを見つけられた、と」

「ええ」石沢の喉仏《のどぼとけ》がゆっくりと上下した。右手を持ち上げようとしたが、途中で力が抜けてだらりと布団の上に降ろしてしまう。

「窓際にいたんですね？　カーテンレールにロープを引っかけて」

今《こん》の口調がひどく事務的になっているのに気づいた。チェンジ・オブ・ペース。少なくともこの男は、取り調べの基本は身につけている。

「無理に思い出さなくても結構ですよ。その辺りの状況は分かってますから」

石沢が口を細めて長く吐息を吐いた。両手をきつく握り合わせ、ちらりと今を見る。

「自殺なんでしょう」

「ええ、我々が把握している限りは」

「どうして何度も調べにくるんですか」

「それは、いろいろありまして」今が一瞬だけ石沢の顔を見やった。「ところで、堀本さんはいつからあのアパートに住んでいるんですか」

「二年近くになりますかね。そろそろ契約更新の時期だったから。正確なところは、不動産屋に確認していただければ分かります」

「そのつもりです。仕事は何をしているか、ご存じですか」

「警察……」石沢の目がぱっと見開かれた。「それで念入りに調べてるんですか」

「そんなところです。ところで堀本さんは町田に家があって、家族はそっちに住んでいるんです。どうして一人でアパートを借りていたかは、ご存じないですか」

「いや。私はそこまでは――」石沢の言葉が頼りなく宙に消える。

「誰か、堀本さん以外の人は出入りしてませんでしたか」

「女性とか？　いやあ、私は見たことがないですね」

嘘をついている気配はない。そもそも、今のように巨大な男に五十センチの距離から話しかけられて、平然と嘘をつき通すことができる人間は多くはないだろう。

「近所づき合いは？」

「どうでしょう。でも、あのアパートにいる人はほとんど一人暮らしですから、つき合いって言ってもたかが知れてるでしょう」

「それはそうでしょうね」今がちらりと私の方を見た。他に質問は、の合図だ。

「石沢さん」私は屈んで彼の上に覆いかぶさるようにして訊ねた。「堀本さんは自殺するような人に見えましたか」

「いいえ」石沢の目が丸くなる。「もちろん、どんな人なのか、何を考えてるのかは私には分かりませんよ。ただね」

「ただ?」

「二月《ふたつき》ぐらい前かな。夕方の六時ぐらいにばったり会ったことがあって、その時はずいぶんニコニコしてたんですよ。一升瓶をぶら下げて、『後輩に珍しい酒をもらった』って喜んでたなあ。新潟の『雪中梅《せっちゅうばい》』でした」

「ああ。確かに、東京ではあまり手に入らない酒ですね」私が相槌を打つと、石沢の表情が柔らかくなった。

「この人は本当に酒が好きなんだって思ってね。それも、アル中ってわけじゃなくて、楽しい酒の呑み方を知ってる人に見えましたよ。何だか、その時の嬉しそうな顔が目に焼きついてましてね。考えてみれば話したのはその時だけですけど、そういう人が……」

自殺するわけがない。

もちろん、人はほんの一秒で自殺を決意することもある。だがその時の私は、石沢の人物評を素直に信じる気になっていた。何かあったのだ。「自殺」として処理された男の死に、隠された何かがある。

私の中で、狼が目覚めようとしていた。狩の本能が頭をもたげようとしていた。

4

京王線の布田《ふだ》駅に着いたのが六時半。地図で見る限り、戸田の家はここから歩いて十五分ほどだ。北へ進んで甲州街道を突っ切り、郵便局の前の交差点を左に折れる。幹線道路を外れれば静かな住宅街で、ところどころにまだ畑が残っていた。突然、何も言わずに今《こん》が立ち止まる。事情を察して、私はそのまま歩き続けた。

一分ほどして追いついてきた今が、荒い息を吐きながら「今度はつけられてませんね」と報告する。

「昼間の男のことはどう思う」

「さあ、何とも」

「尾行は下手だったな」

「ええ……お、あれが、戸田の家ですね」

今が指差す先にある戸田の家はこぢんまりとした一戸建てで、隣の家とほとんどくっついて建っていた。古い農家を潰して敷地を無理に分割し、分譲したものだろう。見るからに狭そうな家だが、玄関は二つある。窓からは灯りが漏れており、人の気配もあった。

「どうしますか」明るい窓を見ながら今が顎を撫でた。

「俺が行こう」

初対面の人間にとって、彼は恐怖の対象になりかねない。今の脇をすり抜けて玄関先に立った。

「はい？」インタフォンのボタンを押すと、くぐもった女性の声で返事があった。屈みこむようにして話しかける。

「警視庁の鳴沢と申します。戸田さんの奥さんですか？」

「はい……」歯切れが悪い。迷惑だ、というニュアンスも滲んでいた。

「戸田さんのことでちょっとお話を伺いたいんですが、よろしいでしょうか」

「はい……」

声が遠くに消え、受話器が置かれるがちゃがちゃという音が聞こえた。待つ間、表札で家族構成を確認する。戸田本人。妻の玲子《れいこ》に、息子の翼《つばさ》。もう一つの玄関には、篠崎《しのざき》渉《わたる》とかほるの名前を書いた表札がある。この二人が玲子の両親なのだろう。

　ドアが二十センチだけ開き、玲子が顔を覗かせた。四十歳ぐらい。髪を後ろでひっつめているせいか、目つきがきつくなっていた。化粧っ気はなく、ジーンズにトレーナー、デニムのエプロンという格好だった。夫の行方が分からないというのに、憔悴《しょうすい》してはいない——ただ苛立っており、それを隠そうともしなかった。

「鳴沢と申します」

　繰り返し名乗り、バッジを見せた。玲子は軽くうなずいたが、目線は私の顔を避け、ふらふらと彷徨《さまよ》っている。

「ご主人の件なんですが、ちょっとお話を伺えませんか」

「もう話しました」

「誰にですか」

「主人の同僚に」

「捜査一課の人間に、ですか？」

「ええ」

　私は顎を掻き、ぼんやりした彼女の表情から何かを読み取ろうとした。失踪しただけで捜査一課の人間が出てくる？　普通はありえない。一課の刑事はそれほど暇ではないはずだ。それとも、すでに事件性ありと判断されたのか。それにしても、まずは所轄の人間が乗り出すのが筋である。

「行方不明になって三日ですよね。所轄には相談したんですか」

「いえ。主人がいつも親しくしていただいている方に」

「それが捜査一課の刑事なんですね」

「ええ」

「相談されたのはいつですか」

「二日前です」

一日帰ってこなかっただけで。早過ぎるのではないだろうか。それとも、彼女を不安にさせる事情があったのか。思い切って疑念を口にしてみる。

「ずいぶん早かったんですね。刑事なら、一日ぐらい連絡が取れなくなるのはよくあることでしょう」

「そうですね」玲子が自分の足元を見詰めた。「でも、心配だったんで」

「何か心配することがあったんですか」

「そういうことまで話さないといけないんですか」

「何が心配になったんですか」

繰り返したが、納得できる答は返ってこない。玲子の作戦が読めた。何を言われても、心に硬い蓋をして質問をやり過ごし、私が諦めるのを待つ。さらに五分ほど質問を浴びせかけたが、結局は彼女の一言で引き下がらざるをえなかった。

「ちゃんと捜していただいてますので。とにかく、ご心配いただかなくても結構です」

目の前でドアが閉まる。奇妙な幕切れだった。言ってみれば、玲子は被害者である。しかし怒りも涙もなく、まるで他人事のような態度だったではないか。振り返ると、今《こん》が肩をすくめる。

「相手にしてもらえませんでしたね」

「君がやればもっと上手くできたか？」

「ドアが開いてから五分ぐらいですか」今が腕時計をこつこつと指先で叩く。「私だったら三分持たないでしょうね」

「からかってるのか？」

「まさか」今が顔の前で手を振る。「人をからかうのは仏の道に反します」

冗談なのかどうか見極められないまま、玄関を離れる。十メートルほど行ったところでドアが開く音がしたので振り返ると、初老の男が玄関から飛び出してくるところだった。腰まである厚目のコートに腕を通しながら、愛想のいい笑みを浮かべて私たちに頭を下げる。戸田の義父、篠崎だろう。

「ちょっと。ちょっと待った」

立ち止まって待っていると、小走りに近づいてきた。足取りはしっかりしている。退職してからまだあまり経っていないのだろう。背筋もしゃんと伸びている。

「すまんね、娘が愛想悪くて」

「いやいや、お気持ちは分かりますよ」今がにこやかな表情で応えた。

「あんた、でかいねえ」

篠崎が呆れたように口を開けながら今をじろじろと眺めた。そういうことには慣れているようで、平然としている。最初は見世物になるのも緊張するだろうが、いずれは感覚が麻痺する。そのうち両手を広げてくるりと一回転するかもしれない。表も裏もご自由にご覧下さい、と。

「でかいだけで役にたちませんが」

「そんなことないだろう……とにかく、ちょっと話さないか？　こんな話を持って帰っても、上司に怒られるだろうしな」

「ええ、まあ」今《こん》が曖昧に答える。上司——この仕事では、私たちには上司がいない。こうやって動き回っていることに、はっきりとした後ろ盾はないのだ。

「その先に公園があるんだけど、そこでどうかな。悪いけど、家では話しにくくてね」

「結構ですよ」私は篠崎の顔を正面から見据えながら答えた。「でも、いいんですか」

「大丈夫だよ」屈託のない笑みが浮かぶ。「娘はちょっと参ってるんだ。気丈に振舞ってるように見えるかもしれないけど、相当落ちこんでる。それは分かってやってくれよ。私で分かることだったら話すから」

「参ってる」と言う割には、よく五分も話したものだ。そう思ったが、口には出さずにおいた。せっかく情報源の方から近づいてきたのだ、機嫌を損ねることはない。

私と今が先に公園に入り、篠崎は少し遅れてやってきた。両手に缶コーヒーを三本抱えている。

「ほれ」

コーヒーを差し出したが、私は手を伸ばさなかった。篠崎の顔には、相変わらず敵意を否定するような笑みが張りついている。それを言えば今も同様だ。暗くなった公園で、くすぐられた子どものようににやにや笑い合う男が二人。腹の底では互いの出方を探り合っている。

篠崎がベンチに腰を下ろす。顔を上げ、白い息を吐きながら視線を彷徨わせた。ぴたりと止まった先には自分の家の灯りがある。私が横に座り、今は立ったまま篠崎を見下ろす格好になった。

「さて、と」篠崎がプルタブを引き上げ、コーヒーを一口飲む。ふっと溜息を漏らし、私と今の顔を順番に見渡した。「家族ってのは大変なんだ」

「はい」私は適当に調子を合わせた。篠崎は、簡単に核心に入るつもりはないようだ。

「あの家、狭いけど一応二世帯住宅でね。戸田はずいぶん無理したんだよ。私らは元々近くに住んでたから不便もなかったんだけど、あいつはどうしても一緒に住むって言い張ってね。俺たちに対する責任みたいなものを感じてたのかもしれないな」独白がどこまで続くか分からなかったが、私は黙って篠崎が喋るに任せた。「結婚した相手の親との関係ってのは難しいよ。まったくの他人とつき合っていかなくちゃいかんわけだからな。でも、戸田はよくやってくれてた。元々、玲子よりも私との方がつき合いが長いせいもあるけどな」

私は彼の方に向き直った。渋々受け取った缶コーヒーは、とりあえず両手を温めるのには役立っている。

「部下だったんですか」

「いやいや」篠崎が顔の前で缶コーヒーを振った。「私は部下ができるほど偉くならなかったからね。万年巡査部長で終わったよ。でも、戸田に刑事の基本を教えこんだのは私なんだ。もう十五年も前になるけど、私が一課にいた時、あいつが新人で入ってきてね。機動捜査隊から上がってきたばかりで張り切ってたよ」

「指導教官、ですか」相槌を打つと、篠崎が大きくうなずく。

「ま、そんなものだ。あいつには見こみがあったし、やる気一杯だったから、こっちとしても面倒を見たくなるわけだよ。そのうち、家に呼んで飯を食わせるようになってね」

「それで、娘さんと仲良くなった」

「俺が引き合わせたみたいなものだけどね。女房は嫌がったよ。刑事の女房で散々苦労したのに、娘まで同じ目に遭わせるのかってね。それは分かってたけど……私は子どもも刑事にするのが夢だったけど、男の子ができなかったんだ。刑事が婿に来てくれれば、それもいいじゃないか」

「ええ、分かります」

缶コーヒーを手の中で転がしながら、篠崎が前屈みになる。背中を丸めたその姿は、最初に顔を合わせた時よりもずっと年取って見えた。

「いい婿だし、いい刑事だよ。仕事も熱心で、年齢的にも脂が乗り切ってる。忙しいのに子どものこともちゃんと考えるし、私たちにも気を遣ってくれる」

「だったら、家を出る理由なんかないでしょう」婿自慢の腰を折ると、篠崎がむっとして私を睨《にら》んだ。

「お話を聞いてる限り、何から何まで上手く行ってた感じですけどね」

「簡単に言うなよ」

遠くを見ながら、篠崎が指を折って数え始めた。

「全力で仕事をやる。家族のことも真剣に考える。それでどんなに忙しくても、上手く転がってる時はいい。でも、ふっと立ち止まった時に一気にばらばらになることもあるんじゃないか。ほんの小さなきっかけでね」

「そうだったんですか」

「そうだったかもしれない、ということだ。私の勝手な想像だよ。そういう家族はたくさん見てるからね」

「些細なきっかけで家庭崩壊というわけですね」

私の一言に、篠崎がぎゅっと眉根を寄せた。缶コーヒーを握る手に力が入り、手首に太い血管が浮き上がる。

「そういうことを簡単に言わんでくれ」

「すいません。でも、いったい何がどうなってるんですか」

「それは私にも分からない」篠崎が力なく首を振った。「だがね、大したことじゃないと思うんだ。あいつはちょっと疲れてるだけなんだよ。仕事にも、家庭にも。今頃どこかの温泉にでもつかって、ぼんやりしてるんじゃないかな。男にはそういう時間も必要だろう。だから、帰ってきても私は何も言わないつもりだよ。何か言いたいことがあるなら、黙って酒でもつき合ってやる」

「でも、一言言っておけば済みますよね。それがこんな大事になってしまっている」

「そういうのも面倒になったんじゃないかな。私だって、そんな気持ちになったことは何度もある。何もかも面倒になって、投げ出して逃げたくなったことがね」

「でも戸田さんは、一課にとっては大事な戦力なんでしょう？」

「そりゃあ、もちろん。実はな、今回も一課の方から話が来たんだ」

「そうだったんですか」

玲子の話で、彼女が捜査一課に相談したものだと思いこんでいた。私の声に疑念を感じ取ったのだろう、篠崎の目つきが鋭くなった。

「一晩や二晩帰らないぐらいじゃ、娘だって何も言わんよ。刑事だから、急な仕事で連絡も取れなくなることはある。私だってそうだったし、戸田もそういうことはしょっちゅうだった。それぐらいでがたがた言うようじゃ、刑事の女房は失格だからな。でも、職場じゃそうもいかんだろう」

「仕事に出てこないんで、向こうから連絡してきたということですね」篠崎の言うことが本当だとしたら、一課の動きも少し慌《あわただ》し過ぎる。

「その通り。心配したんだろう。元々無断欠勤するような男じゃないから」

「その後はどうしたんですか」

「一課の連中と話してね。所轄には、そっちから連絡が行ってるんじゃないかな」

「正式に届けは出してないんですね」

「ああ。でも、一課にしろ所轄にしろ、気を遣ってくれてるだろう。内輪の話だし」

「今のところは何も連絡がない、情報も入ってないということですね」

「残念だがね」篠崎が首を振る。

「どうしてると思いますか？　本当に温泉にでも行ってると？」

「あいつは、解《ほど》けてしまったのかもしれんなあ」篠崎がコーヒーの缶を頬に押し当てる。

乾いた肌が奇妙に歪んだ。

「解けた？」

「そう」篠崎がするりと顎を撫でる。「あいつは、自分に厳しくたがをはめてたんだと思うよ。何かの拍子でそれが外れると、ばらばらになっちまうんじゃないかな」

「何かの拍子って何なんでしょうね」今《こん》が割りこんできた。「仕事で失敗があったのか、家族の問題なのか」

「家族に問題はなかったと思う……でも、娘や孫とどうだったのかは、本当のところは私には分からんね。一緒に住んでいても、なるべく距離を置くのが、上手い同居なんだ。口を突っこんでばかりじゃ、お互いにぎすぎすしてくるだろう。言ってくれれば話はするけど、別に相談もなかったし」

「何か難しい仕事をしてたんですか」私は篠崎に向かって身を乗り出した。「それこそ、プレッシャーになるほどの」

「どうかね。あいつとは仕事の話もするけど、特に最近大変だとは聞いてなかった。特捜事件があったはずだけど、それはもう解決して、比較的暇だったはずだよ」

「分かりました。お忙しいところ、どうもありがとうございました」私はコーヒーをベンチに置いて立ち上がった。篠崎の目が上下して、私とコーヒーの缶を順番に見る。

「コーヒー、飲みなさいよ」

「いえ、結構です」

「賄賂《わいろ》は受け取れないってわけか」篠崎が鼻を鳴らす。「あんた、聞き込み先でもお茶を断るタイプなのか？」

「このコーヒー一本が賄賂になる理由でもあるんですか」

篠崎の顎がひくひくと痙攣するように動いた。私は、弱い照明の下で笑顔を浮かべ、できるだけ快活な声で言ってやった。

「甘い物は飲まないようにしてるだけですよ。せっかくいただいて申し訳ないんですが。お孫さんにでもあげて下さい」

「そういうことかい」唇の端に薄い笑みを浮かべて立ち上がり、篠崎が尻をはたいた。

「あんた、ずいぶん堅いんだね」

「いやいや、鳴沢の言うことももっともでございまして。体調管理は大事ですからね」今《こん》が真顔でうなずく。

「確かに、あんたは少し体に気を遣った方がいいみたいだな」篠崎が顔を歪めるようにして笑う。「それより、何であんたらが戸田のことなんか調べてるんだ」

「一課の下請けみたいなものです」

「下請け？」私の説明に篠崎が首を捻った。「よく分からんね」

「実は、我々もよく分かってないんですよ」今がおどけて両手を広げる。「ねえ、いったいどういうことなんでしょう」

「放っておいてくれた方がありがたいな」一瞬私たちを睨んだ後、篠崎の目が泳いだ。

「大袈裟になるとみっともないじゃないか」

「戸田さんが事件に巻きこまれた可能性はありませんか」

私の問いかけが、篠崎の中にある何かに火を点けたようだ。声を落とし、現役時代を思わせる鋭い眼光をたたえながら私を睨みつける。

「仕事と家の往復だけの人間だぞ。そんな人間がどうして事件に巻きこまれる」

「刑事をしているだけで、普通の人よりは事件に関係する可能性は高くなるんじゃないでしょうか。それに、何があってもおかしくない世の中です」

「馬鹿言うな。私だったら、上司には放っておくべきだと進言するな。家族も心配してないんだし、何が問題なんだ」

「そんな説明で納得してくれる上司じゃないんですよ」

「一つ、教えておこう」篠崎が人差し指を立てる。「警察は上下関係の社会だ。上司の言葉には何でもイエスって言うのが基本だよな。そうでなけりゃ、きちんとした捜査なんかはできん。だけどそれは、上司がちゃんとしてる場合に限るぞ。上司が阿呆だったら、ちゃんと正してやるのも部下の役目だ」

「篠崎さんもそうしてきたんですか」

篠崎がぐっと背筋を伸ばし、険しい表情で首を振った。

「私の上司は、まともな、優秀な人たちばかりだった。自分の人生を預けてもいいと思える人ばかりだった」

今日一日、成果は何一つない。葬儀の様子を見て、三人の人間から話を聴いただけだ。なのに私は、疲れがカビのように張りついているのを感じていた。それは今《こん》も同じようで、二人とも駅までの足取りが重くなる。

「嘘ついてますね、篠崎は」最初に口火を切ったのは今だった。

「そう思うか」

「ええ」

「俺もだ。何か知ってる。だから心配してないんだよ。そもそも、刑事が失踪したっていうんなら、もっと大騒ぎになってるはずじゃないか。警察は、内輪のことではむきになりがちだから」

「ええ。もしかしたら、誰かが戸田をかくまってるんじゃないかな。篠崎はその場所も知っているから、心配してないとか」

「でも、沢登理事官は知らない。一課の部下のことなのに」

「まあ、理事官クラスになると、刑事一人一人の動向をつかんでるわけじゃないでしょうけどね」

「結局、分からないことばかりじゃないか」右手を拳に固め、左の掌に打ちつける。今の太い腕が私の胸を軽く叩いた。何事かと睨みつけると、唇に指を当てている。声を押し殺して訊ねた。

「尾行か」

「みたいですよ」

甲州街道が二十メートル先に迫っていた。今が顔を上げる。右手の親指で自分の胸を指差し、すぐに左に倒す。しばらく間を置いてから、今度は右に倒した。そこで左右に分かれよう、という合図だ。

「じゃあ、今日はお疲れ様でした」わざとらしく疲れた声色を作り、今が手を上げた。

「ああ」

「今夜」右手を固めて耳に持っていく。「私の方から」

「了解」

信号が変わるのを待ちながら、振り返りたいという欲望と必死に戦った。昼間葬儀場にいたのと同じ人間だろうか。いつからつけられているのだろう。そもそも相手は何人いるのか。

信号が青に変わった。今が私に手を振って歩き出し、すぐに左に折れる。私はその場に留まり、再び信号が変わるまで待った。また逆尾行をしてみるか。だが、そんなことをしても時間の無駄だ。それに、尾行者も私たちを「襲え」とまでは命じられていないだろう。勝手にやらせておけばいい。

今夜は、麻布十番の優美の家ではなく、多摩センターにある自分の家に帰ることにした。今のところ差し迫った危険は感じられないが、彼女や勇樹を巻きこむわけにはいかない。あの二人は、私を正気の世界につなぎとめておく唯一の存在なのだから。

多摩センター駅から長い坂を上って二十分ほどのところにある私の家は、知り合いから借りているものだ。家主はこの近くにある大学で教えていたのだが、二年前にアメリカに留学したまま向こうに居座り続けている。私は公共料金を払うだけで、ずっとこの家に住んでいる。何となく後ろめたさを感じた時期もあったが、いつの間にか何とも思わなくなった。どんなことに対しても感覚は鈍くなるものだ。

ガレージに置きっぱなしにしているSRに跨《また》がる。チョークを引いてキックペダルに足を引っかけ、圧死点を探り当てて一気に踏み下ろした。エンジンに火が入り、逞《たくま》しい鼓動が体を震わせる。この夏は、ずいぶん距離を稼いだ。優美は嫌がっているが、高速道路の二人乗りが解禁になったこともあり、勇樹と二人で何度かツーリングに出かけたのだ。と言っても関東近郊ばかりである——箱根、秩父、館山。勇樹はパッセンジャーとしては理想的な存在だった。まだ体重が軽いし、オートバイの動きに合わせて体重移動するコツも覚えた。どうやら運動神経はよさそうで、この分だと野球チームに入っても楽しくやれるだろう。もっともこの冬には、ラグビーの試合に連れて行くつもりでいた。野球よりもラグビーを気に入ってくれれば……。

私は自分のコピーを作ろうとしているのだろうか。オートバイに乗り、ラグビーを愛する少年を。

アイドリングが安定したところで、さらに五分ほどエンジンを回しっ放しにする。椅子代わりに使っているビールケースに腰かけ、十キロの鉄アレイを持って、アームカールを始めた。手首を固定したまま素早く曲げ、息を吸いながらゆっくり伸ばす。片腕で十五回ずつを一セットにし、それを三回繰り返した。上腕二頭筋に熱がこもり、額に汗が吹き出す。鉄アレイをコンクリートの床に置き、ペットボトルの水を飲んだ。狭いガレージの中に排気ガスがたちこめ、ビッグシングルの生み出す震動が空気を震わせる。心地良く、気持ちを落ち着かせる音だ。

エンジンを切り、ガレージのシャッターを閉めて、額の汗を拭いながら上に上がる。

足取りが重く、靴底が階段にへばりつくようだった。徒労、という言葉が頭に浮かぶ。

リビングルームのドアを開けた途端に携帯電話が鳴り出した。

「もしもし」

「ああ」

優美だった。ささくれ始めた心がすっと撫でられる。

「もう家にいるの？」

「しまった、電話するの忘れてたな」

「勇樹が話したがってたわよ」

「もう寝たよな」

「残念でした。今日は忙しかったの？」

「忙しくはないけど、尾行されててね」まだリビングルームの照明はつけていない。窓辺に立って、カーテンを引く。五センチほど隙間《すきま》を残し、そこから外の様子を窺った。家の前は上り坂で、街灯がやけに明るく道路を照らし出している。目に見える範囲に、人の気配は感じられなかった。

「尾行？」優美の声に緊張の色が混じる。

「詳しくは話せないけど」

「大丈夫なの」

「こっちの様子を窺ってるだけだと思う。危ないことはないよ」本当に？　しかし、何も分かっていなくても、彼女と自分の双方を安心させるためにそう言う必要があった。

「おばあちゃまね、やっぱりあと一週間ぐらい入院するみたい」

「悪いのか」

「そういうわけじゃないけど、あの年になると検査もいろいろあるのよ。でも、ちょうどいい息抜きになってるみたい。病室の人たちとも仲良くやってるし」

「俺も見舞いに行った方がいいかな」

「あまり大袈裟にしない方がいいわよ」

「でも、そういうことにうるさい人だから。無礼者だと思われたら困る」

「それは、あなたにお任せします」含み笑いを漏らしながら優美が言った。「あくまであなたとおばあちゃまの問題でしょう」

「ということは、君の問題でもあるんだけどね」

電話の向こうで優美が沈黙した。彼女は臆病になっている——私と同じように。私たちは二人で、「結婚」という文字が書いてある小さな椅子の周囲をぐるぐる回っているだけなのだ。この椅子取りゲームは、どちらか一方だけが座ってはいけないし、音楽が止まる気配もない。

「気をつけてね」

「何に？」

「何となく。よく分からないけど」

「分かってる。いつも気をつけてるよ」そっと唾を呑む。彼女の勘はよく当たるのだ。

「それならいいけど。じゃあ、明日は時間ができたら電話してね。勇樹が話したがってるから」

「ああ、夕方にでも」

電話を切った途端にまた鳴り出した。今度は今《こん》だった。

「どうもどうも。今でございます」八時間ぐっすり寝た後、卵三個を使ったオムレツとトーストを四枚食べ、二杯目のコーヒーを飲み終えたばかりのように快活な声だった。

「何でそんなに元気なんだ」

「疲れるようなことはしてませんから」

「だから精神的に疲れるんじゃないか」

「気の持ちようですよ。今日一日があまりよくなかったとしても、その分明日いいことがあるかもしれないじゃないですか。これは幸福のゼロサムゲームと申しまして——」

「残念だけど、俺は君のように楽天的にはなれない」声を大きくして彼の講釈を遮った。「で、どうだった？　尾行は君の方についていったみたいだけど」

「的が大きい方が見逃さないと思ってるんでしょうな」低い笑い。「何と、家までついて来ましたよ」

「君、家はどこなんだ」

「松原《まつばら》です。世田谷線の駅の近くですよ」

「ずいぶんゆっくりだったな」

「家には一時間ぐらい前に帰ってきてたんですけど、夜食を作ってましたから」

「また飯かよ。一日何食食べるんだ」

「今日は一食抜きました。ふだんは五回ですね」

「いい加減にしろ」吐き捨てながら、私もかすかに空腹を覚えていた。夕食が早過ぎたし、何しろ立ち食い蕎麦《そば》だ。冷蔵庫に何か入っていただろうか。「で、尾行の人間はもういなくなったのか」

「張り込みの指示まではされてないんでしょう。一度家に入って、十分してから外を見回ったんですけど、誰もいませんでした」

「要するに連中は、俺たちの手の内を探ってるわけだ」

「探られて困るようなこともないんですけどね、こっちは。何しろ、まだ闇の中なんですから」

「その通りだ。篠崎が嘘をついているらしいこと以外は何も分かっていない」

「戸田を庇《かば》ってるんでしょうか」

「だとしても、その理由は何だ？」

「それこそ、揉み消しの事実を知っているからとか。義理の息子だっていうこともあるでしょうけど」

「だったら、篠崎を絞り上げてみるか。共犯みたいなものじゃないか」

「いや、あのジイサン、簡単には口を割らないと思いますよ。それに、絞り上げるにしたって、こっちには材料がないんだから」

「こつこつ行くしかないか。ところで明日の朝は、堀本のアパートに集合しないか？ちょっと部屋を調べてみよう」

「そうですね、まだ現場も見てませんしね。九時でどうですか」

「じゃあ、現場で落ち合おう」

電話を切って、すぐに冷蔵庫を開けた。優美が来た時に作りおきしてくれたトマトソースがある。パスタを少量茹《ゆ》でて、これであえて食べよう。あくまでほんの少しだ。

が、優美の作るトマトソースは美味《うま》い。

誘惑に抗しきれず、パスタを百二十グラム茹で、たっぷりのソースを添えた。これも優美が残していったチーズをおろし、パスタが見えなくなるほどかける。ミネラルウォーターを横に置いて、大慌てで食べた。「パスタは早く食べないと駄目よ」と優美はいつも言っている。しかし、急いで食べても美味いものは美味い。バジルの風味が効いているし、ソースにはプチトマトを混ぜているので爽やかな甘みが舌に優しかった。

食べ終え、皿を流しに置いて、窓辺に置いた一人がけのソファに陣取る。ガラスの冷たさが額に伝わり、軽い頭痛が襲ってきた。依然として真相は深い雲の中にあり、手を伸ばしても触れることはできそうもない。一課の仕事というのは、事件が起きてからが勝負である。そこにある死体から全てが始まる。なのに今、私の前には何もない。最初に現場を見たわけでもないし、見たこともない相手を捜さなければならないのだ。優美の「気をつけてね」という忠告も気にかかる。彼女が何を知っているわけでもないのだが、忠告が外れることは滅多にないのだ。

明日は沢登に電話を入れよう。必要なら、少し揺さぶってやってもいい。彼は、私に対して「しがらみがない」という言葉を使った。その通りである。警視庁の中には、友や味方と呼べる存在がいないから、誰に遠慮することもない。

それは彼に対しても同じなのだ。相手が理事官であろうが何であろうが、言うべきことは言わなくては。

5

九時十五分前に堀本のアパートに着いたが、今《こん》はすでに到着していて、8の字を描くようにぶらぶらと歩き回っていた。私を認めると、全開の笑顔を浮かべて部屋の鍵をじゃらじゃらと振ってみせる。

「管理人のところで、奥さんに借りてきました」

「怖がらせてないだろうな」

「怖くて悲鳴も出なかったんじゃないですかね。笑顔で行ったんですが」

「その笑顔が怖いんだ」

「承知しました。気をつけましょう」

アパートの大きさから見て、全てワンルーム、あるいは1DKのようだった。そういえば近くには大学がある。大学生が住むにはいいかもしれないが、ちゃんと自分の家を持つ男がわざわざ借りる理由が理解できない。堀本の家族は、この部屋の存在を知っていたのだろうか。

堀本の部屋は二階だった。今の巨大な尻を見上げながら階段を上り、彼が鍵を開けるのを待つ。

「ワンルームですね」ドアから首を突っこみながら今が言った。肩越しに覗いてみると彼の言う通りで、短い廊下の左側が作りつけのキッチン、右側がトイレと風呂場になっているようだった。玄関から見た限り、奥の部屋には家具の類が見当たらない。

「これ、どうぞ」今がバッグを探ってビニール製のオーバーシューズを差し出す。鑑識の連中が現場で使うものだ。

「どこでくすねてきた」

「いつ必要になるか分かりませんからね」私の質問には直接答えず、今が屈みこんでオーバーシューズを履いた。二、三度足踏みしてから部屋に入る。

部屋は八畳。左側にベッド、右側の床にテレビが直接置いてあるだけで、その他に家具はまったくない。クローゼットを開けてみたが、冬物のコートが一着かかっているだけだった。奥が窓で、カーテンは外され、レールが大きく歪んでいた。

「惜しかったですね」今がカーテンレールを指差す。「もう少しで壊れてたはずです」

「そうだな」窓辺に歩み寄り、カーテンレールに目を凝らした。下に向けて二十センチほどもくの字に曲がり、ねじが何本か外れている。足元を見下ろすと、フローリングの床に一度濡れて乾いたような跡があった。小便の跡だ。窓を開けて冷たい空気を入れたいという欲望と戦いながら、ゆっくりと後ずさる。

「ろくに調べてないんでしょうねえ、ここは」今《こん》が深く溜息をついた。

「そうだろうな」私は窓枠の上の方を指差した。「指紋を採取した跡があるな」

「自分でロープをかけたかどうか確認したんでしょうね」

「そういうことだな。結論は……」

「自殺だった」今が私の台詞《せりふ》を引き取った。この男はいつも、私の半歩先に回りこむ。頭の回転が速いことは認めざるを得ないが、その度にかちんとくるのも確かだ。

「もう少し調べてみよう」

「いいですよ。じゃ、私はこっちの部屋をやります」

「そうしてくれ。キッチンや風呂場は、君の体じゃ入れないだろうから」

「お気遣いいただきまして、恐縮です」今がぺこりと頭を下げる。

水回りから始めた。トイレとユニットバスが一緒になっており、大の男が風呂でくつろぐには狭過ぎる。そそくさとシャワーを浴びるのが関の山だろう。乾いたバスタオルが風呂桶の縁にかかっている。作りつけの戸棚を開けてみたが、トイレットペーパーが一つ、転がっているだけだった。念のためにトイレの裏側を覗き、タンクを開けてみる。何もない。

　キッチンに移った。と言っても、コンロが二つと魚焼き器がついたガス台が一つ、ヤカンがあるだけで、冷蔵庫も食器もない。生活臭がまったくない。堀本がここに住んでいたにしても、本当に寝に帰るだけだったのだろう。

「そっちはどうだ」今に声をかける。

「クローゼットを調べてます」くぐもった声の返事が返ってきた。天井をぶち破るなよ、と声をかけようとして思いとどまる。確かに彼は温厚な男かもしれないが、どこで切れるか試す意味があるとは思えない。

　天井。そうだ、風呂場の天井を調べてみないと。確か、換気扇の横が蓋になっていたはずだ。

　背伸びして蓋を押し上げる。埃と湿気のためか、一気には開かなかった。力をこめ、拳で押してみる。「ぽん」と栓が抜けるような音がして蓋が外れ、内側に潜りこんだ。開いたところから何かが床に落ちる。ビニールで幾重にも巻いた物体だった。落ちた物体を拾い上げ、指先で押してみると、きしきしと小さな音をたてた。

「今」無意識のうちに声が大きくなる。

「ちょっと待って下さい——」

「探し物はこっちだ」


覚醒剤だろう、という結論になった。

だが、どうしてここにあるのかについては、曖昧な推論の域を出ない。分厚く巻きつけられたビニールを通して「烏龍茶」の漢字が読める。日本のものではないようだ。五百グラムとして、末端価格でいくらぐらいだろう。一千万か、二千万か。

泳がせ捜査、という可能性が浮かぶ。密輸に関しては水際で見逃して、国内での取り引き現場を押さえる——というような手法だ。法的に許可されたのがほぼ十年前で、最近では珍しい手法でも何でもない。あるいはおとり捜査。すでに最高裁で、「通常の捜査手法では摘発困難で、犯罪の意思が疑われる者を対象とする場合は許される」という判断がでているから、これも可能性としては否定できない。

問題は、この部屋を借りていたのが警察官だったということだ。

私たちは、沢登の到着を待っていた。世田谷東署にいるからすぐに行けるという話だったが、連絡を入れてからすでに三十分が経過している。アパートの前で覚醒剤の袋を持った男が二人。それも、正規の家宅捜索で入手したものではない。沢登以外の警察官に見つかればややこしい事態になるのは目に見えている。

アパートの前にタクシーが乗りつけられ、沢登が今にも爆発しそうに顔を紅潮させて降りてきた。それで大体、彼が遅れた事情が分かった。運転手が道に迷ったのだろう。世田谷の中心部はタクシーの運転手にとっても難所なのだ。

「ご苦労」沢登の表情は硬いままだったが、口調はわずかに柔らかかった。コートのボタンをきっちり締めると、私の手の中にある覚醒剤の袋を見下ろす。「よく見つけた」と感情の抜けた声で言った。

「最初に調べた連中が手を抜いていただけです。五分で見つかりましたよ。でも、どうするんですか」

「令状がないことか？　心配いらない。一度調べてから戻す。その後で令状をとって捜索し直せばいい。変則的だが、今回は仕方がない」

「匿名の情報提供者からのタレコミ、ということにするんですね」それでは公判維持はできないと思いながら言った。

「ああ、それがいいだろうな」

「覚醒剤の捜査はずいぶんずぼらなんですね」

挑発してみたが、沢登の口調は毛筋ほども乱れなかった。

「公判は気にしなくていい。この件では、関係者はもう死んでる」

「理事官、堀本が覚醒剤に関わってる件はご存じだったんですか」

沢登が、驚いたように目を見開いた。口を開きかけたが、チャックをかけるように人差し指を下唇に這《は》わせる。

「情報としてはな」

「これは何なんですか」覚醒剤の入った袋を沢登の目の前に突き出した。「そもそも、どうして堀本の部屋にこんなものがあるんですか」

「声が大きい」

指摘され、周囲を見渡した。人通りはないが、住宅街の只中だから誰かに聞かれる恐れはある。息を吸い、吐いて、声を低くして続けた。

「まさか、堀本が自分で商売してたんじゃないでしょうね」

「それはまだ分からん」

沢登の目がすっと横に動く。視線の動きを追うと、二台の覆面パトカーが滑りこんでくるところだった。一台目から一人、二台目から二人が降りてくる。三人が三人とも、制服であるかのようにオフホワイトのステンカラーコートを着ていた。靴底が道路の砂利を噛む音が、不快に耳を刺激する。

「渡してやってくれ」

沢登が命じる。私は三人の顔も見ずに、袋を持った手を横に上げた。すぐに重みがなくなる。ちらりと横を向いて睨みつけてやったが、表情のない顔が三つ、並んでいるだけだった。沢登が顎をしゃくり、覆面パトカーに乗るよう、私たちを促す。今《こん》が助手席に、私と沢登が後部座席に並んで座った。

「堀本が覚醒剤を隠し持っていた。そんなことを、わざわざ俺たちが調べないといけないんですか。これは防犯の仕事でしょう」

「それは、いろいろあるんだ」書類を読むように事務的な話し方を続けてきた沢登の口調に、わずかに苛つきが混じった。「この件を揉み消そうとしている連中がいる」

「揉み消す？」眉の辺りがひくひくと痙攣するのを感じた。

「横流しかもしれん」沢登が唇を噛む。「堀本がそういうことをしていた事実を知られると困る人間がいる」

「誰が困るんですか。それに、この絵のどこに戸田が当てはまるんですか」

「君たちには申し訳ないが、はっきりしたことは言えないんだ」

「それじゃあ、動きようがありませんよ」

「申し訳ないとは思う」少しもそんなことは思ってもいない口調で沢登が続けた。「しかし、この一件に関しては内密に話を進めなければならない。私が欲しいのは真相だけだ。真相が分かれば……」

「癌《がん》は切る、ということですか」

「もちろんだ」私の言葉の語尾に被せるように、激しい口調でつけ加えた。「真相を明らかにするのが私の義務だ。こういう重大事件を揉み消そうとしている連中とは、徹底して戦わなくてはならない。鳴沢よ、警察は一枚岩じゃないんだ。規律が緩んでいる部分は間違いなくある。だから不祥事も絶えない。こういうことは、監察が出てきて事務的に処理したからと言って終わるものではないんだ。それは君にも分かるだろう。やるなら徹底的にやるべきだ」

警察の警察たる監察。だが、内部の組織が調べる限り、どうしても限界はある。追及も甘くなる。かといって、外部に監査を頼むこともできないのが警察という組織だ。沢登は一人で、あるいは信頼できる少数の仲間を頼んで、警視庁内の腐った部分に切りこもうとしているのだろうか。

「理事官」のんびりした口調で今《こん》が割りこんできた。「どうも、我々をつけてる人間がいるようなんですよ。何か、お心当たりはありませんか」

「ない」沢登が即座に断定した。「ただ、考えられないことではない」

「敵は誰なんですか」私は、沢登の方を横目で窺いながら訊ねた。

「敵というのはな」沢登がドアに手を伸ばしながら言った。「姿が見えるとばかりは限らないんだ。この戦争の厄介な点はそれなんだよ」

「戦争」今が淡々とした口調で繰り返す。「穏やかな表現じゃないですね」

「私としてはそれぐらいの意識でいる。何か危ないことがあったらすぐに連絡してくれ。いつでもかまわん」沢登が車の外に足を踏み出したが、思い出したように私の方を振り向くと、「ここまではよくやってくれた。君たちに頼んだのは正解だったよ。引き続き頼む」ときびきびした口調で言った。

ドアが閉まる。密閉されたパトカーの中を、冷たく生臭い風が吹きぬけるのを感じた。身内にいる敵。背中を刺されるぐらいでは済まないかもしれない。

気に食わない。

全てが芝居がかっている。自分たちが、台詞も与えられずに舞台に放り出された役者のような気分になった。

「気に食わないですね」三軒茶屋駅の方にぶらぶらと歩いて戻る道すがら、今が私の感じていることをそのまま口にした。

「ああ、気に食わない」

「でも、やるしかないんでしょうね。これも給料のうちですし」

「それに、本当に堀本が覚醒剤の横流しをしてたら、それは絶対に許せない。そもそも、最初の現場検証がいい加減だったのも、何か裏がありそうな気がしないか」

「まあ、一概にそうは言い切れないでしょう」首を振って今が反論する。「自殺と決めてかかったら、まともに調べるわけがない。私だってそうしますよ」

「君は、甘いんだ」

「時々そうなるのは事実ですね。私も人間ですから。だけど鳴沢さん、これは本当に戦争かもしれませんよ」

「何が言いたい」

立ち止まる。三歩先に進んだ今《こん》が、振り返って険しい表情を作った。

「覚醒剤の件、堀本一人でできるとは思えないんですが」

「仲間がいるということか」

「と思います。だとすると、この癌は相当広がってる」

「末期的かもしれない。リンパ節に転移してないことを祈るよ」

「ええ、まあ」

「君は違うのか」

「私は祈りません。あるがままを受け入れるだけです。しかし、妙ですね。横流しをしている堀本の仲間が何人もいるとしたら、あの部屋に覚醒剤があることも分かっていたはずでしょう。堀本が死んだ時点で回収しようとするんじゃないでしょうか」

「堀本が死んだから回収できなかったんじゃないか。ほとぼりが醒めた頃に取りに来るつもりだったのが、俺たちが先に見つけた」

「そうかもしれません」今が顎を撫でる。「気に食わないですね」

話はぐるりと回って出発点に戻った。どうやら私たちはまだ輪から抜け出していないし、その輪はひどく狭いようである。


今と分かれて動くことにした。正規の捜査をしているわけではないから、セオリー通りに二人一組で動く必要はないし、昼飯まで彼につき合うのはどうにも気が進まなかった。今が食べるのを見ていると食欲がなくなる。

今は戸田の足取りを、私は堀本に関する噂を追うことにした。防犯畑の長い人間に、少しだけ顔が通じるのだ。警視庁に電話を入れてから土曜日なのだと気づき、思い切って相手の自宅に電話をする。向こうも少しだけ驚いた様子だったが、どこかで会いたいと言うと、自宅近くのスターバックスを指定してきた。

田園都市線であざみ野まで出て地下鉄に乗り換え、昼前には初めて歩く街に着いた。指定されたスターバックスを探し出し、「本日のコーヒー」を一番小さなカップで貰う。窓際の席に陣取り、晩秋の街を歩く人たちをぼんやりと眺めながらコーヒーを啜った。すぐ目の前には別のカフェがあり、中華料理屋の看板もいくつか見える。

「急に呼び出して脅かすなよ、鳴沢」

いつの間にか店に入ってきた横山浩輔《よこやまこうすけ》が、にこりともせずに言った。私は座り心地の悪いスツールから立ち上がり、小さく目礼して彼を迎えた。新横浜の駅に程近いスターバックス。店の外に、彼の愛車のいすゞ117クーペが停まっているのではないかと目を凝らしたが、見当たらなかった。

「車じゃないんですか」

「ここだと歩いた方が早いんだ」

「車の方がよかったんですけどね」

「お前、あの車は狭いって散々文句を言ってたじゃないか」スツールに腰を下ろしながら横山が言った。

以前青山署にいた横山とは、大規模な悪徳商法事件の捜査で一緒に仕事をした仲である。張り込み用にと彼が乗ってきたマイカーが、父親から譲り受けて二十年も乗っているという117クーペだったのだ。明らかに私の体格には小さ過ぎる車で、今《こん》が乗ったら窒息してしまうかもしれない。

「あまり人に聞かれたくない話なんで、車の中がいいんですよ」

「ほう」

「尾行もついてまして……今はいないと思いますけど」

横山が右の眉だけをくいっと持ち上げた。細い指で二度テーブルを叩き、すっと立ち上がる。

「じゃあ、うちへ来い」

「大丈夫ですか」

「構わない。誰もいないから」

「今日は、娘さんと朝ごはんのデートだったんですよね」土曜日。休みの日はいつも娘とマクドナルドで朝飯を食べる、と横山が言っていたのを思い出した。私が唯一知っている、彼の私的な側面である。そういえば、彼の私服姿を見るのも初めてだった。いつもは銀行員が好んで着そうな濃いグレイのピンストライプのスーツが定番だが、今日は白いポロシャツの上に濃紺のトレーナーを着こみ、エディ・バウアーのナイロンジャケットを羽織っている。下は何とジーンズだ。イメージが完全に狂う。

「今日はピアノの発表会でね。デートはなかった」

「そうだったんですか？　すいません。行ってあげないといけませんよね」

横山が剃刀《かみそり》のように目を細めて私を一瞥《いちべつ》し、口を尖らせる。答を求めるように視線を彷徨わせた。

「娘も最近大人になってきてな」

「何年生でしたっけ」

「三年生。最近ちょっとな……母親とは仲が良くて、俺一人が除け者にされてる。いつかはこういう日が来るのは分かってたんだけど、多少はショックだな」

「横山さんでも拗《す》ねるんですか」

「事実を嚙み締めてるだけだ」

新横浜はまったく馴染《なじ》みのない街だった。碁盤の目のように整理された街並で、街の真ん中を新幹線が貫いている。ランドマークは横浜アリーナとプリンスホテルだ。気の早い木枯らしが足元を吹き抜け、背中に冷たい舌を這わせる。

「横山さん、ずっと新横浜なんですか」

「ああ。この辺がまだ山の中で、新幹線の線路しかなかった頃から住んでるよ。ずいぶん変わったな」

「昔は結構田舎だったんでしょうね」

「今だってそんなに都会ってわけじゃないけど、何だか住みにくくなったよ。『ラーメン博物館』なんてものができちまったし、日産スタジアムが近くにあるから、サッカーの試合がある時は混んで仕方ないんだ。引っ越そうかとも思ってる。本社に行くのにもちょっと遠いしな」

「ここからだと……」

「菊名《きくな》まで出て、東横線に乗り換えて、中目黒《なかめぐろ》から地下鉄だ」

「一時間ぐらいですか」

「ま、それで文句を言ってるのは贅沢《ぜいたく》かもしれんがね」

スターバックスから歩いて十分ほど、横浜アリーナの裏手にあるマンションが横山の家だった。エレベーターで五階まで上がる間、彼は一言も口をきかなかった。ドアを開け、私を先に玄関に入れてから、後ろ手にドアを閉める。

「上がってくれ。突き当たりがリビングだ」

言われるままに廊下を歩き、リビングのドアを開ける。大きな窓は東向きで、まだ午前中の陽射しの名残があった。右側にまだ真新しい黄色の大きなソファ、左側にピアノが置いてあるのが目立つ。事実、リビングルームはそれだけでほぼ埋《う》まってしまっていた。

「座っててくれ。コーヒーでいいか？」

「おかまいなく」

座面の低いソファに腰を下ろす。居眠りをするにはいいようだが、座ってくつろぐにはあまり適していない。それでも、これも筋力トレーニングになるかもしれないと、腿《もも》に力を入れて上体を真っ直ぐ立たせておいた。ほどなく、キッチンからコーヒーの香りが漂ってくる。昔は、あまりコーヒーを飲まなかった。眠気覚ましにはいいのだが、利尿効果が高いから、張り込みの時などにトイレで苦労することになる。コーヒーをよく飲むようになったのは優美と知り合ってからだろうか。単純に、彼女の淹《い》れるコーヒーが美味いからという理由である。

「ブラックでいいな」

「結構です」

横山がマグカップを二つ持ってリビングに入ってきた。一人がけのソファに座ると、リーバイスのロゴが入ったのを私の前に、いかにも手作りのように見えるごつごつとしたのを自分の前に置く。

「それ、娘さんのプレゼントですか」

「二年生の時にな、図工で作ったんだ」横山の唇がわずかに薄く開く。「まあ、こういう時もあったわけだ。お前も気をつけろよ」

答えず、うなずくだけにした。勇樹ほど扱いやすい子どももいないが、数年後にどうなっているかは分からない。

横山がコーヒーを一口飲み、私に視線を据えた。

「で？」

「生活安全特捜隊、です」

「それがどうした」

「変な噂はありませんか」

「何が言いたい」

一瞬躊躇《ちゅうちょ》した。どこまで話していいものか。捜査はあくまで極秘であるし、横山だって本来防犯の人間なのだ。もしかしたら彼も堀本の一件につながっている――ありえない。私は頭の中で芽生えた妄想を握り潰した。横山は経済事犯のエキスパートで、薬物を専門にする連中とはつながりがないはずだし、私以外に警視庁で「不正」に縁のない人間を選ぶとしたら、彼がまず筆頭に来る。

「覚醒剤の横流しの噂があります」

「まさか」即座に否定したが、横山の口調は硬かった。

「いや」

「何を摑《つか》んでるんだ」

私は無言で首を振った。横山の視線が突き刺さる。顔を上げると、彼の目つきが私をばらばらに切り刻みそうになった。

「横山さんにこんなことを聞くのは筋違いかもしれませんけどね」

「俺も防犯の人間だからか？　そういう連中の仲間だとでも思ってるのか」

「まさか」

「お前は、相変わらず防犯のことが分かってないな。清濁併せ呑む度量がないとこの仕事はできないんだぞ。切った張ったの一課とは違うんだ」

「だからと言って、不正は許されないでしょう。それとも防犯では許されるんですか」

横山がきつく目を閉じた。両手をきつく握り締めたまましばらくそうしていたが、やがて薄《うっす》らと目を開けると、天井を仰いで溜息をついた。

「警察も聖人君子の集まりじゃない」

「それじゃ答になってません」

「ガキみたいなことを言うな」逃げ場を探すように、横山の口調がふらふらと揺れた。

「ガキも大人も関係ありませんよ。不正は、特に警察の不正は許されない。当たり前じゃないですか」

「確かにな……ここのところ、不祥事ばかりが話題になるだろう。北海道警の裏金問題にしろ、警視庁の白バイ隊員の大麻にしろ、嫌になる。真面目にやってる人間まで馬鹿を見るからな」握った横山の拳に、太い血管が浮いた。

「だからこそ、不正は正さないといけないんじゃないですか」

「お前、監察みたいな仕事をやってるのか。それとも……」

「別件です」横山の顔をちらりと見てから、深く頭を下げた。「申し訳ないですけど、これ以上は言えません」

「まあ、いい」憮然《ぶぜん》として横山が唇を引き結ぶ。

「すいません」

「それにしても雲を摑むような話だな。もう少し言えないのか」

私は堀本の名前だけを上げた。

「堀本正彦か。名前は聞いたことがある。俺の一年下ぐらいじゃないか。でも、一緒に仕事をしたことはない」

「薬物関係の専門家みたいですけどね」

「俺とは筋が違うわけだ」

「ええ」

「分かった。注意しておく」

あまり熱のこもらない横山の返事を聞いて、私は急に熱が冷めるのを感じた。やはりこの男も、組織の利益を優先するのだろうか。誰だって、自分の属している組織に「不正」の看板が上がることは望まないだろう。仕事に対するプライドもある。仲間に対する信頼もある。

気を取り直して、あまり具体的にならないよう気をつけながら事情を話した。

「横流しか……組織的な事件なのか」

「今のところ、そういう話は聞いてません」あくまで今のところは、だ。この話がどこに転がっていくかは予想もできない。

「個人的な犯罪で済めばいいがな」

「どうなるかは分かりませんけど、中途半端にするつもりはありません」

「ああ、お前だったらそうするだろう」横山が身を乗り出し、私をじっと見詰めた。

「火傷《やけど》は覚悟してるんだろうな」

「どうでしょう」それならそれで覚悟はできる。だが私はまだ、中途半端なところに引っかかっていた。大怪我をすることになるのか、英雄に祀り上げられるのか、二股に分かれた道のどちらへ行くかは見えない。

横山は「昼飯を食おう」とは一言も言わず、私は気詰まりな空気を抱えたまま家を出た。仕方なく、駅へ戻る途中で中華料理店に入り、チャーハンで昼食を済ませる。ずいぶんべたべたしたチャーハンで、口中の粘つきを洗い流すのに、ウーロン茶を何杯もお代わりしなければならなかった。ようやくさっぱりした時、携帯電話が鳴り出した。慌てて立ち上がり、財布を尻ポケットから引き抜きながらレジに向かう。「もしもし」と返事をしながら金を出し、釣りを受け取って店を出た。

「もしかして、お食事中でしたか」今《こん》が恨めしそうに言った。

「俺だって飯ぐらい食うさ」

「私はまだなんですけどね」

「好きな時間に飯を食うのも才能のうちだよ。で、どうした」

「ええと」

今が指を舐めながら手帳をめくる様子が目に浮かぶ。

「今、調布にいるんですけどね。戸田の家の近所で聞き込みをしてみました」

「どうだった」

「やっぱり、仕事と家の往復だけの生活だったみたいですね。近所には友だちもいないし、町内会のつき合いにも顔を出してない。そういうのは、全部篠崎がやってたようですね。楽隠居だから、時間だけはたっぷりあるんでしょう。よく戸田の自慢をしてたようですよ。将来は本庁の課長ぐらいにはなるだろうって」

「そんなにできる人だったのかな」仮にそうだとしても、今回の失踪騒ぎでミソをつけたのは間違いない。早く出てこないと、失点が重なる一方だろう。もっとも、出てきたら出てきたで、私たちがもっと大きな黒星をつけることになるかもしれない。

「それはまだ分かりませんけどね。一課で聴きまわることもできないし。それはともかく、近所の人はほとんど戸田の姿を見かけなかったし、たまに会っても会釈するぐらいっていう人がほとんどですね。まあ、東京の人はみんな他人行儀だ」

「そんな状態だったら、戸田がいなくなっても誰も気づかないだろう」

「でしょうね。どうも、この聞き込みは無駄だったようです。これからどうしますか」

私は電話を耳に押し当てたままコートに袖《そで》を通した。スーツだけでは震えが来るほど寒い。人心地ついてから、「俺は新横浜にいる。どこかで落ち合おう」と提案した。

「それはいいけど、どうしますか？　世田谷東署にも何だか行きにくいですよね」

「ああ」

「じゃ、とりあえず三軒茶屋の駅の改札でどうですか。どっちからも一時間ぐらいで着けるでしょう」

「飯は食わなくていいのか」

「こういう時のために非常食を持ってるんじゃないですか」今が喉の奥で笑いを零《こぼ》した。

「ところで鳴沢さんはどうでしたか」

「情報源を一人捕まえた」

「当然、内部の人ですよね。信用できるんですか」

「ああ」信用はしていた。向こうも同じだとは思う。だが、今もその信頼関係が確かなものかどうかは疑わしかった。たぶん、この世で私と永続的な関係を保てる人など誰もいないのだ。

優美が例外であることを祈る。勇樹も。

「その線で何か出てくるといいですね」

「あまり期待しないで待とう。じゃ、一時間後に」

電話を切り、背筋を伸ばして歩き出す。ともすれば足元の歩道を見詰めてしまいたくなるが、無理に前を見据えるようにした。寒風が強く吹き抜け、薄らと涙が滲む。両手をコートのポケットから出し、拳を固めてきちんと腕を振りながら歩いた。

風にたてつけ。唇をすぼめてゆっくりと呼吸しながら、私は大股で駅に向かった。


上りの田園都市線はがらがらで、私の座った七人がけのシートには、あざみ野からずっと三人しか座っていなかった。鷺沼《さぎぬま》で乗りこんできた男が二人、私の両側に席を取る。空いている場所はいくらでもあるのに。両肘《りょうひじ》を膝に乗せ、前屈みになりながら、横目で二人の男をちらちらと観察した。右側の男は濃紺のステンカラーコート。四十歳ぐらい。銀縁の眼鏡をかけ、今朝の日経に視線を落としていた。左の男は三十歳ぐらい。明るい茶色の革のライダースジャケットにジーンズ、踝《くるぶし》まであるバックスキンのブーツという格好だった。ヘッドフォンの白いコードが両耳から垂れ下がってジャケットのポケットに消えている。かなり音量を絞っているのか、音は漏れ出ていない。

まったく関係なさそうな二人だ。それだけになおさら、私を挟みこむように座ったのが気に食わない。

電車の中で何ができるわけではないだろうが、フェイントをかけることにした。電車が溝《みぞ》の口《くち》駅に滑りこんだところで、首を捻って外に目をやり、大慌てで席を立つ。が、肩をすぼめてすぐに座り直した。降りる駅を間違えるところだった——と両隣の相手に思わせておいて、発車のベルが途切れる寸前に飛び出す。すぐ背後でドアが閉まった。それで振り切ったつもりだったが、振り向いた私の目には、二人の男の姿が映っていた。電車がスピードを上げ、男のコートの裾をぱたぱたと巻き上げる。

二人が近づいてきた。逃げるかどうしようかと迷ったが、結局そのまま迎え撃つことにした。ホームには人がいる。いきなり刺されることはないだろうし、もしかしたら私の思いすごしかもしれない。

「鳴沢さんだね」

年長の男が先に口を開いた。その言葉が合図になったように、若い方が私の横に回りこんだ。年長の男が歩を進め、五十センチほどの距離を置いて私と向かい合う。

「ちょっと座りませんか」時刻表の脇にあるベンチに向けて顎をしゃくる。この場での喋り手は彼に決まっているようだ。「それとも、コンコースにパン屋があるから、そこでお茶でも飲もうか」

「残念だけど、今日一日の分のコーヒーは飲んでしまって」

「じゃあ、水分抜きで」

言って、男がさっさとベンチに腰を下ろす。突っ立ったままでいると、若い方の男が私の背中を押した。気に食わないやり方だが、自分から手を出すわけにはいかない。仕方なしに、コートの男の横に座った。若い男は私から一メートルほど離れて、監視するように突っ立っている。当面この男の存在は無視することにした。

「確認するけど、青山署の鳴沢さんだね」

「そちらは」

「あんたの同僚ですよ」

「初対面ですよね。身分証明書は？」

抵抗されるかと思ったが、男は躊躇《ためら》うことなく、ちらりとバッジを見せた。名前を確認できるほどの時間は晒《さら》さない。

「名刺でもいただけるとありがたいんですけどね」

「それは後でいいでしょう。さて、あんたは沢登理事官の仕事をしていますね。違いますか」

「ノーコメント」

「おやおや」男が肩をすぼめる。「そういうのはやめにした方がいいんじゃないかな。我々は警察、それも警視庁の仲間なんだから。隠し事はなしにしましょう」

「それじゃ、そちらから喋って下さい。これが異常事態だってことは、当然分かってますよね。つまり、あんたたちが異常だってことだけど」

「おい、口のきき方に気をつけろ」若い男が詰め寄ってきた。目の前に腹がある。立ち上がって腹に強烈なヘッドオン・タックルを食らわせるか、膝に蹴りを入れれば、少しは後悔させることもできるだろう。コートのポケットに両手を突っこみ、背中を丸めて怒りと不安を押し潰した。

「まあまあ、そう怒らず」コートの男が私の肩に手を置く。睨みつけてやると、すっと手を外した。「認めなくても結構。こっちには分かってることだから。あんた、堀本のアパートで何を見つけた？」

「答える義務はない」

「無理強いしてるわけじゃないよ。これは忠告なんだから」

「忠告？」

「あの理事官にくっついてると、ろくなことにならない」

「例えば？」

「警視庁にいられなくなるかもしれない」

「だから？」

眼鏡の奥で男の目が鈍く光った。鼻の下を人差し指ですっと撫でると眼鏡を外し、ハンカチで丁寧に拭い始めた。顔から三十センチほど離して、首を左右に振りながら、曇りが残っていないかどうか確かめる。

「あんた、そんなに鈍いわけじゃないでしょう。それとも、何も知らないで口車に乗せられてるわけか？」

「何のことか、さっぱり分からない」

「まあ、いいでしょう。こっちは善意で言ってるんだから。若い人が失敗するのを見るのは忍びなくてね」

「俺を尾行してたのはあんたたちか」

「ノーコメント」眼鏡をかけると、男が冷たい笑みを浮かべた。「あんたの真似をしてみたんだけど、どうかな」

「板についていないですね。で、どうするつもりですか」

「何が」

「どうやって俺を脅すつもりですか。それとも脅しなしで、直接ホームから突き落とすとか」

「まさか」男が乾いた笑い声を上げた。「そういうのは、ヤクザのすることでしょう。警察は常にフェアプレーだよ」

「俺が聞いてるのとは違うようですね」

「ほう」男の口の端がひくひくと動いた。「何を聞いてる」

「ノーコメント」私は両手を三角形に組み合わせ、人差し指の先を眉間《みけん》に当てた。「これで俺は二回目ですけど、まだ続けますか」

「冗談じゃない。あんたに言わせれば、俺は『ノーコメント』が下手なんだろう」

「そうですね。修行が足りない。いつも人の言うことにへらへら笑ってうなずいてるからじゃないですか」

電車がホームに入ってきた。立ち上がったが、男は引き止めようとはしなかった。自分も立ち上がり、名刺を差し出す。

「気が向いたらいつでも電話してくれ」

「何のために」

「どっちを向いて仕事をしたらいいか、分かったら」

「それなら答は簡単です」名刺を受け取り、見もせずにコートのポケットに落としこんだ。「被害者のために。他にはない」

問題は、誰が被害者なのかすら分かっていないことだ。

6

今《こん》は、改札を出たところにある太い柱に背中を預け、腹の前で手を組んで視線をサーチライトのように左右に振っていた。私を見つけると、丸い顔に邪気のない笑みを浮かべて手を振る。目の前で立ち止まり、顔をしかめてやった。

「子どもじゃないんだから、そういうのはよせよ」

「怒ってるよりは笑ってる方が人生は楽しいですよ……まあ、楽しいことばかりじゃないけどね」珍しく、顔に影が差す。

「どうかしたのか」

「鬱陶《うっとう》しいお客さんに会いましてね、おかげで昼飯を食い損ねました。ちょっと腹に入れていいですか？　喫茶店でもいいですよ」

「ちょっと待て」食べ物を求めて歩き始めた今の腕を摑む。引きずられそうになったが、何とか引き止めた。「お客さんって、どういうことだ」

「こいつです」今が背広の胸ポケットから名刺を取り出した。「歌川敦也《うたがわあつや》」の名前がある。私が受け取った名刺と同じものだった。

「ふざけやがって」

「鳴沢さん、怒るよりは——」

「笑ってるばかりじゃ仕事にならない」

「まあまあ、そう言わずに」今が両手の人差し指を唇の両脇に押し当て、小さな円を描くようにマッサージしてみせる。「こう、一日一回、無理にでも顔の筋肉を動かしてですね……」

「いい加減にしろ」

丸い腹めがけて短いパンチを繰り出す。今は一瞬たじろいだが、パンチは分厚い脂肪に吸収されてしまった。できの悪い生徒に説教する教師のように、呆れ顔で首を振る。

「暴力はいけませんよ、鳴沢さん。ま、飯でも奢ってもらえば、今のはなかったことにしますけどね」

調子の外れた鼻歌を歌いながら、今が歩き始める。私はじんと痺れた右の手首を左手できつく握ったまま、彼の後を追った。

地下にある駅から地上に出て、西友の前にある喫茶店に腰を落ち着けた。席に着くなり、今がじっくりとメニューを検討し始める。千切れんばかりの勢いで腕を振ってウェイトレスを呼ぶと、クラブハウスサンドウィッチとアイスココアを頼んだ。注文を終えると、狭い椅子の中で何とか尻を落ち着けようともぞもぞ動きながら訊ねる。

「じゃあ、鳴沢さんの方の歌川は、途中の駅から乗りこんできたんですか」

「そういうこと。溝の口の駅でフェイントをかけて降りたけど、振り切れなかった」

「相手もプロでしょうからね」

「君は？」

「私は、つつじヶ丘で乗り換えを待ってる時に声をかけられました」

「どんな連中だった」

「二人組でした。二人とも三十五歳ぐらいかな。穏やかな話し合いでしたよ」

「あんな連中相手に、よく穏やかに話ができるもんだ」

「そりゃあ、鳴沢さんみたいにいつも棘《とげ》を出してるわけじゃないですから」

睨みつけてやったが、今《こん》は意に介する様子もない。

「その番号には電話してみたか」

「いや、話す用もないですからね」

「後で持ち主を当たってみるか」

「そこまでする必要があるんでしょうか」運ばれてきたアイスココアにストローを入れ

ながら首を傾げる。「ああいう連中の言うことを信じる必要もないと思いますよ。一つ気になることと言えば、理事官のことを言ってたことですね」

「考えてみると俺たちは、理事官のことを何も知らない」

「一緒に仕事したことがないんだから、知ってるわけがないんですけどね。調べた方がいいのかな」

「正直言ってやりにくい」溜息混じりに私は言った。「警察の中を嗅ぎまわるのは、普通の捜査よりずっと大変だ」

「それはそうですけど、ちょっと整理してみましょうか。難しい話じゃないんですよ」今が水を一口飲んだ。「とにかく、何かが起きているのは間違いない。しかもそれは、悪いことです。犯罪です。だから、私たちが動くのには正当性と根拠がある。管轄の問題は置いておくとして、この件で一生懸命やるのは何の問題もないでしょう……ただ、きな臭いんですよね」

「問題は、何を信じるかだな」

「それなら簡単です。自分ですよ」今が、心臓の辺りに親指を突き立てた。「それに、私たちは信頼し合わないといけない」

「俺は君を信用してもいいのか」

「それは鳴沢さんが判断することですけど、私はあなたを信用してますよ」

「物好きな男だ」

「はい、よく言われます」

椅子に深く腰を埋め、腹の前で手を組む。出口はどこだろう。せめてそこを照らす灯りだけでも見えないものだろうか。だが残念なことに視界はほとんど遮られているし、遮っているものの正体すら分からない。

宅地造成にかかるブルドーザーさながらの勢いで今《こん》がサンドウィッチを平らげている間、私は一杯のコーヒーを持て余していた。土曜の午後。何もなければ勇樹と遊んでいるか、ジムで汗を流している時間だ。仕事をしているにしても、この状況よりは明らかに充実感がある。溜息をついてから、目の前に塩入れと胡椒入れを置いた。塩入れが堀本だとすると、戸田が胡椒入れだ。この二つがぶつかって……意味がない。元の場所に戻した途端、携帯電話が鳴り出した。今に目で合図しておいてから、外へ出た途端に、キャロットタワーと西友の間を吹き抜ける寒風が体にぶつかってくる。コートを取りに戻るのも馬鹿らしく、上体をきつく抱きしめて寒さから身を守った。

「おたく、戸田を捜してるの？」探りを入れるような口調だった。

「そちらは？」電話を握り直す。いい加減にしろ、という言葉が喉元まで上がってきた。

正体不明の相手と話をするのは、一日に一回で十分である。

「まあ、それは」相手が言葉を濁した。若い声ではない。かといって、老人のそれでもなかった。三十歳から六十歳ぐらいまで、何とでも取れる声色である。機械的に合成された人工的な声のようにも聞こえた。

「名前も名乗らない人と話はできませんね」

言い放ってから、電話を切らずに相手の出方を待っていると、やや慌てた口調でつけ加えてきた。

「イスルギ、だ」

「珍しい名前ですね。どんな字を書くんですか」

「『石』に『動』だ」

「富山に、そんな名前の駅がありましたよね」

「あれと同じだよ」

「なるほど。で、あなたは誰なんですか」

「それはいいじゃないか」許しを請うような情けない調子だった。横に誰かがいて、脅されて電話をかけているような。「言うとまずいことがいろいろあるんでね」

「警察の方ですか」

「それも含めて、ちょっと言えないな」

すぐに電話を切ってしまいそうな雰囲気ではない。もったいぶった物言いは気に食わなかったが、できるだけ話を引き伸ばすことにした。それにしても寒い。吹きさらしの喫茶店の前から、隣にあるビルの奥まった入り口に移動する。ここなら直接は風が当たらない。目の前は世田谷線の改札で、午後の街に歩き出す人たちで賑《にぎ》わっていた。

「私が戸田さんを捜していることをどうして知ってるんですか」

「それは、いろいろと」

「そんなに目立って動いているつもりじゃないんですけどね」

「こっちだって、別に見張っているわけじゃないよ」

この言葉を素直に信じるとすれば、電話の相手は、昨日私たちをつけていた男ではないし、今日接触してきた人間でもない。いったいこの事件には何人が絡んでいるのか。

「あんた、新潟県警から来たんだよね」

「ええ」

「珍しいね」

「そうかもしれません」

「そういう事情だったら、警視庁の中のことを完全に分かってるわけじゃないよね」

「定年までいても分からないでしょうね」

「そりゃあ、そうだ。警視庁の職員は、小さな町の人口よりも多いんだから」男の声に、かすかに嘲《あざけ》るような調子が混じった。最初に想像していたよりも若いかもしれない。

「あなた、戸田がどこにいるか知ってるんですか」

「知らない」

「生きてるか、死んでるかも？」

「生きてる……んじゃないかな」

「どうしてそう言えるんですか」

「手柄を立てた人間を簡単に殺すわけがないからね」

「殺すって、誰が」

「失礼」咳払い。声が戻ってきた時には、気さくな調子は消えていた。「急ぎ過ぎるといけないいな」

「そろそろ本題に入りませんか」

「もう入ってる。あんた、植竹《うえたけ》って男、知ってるか？　植竹義之《よしゆき》って奴だけど」

「いえ」

「そうか。新潟にいるんだけど」

「新潟」口に出すだけで、その言葉が私の心を目の荒いヤスリで擦った。「新潟のどこですか」

「魚沼《うおぬま》……じゃなくて、南魚沼か。あの辺も、市町村合併でずいぶん名前が変わったんだよね。ホテルの支配人をやってるんだ。確か専務、かな。名義上は、母親が社長になってるはずだけど」

「それで？」

「あの辺じゃ老舗《しにせ》のホテルらしいよ」

「その人が、何の関係があるんですか」

「ああ、説明が前後したな。そいつは警視庁の刑事だったんだ」

「警察官がホテルの支配人に？　それは珍しいですね」珍しいと言えば、坊主になろうという人間もいるわけだが。

「元々父親がやってたんだけど、二年前に心臓の病気で倒れて、仕方なしに戻ったんだ。好きで刑事を辞めたわけじゃないよ」

「その人がどうしたんですか」

「戸田とずっと相棒でね。警察学校も同期。その後も、何だかんだでコンビを組むことが多かったらしい。こういうのは珍しいんだけどね。優秀な男だったよ」

「その人が戸田の居場所を知ってるんですか」

「そうは言ってない。言ってないが、否定もしない」

「私に無駄足を踏ませるつもりですか」

「無駄足を恐れてちゃ、刑事の仕事はやっていけないよ」

「ご忠告、どうも」

「ホテルの名前は『蛍楼《ほたるろう》』だ」

あの辺りにそんな名前のホテルがあっただろうか。思い浮かばない。

「当たってみる価値はあるよ。いいかい、線を間違えるなよ、線を」

「石動さん、あなたは……」

最後まで言い切らないうちに電話が切れた。着信記録を調べたが、相手の電話番号は非通知になっていた。背中を丸めながら喫茶店に戻ると、今《こん》がグラスの底に残った最後のココアをストローで吸い上げるところだった。ちらりと私を見て、グラスをテーブルにそっと置き、呆れたように溜息をつく。

「店の中で携帯が鳴ったからって、わざわざ外に出る人はいませんよ」

「人に聞かれたくない話かもしれないじゃないか」

「そうだったんですか？」

「分からない」

電話の内容を大幅に省略して説明した。こんな場所では詳しいことは話せない。今はまじまじと私の顔を見ながら話を聞いていたが、最後に首を捻った。

「また得体の知れない奴か……信用できそうですか？」

「それを言うなら、この話は何もかも信用できない」

「じゃ、思い切って行ってみましょうか。どうせ訳が分からないんだから、やけっぱちっていうのもありですよ。それに鳴沢さん、新潟なら詳しいでしょう」

「あの辺りはよく知らない」視線を逸らしながら答えた。

「まあ、ホテルなんてすぐに見つかるでしょう。ちょっとでも手がかりがあるなら、動いた方がいいですよ。これから行けば、夜には着けるんじゃないですか」

「罠かもしれない」

「罠？」今《こん》が大袈裟に噴き出した。「罠って何ですか。誰が私たちをはめようとしてるんですか」

「とにかく、罠かもしれない」言い張ったが、我ながら根拠のない思いつきに過ぎないということは分かっていた。「君一人で行かないか？」

「ご冗談でしょう。大きな手がかりかもしれないんですよ。そうだ、とりあえず理事官に連絡してみましょうか。出張の旅費も出ないとなったら大変ですからね。それに、歌川のことも報告しておかないと」今が電話を取り出し、はっと気づいたように私の顔を見る。「店の中で電話しちゃまずいんでしょうね。じゃ、勘定はお願いしますよ」

連絡を入れるか、いきなり押しかけるか。結局、予告なしで訪ねることにした。ホテルの支配人なら捕まえやすいだろうし、変に警戒されても困る。明日まで待って出発してもよかったが、結局午後遅い新幹線に飛び乗った。

「新幹線っていうのは、もう少し何とかならないですかね」東京駅を出た途端に、今が狭い座席の中で文句を言い出した。

「もう少し何とかすべきなのは君の体じゃないのか」

「ごもっとも」今が深々と頭を下げる。

調べてみると、「蛍楼」は旧六日町《むいかまち》地区にあることが分かった。目を閉じ、あの辺りの様子を思い浮かべる。市街地を貫く魚野川《うおのがわ》。埃を被ったように寂れた街並。重く頭上にのしかかる雲。そろそろ雪を心配しなくてはならない季節だ。私があの街で駆けずり回っていたのは、もう四年も前になる。合併したからといって、急に街の様子が変わるわけでもあるまい。大きな地震はあったが、被害が酷かったのは数十キロ北の魚沼市の方だ。おそらく、四年前とまったく変わらない、湿ってどんよりとした空気が出迎えてくれることだろう。

越後湯沢《えちごゆざわ》まで、東京から新幹線で一時間半。気持ちを切り換えるには短過ぎた。暗闇が迫る中、レンタカーを借りてすぐに走り出す。あと一か月もすると、魚沼を南北に縦貫する国道一七号線はスキー客の車が数珠つなぎになるのだが、この季節はまだがらがらだろう。

「さすがにこっちは冷えますね」助手席に座った今が、エアコンの噴き出し口をいじった。自分の方に温風が来るように調整して、両手を擦り合わせる。

「そんなに寒くないんだよ、新潟は。風が吹かないからね。北海道なんかとは違う」

「私は静岡生まれですよ」今が文句を言った。「寒さには慣れてないんです」

「一日二日ぐらい我慢しろよ」

「了解しました」あまり了解していない調子で言って、今《こん》がレンタカー店で借りてきた地図を広げる。「一七号線を真っ直ぐ行って、六日町の街中に入ってから……二五三号線ですか、これで西の方に行くんですね」

「ああ」何となく見当がついた。十日町《とおかまち》市方面へ向かう道だ。湯沢の駅前から一七号線へ出ると、右折して苗場《なえば》方面に車を向ける。関越自動車道の湯沢インターチェンジはすぐそこだ。

「逆じゃないですか」

「国道じゃなくて高速を使った方が早い」

「なるほど、さすが地元ですね」

「俺の地元は新潟市。ここじゃない」

「了解」今が口を閉ざした。口が軽過ぎるのは欠点だが、黙るべきタイミングは心得ている。どうにも理解し難い男だった。

六日町まで高速で十五分。インターチェンジを降りると、そこが十日町へつながる二五三号線だ。

「もうすぐだと思うけど」

「そうですね。あの、お松の池って知ってますか？」

「知らないな」

「ホテルはその近くなんですよ。二五三号線から左折してちょっと入ったところみたいですね。地図が大雑把で分かりにくいけど」

「何とかなるだろう。東京みたいにごちゃごちゃしてるわけじゃない」

だが、私たちは完全に迷ってしまった。山の中に入りこんで、棚田の間を縫うように走る細い道を何度も行き来し、一度など市境を越えて十日町側に入ってしまった。インターチェンジまで引き返したものの、再び曲がる場所を間違う。地図を見た限りでは、五分も走ればいいような道のりなのに、結局ホテルを探し出すのに二十分近くかかってしまった。すぐ近くにスキー場があり、まだ雪のないゲレンデが茶色い地肌を晒している。駐車場に車を停めた時にはすっかり暗くなり、吐く息も白く見えた。

「蛍楼」は名前こそ和風で、看板もそれらしく墨痕鮮やかに行書で書いてあったが、建物自体は完全な洋風のホテルだった。サンドベージュを基調にして屋根にはくすんだオレンジ色をあしらい、開いた本を立てたようなL字型の四階建てだった。紅葉狩りのシーズンとスキーシーズンの狭間《はざま》ということもあってか、ロビーは閑散としている。フロントに歩を進めると、落ち着いた「いらっしゃいませ」の声で迎えられた。

「ご予約でございますか」フロント係の男は二十代半ばぐらいで、名札の文字は「滝《たき》本《もと》」と読めた。この場は今に任せることにして、一歩後ろに下がる。腹をゆすりながら前に出ると、いきなりドスの効いた低音で切り出した。

「警察ですが」

滝本の顔がすっと白くなった。しわがれた声で「はい」と返事をして、今《こん》が突き出したバッジをまじまじと見詰める。少々反応が大袈裟だ。警察に来られるとまずいことでもあるのだろうか。

「支配人……植竹さんはいらっしゃいますか」

「専務ですか？　今日は出社しておりません。お約束でしょうか」

「いや、約束はないんですけどね。どこで会えますか」

「自宅の方だと思いますが」

「どちら？」

「ホテルのすぐ裏です」

「了解。どうも、お手間取らせましたね」

踵《きびす》を返して歩き出したところで、滝本がおずおずと声をかけてくる。

「あの」

「何でしょう」穏やかな笑みを湛《たた》えたまま今が振り向いた。

「お電話いたしましょうか？」

「いや、結構です。ホテルには直接関係ないことなんでね。あなたの手を煩わせるまでもないですよ。それに、電話されて逃げられたら困りますから」

「逃げるって……何かあったんですか」

滝本が目を細める。太い二本の皺《しわ》が眉間に生じた。今がさりげなく肩をすぼめる。

「何も。参考までにお話を伺いたいだけですよ。あなたが心配するようなことは何もありません」

ちらりと振り向いてみた。今が否定したにもかかわらず、滝本の顔には、殺人から横領まで、あらゆる犯罪を想像した怯《おび》えが浮かんでいた。

「こんなことなら、受付から電話してもらえばよかったですね。家に誰もいないのは計算違いだな」今が助手席で体を丸めた。

「まあな」

「まさか、このまま夕飯を食いそびれるなんてことはないでしょうね」

「君は非常食を持ってるだろう」

「これは非常時なんでしょうか。もったいないですよ」

私たちは、「お松の池」の前に車を停めていた。駐車場があるわけではなく、水辺のすぐ近くまで車を乗り入れることができる。闇の中でも、黒々とした桜の太い幹が目についた。春は花見で賑わうのだろう。植竹の家はすぐ目の前にあるが、真っ暗だ。表札で確認すると、植竹と妻、子どもが一人、それに母親と同居しているようだ。倒れたという父親は、もう死んでいるのだろう、名前はない。家はまだ真新しく、木の香が漂ってきそうだった。となると、父親が死んだ後に建てたものか。息子に刑事を辞めさせて田舎に引き戻すためには、母親は新築の家を誘い水にするしかなかったのかもしれない。

　車内が次第に冷えてくる。今《こん》は盛んに手を擦り合わせていた。私もコートのボタンを首まで締め、体を丸めた。近くにスキー場と温泉があるので、道沿いに民宿が立ち並んでいるが、人通りはない。街灯の灯りは頼りなく、目の前を人が通り過ぎても気づくかどうか心もとなかった。

　八時。確かに腹が減ってきた。とうとう空腹に耐えかねたのか、今がチョコレートバーの包み紙をむき始める。甘ったるい香りが漂ってきたが、そちらを見ないようにした。

「この辺、何が美味いんですか」

「そんなものはない」

「またまた、そんな簡単に」

「山の中だぞ。食事は期待するな。せいぜい山菜ぐらいじゃないかな」

「まさか、今夜中に帰るとか言い出さないでしょうね」

「それは、相手の出方による」

「ふむ」今がチョコレートバーの包み紙をくしゃくしゃに丸め、スーツのポケットに落としこんだ。「因果な商売ですね」

「それを選んだのは君だぜ」

「そうなんですよ。でも、仕方がないことでして」

「聞こうと思ってたんだけど」私は今の方に向き直った。「どうせ寺を継ぐのに、どうして刑事になったんだ」

「理路整然とした理由がいいですか？　それとも観念的なやつ？」

「どちらでも」

「オヤジがまだ元気でしてね。寺の跡を継ぐにしても、しばらく先になるでしょう。だから今は、猶予期間と申しましょうかね」

「実家を継ぐまでに別の仕事をする人はいくらでもいるだろうけど、刑事ってのは相当変わってるぜ」

「私の中では簡単な話なんですけどね」今が刈り上げた頭をつるりと撫でた。「刑事の仕事って、いろいろ酷いことを見ますよね。見るだけじゃなくて、被害者に気を遣ったり、犯人の反省を聞かなくちゃいけないこともある。世の中の汚い面を一手に引き受けているようなものじゃないですか」

「それこそが刑事の仕事じゃないか」

「ええ。最底辺を見ておかないと、仏の心がどうのこうの言っても意味ないんじゃないかと思いましてね。この世のことを何も知らないで人に説教しても、説得力がないでしょう。それに、人助けっていう意味では、坊主も刑事も変わらないと思いますよ」

かなり無理のある理屈だったが、あえて反論はしなかった。人から見ればおかしなことでも、当人の中では理論的に完結していることはいくらでもある。私だってそうだ。なぜ刑事になったか——父親も祖父も刑事だったから。物心ついた頃から他の職業は考えられなかったから。そういうことを言うと、鼻で笑う人もいるが、だからと言って、むきになって説明する気にはなれない。本人が分かっていればそれでいいことは、世の中にいくらでもあるのだ。

「お帰りみたいですよ」

今《こん》が体を起こす。車がぐらりと揺れた。車のヘッドライトが闇を切り裂き、植竹の家の玄関を明るく照らし出す。大型のミニバンだった。車が車庫に入ると、植竹だろうか、がっしりした長身の男が助手席から降りてくる。妻らしい女性が運転席から、中学生ぐらいの娘と老婆は後部座席から出てきた。外で食事でもしてきたのだろう、足取りは満ち足りてゆったりしていた。

「行きますか」今がドアに手を伸ばす。

「ちょっと待て。落ち着いてから外へ呼び出そう。家族の前だと話もしにくいんじゃないか」

「そうですね」

家の灯りが点いてから二十分待った。今が腕時計を見下ろす。

「もういいでしょう」

「よし」

ドアを押し開け、凍りついたように冷たい空気の中に一歩を踏み出す。いつも思うのだが、新潟では雪が降り始めてからよりも晩秋の方が寒く感じる。

今が先に立ち、インタフォンを鳴らした。涼やかな音が家の中で響く。寒さが体に沁みこみ、無意識のうちに両足を踏み鳴らした。新潟を離れてから四年、すっかり体が軟弱になってしまったらしい。ぱたぱたとスリッパが廊下を蹴る音に続き、「はーい」という機嫌のいい声が家の中から聞こえた。インタフォンに返事はなく、いきなりドアが開く。先ほど車を運転していた女性だ。

「警視庁の鳴沢と申します。植竹さんの奥さんですね？」

「はい」植竹の妻の顔から表情が抜ける。驚きも恐怖もなく、事態を把握しきれずに当惑している様子であった。

「ご主人、いらっしゃいますか」

「はい、おりますが……」不安気に家の中を振り向く。呼ぼうとする気配はなかった。

「お話を伺いたいんですが、呼んでいただけますか」

「少々お待ち下さい」

二センチほどの隙間を残してドアが閉められた。ぼそぼそと何か話しているのが聞こえてくるが、会話の中身までは判然としない。が、すぐに植竹本人が顔を出した。

「警視庁の人だって」値踏みするように、私、今《こん》と順番に顔を見る。こちらも短い時間でさっと植竹を観察した。身長は私と同じぐらい。二年間の客商売でようやくにこやかな笑い方を身につけたようだが、目にわずかながら険しさが残っている。分厚いケーブル編みのセーターにジーンズ、靴下は脱いでサンダルを突っかけただけだった。目は赤く、かすかにアルコールの臭いが漂っている。

「青山署の鳴沢と申します」

「練馬北署の今です」

「何だい、そのへんてこな組み合わせは」

ぴりぴりと警戒するような気配を漂わせていた植竹のガードが少し下がる。それを狙《ねら》って、すかさず切りこんだ。

「特命事項です」

「特命ね。だけど、俺に何の用？　令状を用意してるなんて言わないでくれよ。警察のお世話になるようなことはしてないからね」自分の冗談に、乾いた笑い声を上げる。目は笑っていなかった。

「少しお時間をいただけますか」

「構わんよ。でも、家は……家の中だとまずい話じゃないのか」

「ええ、できれば外で」

「そうか」植竹が真っ直ぐ私の目を見据えたまま答える。「じゃ、車の中で話そうか」

一度玄関に引っこんだ植竹が、すぐに出てきた。右手の人差し指でキーホルダーをくるくると回している。ガレージを開けて車のロックを解除し、ドアをスライドさせて乗りこむと「ちょっと待てよ」と私たちに声をかけた。二列目のシートをいじると、三列目と向かい合う格好になる。

「ちょっと狭いけど、この方が話しやすいだろう」

私と今は、無理矢理埋めこまれた三列目のシートに腰を下ろした。シートそのものは薄く、足元も狭い。私の膝と植竹の膝がくっつくような格好になった。植竹がサンダルを脱ぎ、両足を擦り合わせる。足の甲に走る太い血管がやけに目立った。

「で、何かな」煙草を咥《くわ》え、両手でライターの炎を包みこむようにして火を点ける。狭い車内はすぐに真っ白になった。今がわざとらしく咳をしてドアをわずかに開けたが、植竹は気にする様子もない。

「俺が警視庁にいたことは知ってるよな」

「ええ」彼の目を見ながら答えた。今は新鮮な空気を求め、ドアが開いたところへ顔を近づけている。

「それと関係があることかい？　そうなんだろうな。まさか、警視庁の刑事がこんな田舎のホテルに用があるとは思えないし、俺は法に触れるようなことをした覚えはない」

「ええ」

「はっきりしようや」植竹がまだ長い煙草を携帯灰皿に押しつけた。「何の話か知らないけど、あまり参考になることは言えないと思うよ。もう知ってると思うけど、俺は警察とは完全に縁を切って、ホテルのことで精一杯なんだよ」

「分かります」

「で、用件は」植竹が狭い空間で無理に脚を組んだ。

「戸田均さんをご存じですよね。捜査一課の戸田警部補」

「おお」植竹の顔が一気にほころんだ。組んでいた脚を解き、身を乗り出してくる。

「知ってるも何も、警視庁時代の一番の親友だよ。警察学校も同期で、仕事もずいぶん一緒にやった。同期ってのはそんなに仲良くならないもんだけど、あいつとは馬が合った」

「その話は聞いています。最近、連絡は取ってますか」

「いや、お互い忙しくてね。あいつも中堅どころで忙しいんだ。俺の方は俺の方で、このザマだから。辞めた直後はよく電話で話したけど、最近はさっぱりだね。最後に連絡があったのは、夏に暑中見舞いを交換した時かな」

「それ以来、話してもいないんですね」

「そう疑うなって。言葉通りに取ってくれよ」植竹が鼻で笑った。「別に、あいつとの関係は隠すようなことじゃないし」

「植竹さん、戸田さんはこのホテルにいるんじゃないですか。あるいはあなたの家に」今《こん》がいきなり切りこんだ。植竹が珍しい動物でも見るように目を細める。

「何だよ、それ」

「あなたが一番の親友だったんでしょう」しれっとした口調で今が答えた。

「ちょっと待てよ」植竹が今を睨みつける。「何だか、俺があいつをかくまってるみたいな言い方じゃないか」

「違うんですか」今が身を乗り出す。それに気圧《けお》されるように、植竹が背中をシートに押しつけた。

「馬鹿言うな。あいつが何かしでかして逃げてるとでもいうのか？　戸田はそんな奴じゃないぞ」

「そうですか」私はわざとらしく咳払いをしてみせた。

「そうですかって」植竹が太い眉をぎゅっと寄せる。「おいおい、あんたら、いったい何を隠してるんだ」

「まだ話してないだけです。実は、戸田さんが失踪しました」

「失踪？　冗談だろう？」植竹が車内に響き渡る大声を上げ、頬を両手で挟みこんだ。

「失踪って、家族はどうしてるんだよ。警察には届けたのか」

「非公式には」

「非公式」繰り返し、植竹が答を読み取ろうとするように私の顔をじっと見た。「何かやばい話なのか」

「それも分かりません」

「何だか頼りないな」腕組みをし、天井を仰ぐ。

「あなたに連絡はないんですか」

「ない」

少し返事が早過ぎ、口調も強過ぎるように感じたが、表情に変化はない。疑念と不安がないまぜになって、目が潤んでいる。下唇を嚙みながら、眉間を指先で擦った。

「何かあったんだな」

「何もなければ、いなくなる理由がありませんからね」

「それを、直接は関係ないあんたらが捜してる。こんな変な話はないぞ」

「そうですね」

「そっちが話してくれないと、俺だって喋れないな」

「取り引きしても仕方ないでしょう。あなたはもう、警察官じゃないんだし」

「ああ」惚《とぼ》けたように言って、植竹が自分の足元を見下ろす。サンダルから突き出た爪先をひくひくと動かした。「そうだったな。警察に協力するのは市民の義務だ。でも残念ながら、あんたらが欲しいような情報は持ってない」

「そうですか」

無駄足だったか。シートに背中を押しつけると、どっと疲れが出てくる。車内に重い沈黙が降りたが、すぐに今《こん》の声がそれを打ち破った。

「戸田さんって、どんな人なんですか」

「ブルドーザー」植竹がにやりと笑った。「ものすごい馬力でね。一度事件に入りこむと、周囲の状況なんか気にしないで一直線に突き進んで行くんだ。最近ではあまり見ないタイプだね。粘りも凄《すご》かったな。あいつ、張り込みを始めると絶対に交替しないんだよ。一日でも二日でも、動きがあるまでは絶対に動かない。ブレーキをかけるのは大変だったけど、俺の言うことだけはよく聞いてくれた。だからいいコンビだったんだろうな」

「他には?」今が促す。

「そうね……あいつほど警察を愛していた男はいないんじゃないかな。居心地がいいっていつも言ってたからな」

「そんなものですかね」今が首を傾げる。

「あんたらはそう思わないか? 警察ってのは、大きな家族みたいなもんじゃないか。一度中に入ってしまえば、守られてるって感じも強いしな。捜査で少し暴走しても庇ってもらえるし、事件をやり遂げた後の一体感は何とも言えないだろう」

「そんな風に感じる人もいるでしょうね」白けた調子で今が言った。

「何だよ。あんた、刑事らしくないな」

「どんな組織にいても、死ぬ時は一人になりますからね。警察にいられるのは四十年ぐらいでしょう。その後は二十年も一人で生きるんですよ」

「ずいぶん説教臭いな」

「聞き流してやって下さい」助け舟を出した。「そういう人間なんです。一々気にしてたらきりがない」

「そうか」植竹の顔に小さな笑みが浮かんだが、それは一瞬のことで、刑事らしい厳しい表情がすぐに戻ってくる。「それにしても変だよな。何か事情があるんだろうけど、失踪するなんてよほどのことだぜ。誰も相談に乗ってやらなかったのかね。『十《とお》日《か》会《かい》』の連中は何やってるんだろう」

「何ですか、『十日会』って」私は首を捻った。初めて聞く名前である。

「知らないのか？」植竹がきゅっと目を細める。「だったら忘れてくれ。何でもない。知らない人には関係ないことだから」

　なおも食い下がってみたが、植竹は話をはぐらかし続けた。拒絶でも沈黙でもなかったが、張りめぐらされた壁は存外に厚く、簡単には崩すことができそうもなかった。

7

「いかんですね、あれは」六日町の市街地へ向けて走る車の中で、今が丸い頬を膨《ふく》らませた。「もう少し協力してくれてもいいと思いますよ」

「何か知ってるな」

「そうでしょうか」

「もしかしたら、戸田と連絡を取り合っているかもしれない」

「根拠は？」

「勘だよ」

「勘ねえ……私はぴんと来なかったけど。腹が減ってると勘も鈍るんですよ。とにかく、飯にしませんか」

「まだ新幹線があるんじゃないか」

「冗談じゃない。飯を食うまでは動きませんからね。帰りは明日の朝一番にしましょう。どうせ今晩帰ったって動きは取れないんだし、明日は日曜日じゃないですか」

「宿も取ってないぞ」

「そんなものは何とでもなりますよ。とにかく飯が先です」

　結局私が折れた。といっても、夜も九時を過ぎると六日町駅近くの商店街はほとんど真っ暗で、食事ができるところは簡単には見つかりそうもない。駅前のこぢんまりとしたショッピングセンターの前に若者がたむろしている他は、人通りもほとんどなかった。

無料の駐車場に車を入れ、駅から国道一七号線に向かって伸びる商店街を歩き出す。

「えらく寂しいところですね」今《こん》が寒さに身をすくめながら言った。

「ああ」

駅から国道にぶつかるまで、歩いて三分ほど。国道を渡るともう少し商店街が先へ延びていた。と言っても、店を開けているのはラーメン屋と居酒屋ぐらいである。仕方なく、一軒の居酒屋に入った。

「ビール、いいですかね」腰を落ち着けるとすぐに、今が言い出した。

「ああ」

「鳴沢さんは」

「俺は吞まない」

「一人で吞んでちゃ悪いな」

「いい。慣れてる。料理は任せるよ」

店員を呼びつけると、今は自分に生ビール、私に冷たいウーロン茶を頼んだ。メニューを睨みつけながら、重々しい声で最初の注文を告げる。

「まずお茶漬けを」

「はい？」ボールペンを構えた店員の手が止まった。

「最初にサケ茶漬けを一つ、持ってきて下さい」

「順番が逆だろう」

私が言うと、今はソーセージのように太い指を顔の前で振った。

「まず、腹にしっかり入れておかないと。空きっ腹で呑むと悪酔いするんですよ。とにかく、最初にお茶漬けをお願いします」

店員が首を捻りながら去っていった。変な客が来た、と心配しているに違いない。今が不満そうに唇を突き出した。

「そんなに不思議なことじゃないと思うけどなあ。理に適ってるでしょう？」

「そんな話は初めて聞いた」

会話が途切れる。濡れた布巾の跡が残るテーブルに指を滑らせ、ざわついた店の空気に身を委《ゆだ》ねた。急激に眠気が襲ってくる。聞き慣れた新潟弁の会話も、突き抜けるような笑い声も眠気覚ましにはならない。が、聞き覚えのある声が私の意識を一気に現実に引き戻した。

「了よ、警視庁の人間はずいぶん無礼なことをするんだな」

振り返ると、懐かしい顔がそこにいた。私は懐かしいと思ったが、相手は必ずしもそう感じなかったようである。むっつりとした表情で腕組みをして立っている男――新谷《しんたに》寛英《ひろひで》。新潟県警の捜査一課で私の同僚だった男だ。

「カンエイさん」昔と同じ呼び方で声をかける。言葉はざわめきに溶け、新谷は想い出に相好《そうごう》を崩すこともなく、眉間の皺を一層深くするだけだった。


呑んでくれ、いや、話が終わるまでは呑めないという新谷と今《こん》の押し問答がしばらく続いたが、基本的に新谷は酒呑みであり、誘いを断り切れなかった。八海山《はっかいさん》を冷《ひや》で一杯だけ。酒を呑むということは、新谷も公式には仕事中ではないわけだ。それが分かって、私は腹の中に居座っていた重い氷がわずかに溶けだすのを感じた。

「おめさん、『蛍楼』の支配人のところに押しかけたらしいな」

新潟弁の響きは耳に心地良かった。だが、どっかり胡坐《あぐら》をかいた新谷の態度は頑なで、生半可な答では満足してもらえそうもない。彼は酒に手をつけぬまま、私の顔をじっと睨みつけた。取調室で何度も見た険しい表情である。今は、早々と運ばれてきたサケ茶漬けに手をつけることもできず、割った箸をぶらぶら彷徨わせるばかりだった。

「押しかけた、は誤解ですよ」

「向こうはそう言ってたぞ。支配人じゃなくて、ホテルの若い奴だけどな」

フロントにいた滝本だろうか。私たちが出てからすぐ警察に電話したのかもしれない。

とすると新谷は、ずいぶん長い間、声をかけるタイミングを待っていたことになる。

「誤解じゃないですかね。それともカンエイさん、地元の人間の言うことなら何でも信用するんですか。それで、相手が誰だろうが怒鳴りつけるわけだ。そんな人だとは思わなかったな」

新谷の顔に苦悶の色が走った。助けを求めるように今に話しかける。

「こいつは、相変わらずこんな感じなのか」

「ええ、まあ」今が薄ら笑いを浮かべた。

「あんたも大変だね。俺も、こいつと一緒だった頃はえらく苦労させられたけど」

「何言ってるんですか。俺は普通にしてただけですよ」首を振って反論する。

「おめさんの言う『普通』は、他の人間から見ればレッドゾーンを振り切ってるんだよ。好き勝手に動き回るわ、止めても言うことはきかんわ。おめさんと仕事する度に胃が痛くなったんだぜ」

「その割には痩せませんでしたね」

「この野郎」

新谷が右手を拳に固め、私の肩にパンチをくれた。重いパンチは筋肉を揺さぶり、鈍い痛みを骨に植えつける。新谷は一見太って見えるが、そのほとんどが筋肉なのだ。

「どこで仕事しようがおめさんの勝手だし、そうする権利もあるんだろうが、地元に一言仁義を切るのが刑事の礼儀ってもんじゃねえのか」

「正式の仕事ならそうしますよ」

「そうじゃないのか」新谷の目の端がひくりと動く。

「何とも言えないんです。俺たちにもまだ事情が分かってないぐらいで」

「何だよ、それ」

「詳しくは話せないんですが」

私たちの視線がしばし絡み合った。新谷の方が先に根負けして溜息を漏らし、顔をそむける。

「まあ、いいや。俺の街でややこしいことをしなければそれでいいよ」ぐっとネクタイを緩め、コップ酒を三分の一ほどきゅっと呑む。ああ、と溜息を漏らして、右手で頬を張った。「さて、じゃ、この件はこれでいい。本題に入ろうか」

「本題？」

「おめさん、この四年間、いったい何をしてた」

そんなことを短い時間で説明できるわけがない。話が長くなりそうなのを察したのか、今《こん》が素早く茶漬けに手を伸ばした。水を流しこむように、三口ほどで食べてしまう。それが新谷の気を引いた。
「あんた、そんな食べ方してるから太るんだよ。よく嚙めって」
「警視庁で一番エンゲル係数の高い刑事と言われてます」
「それが自慢になるのか？」新谷が笑いを嚙み殺した。
「何でも一番はいいことだと思いますが」
我慢できなくなったのか、新谷が声を上げて笑う。表情が少しだけ柔らかくなってい
た。場の空気が穏やかになったのを機に名刺を交換する。新谷が二枚の名刺をテーブル
に並べ、じろじろと眺めながら酒を舐めた。
「青山署ね」私を見てから今を指差す。「で、あんたが練馬北署。所轄が違うのに一緒
に仕事してるのか」
「いろいろありまして」はっきり説明できないのがもどかしくもあった。もちろん新谷
に仕事を手伝ってもらうことはできないのだが、彼は妙に勘が働く男である。話せば、
何かヒントをもらえるかもしれない。具体的なものでなくても、絡まりあった糸を解く
ようなきっかけを。
「まあ、いいか……とにかく、俺はたまげたんだぜ」また私の肩を小突く。先ほどと違
って痛みを与える意図はなく、親しみの表現であった。「一言の挨拶《あいさつ》も説明もなしに、

いきなり県警を辞めちまってな」

「すいません」頭を下げた。あの頃の記憶がのろのろと蘇ってくる。雪の舞い始めた新潟の街に別れを告げた日のことを。遁走《とんそう》——そう、私はまさに逃げ去ったのだ。全ての過去としがらみから。

「謝ることはねえよ。でも、ちっとは気を遣って欲しかったな。緑川《みどりかわ》さんなんか、えらく心配してたんだぜ」

一課の大先輩に当たる古株の刑事で、私もずいぶん可愛がってもらった。

「緑川さん、どうしてます」

「去年、定年になった。警備会社に再就職したけどな。俺はてっきり、定年になったらきっぱり仕事を辞めると思ってたけど」

「ええ」

「もちろん、おめさんが警視庁に入ったことは知ってたよ」

「それが分かってるなら連絡してくれてもよかったのに」

「馬鹿野郎。そっちから電話するのが礼儀だろうが。それに、刑事を続けるなら新潟でもよかったじゃねえか。何でわざわざ東京に出たんだ」

「それは……」ウーロン茶のグラスを握り締めた。氷がからりと音を立て、冷たさが掌を凍りつかせる。それが体の芯まで伝わってきた。

「どんな事情か知らんけど、一言ぐらい相談してくれてもよかったじゃねえか」

「すいません」

気詰まりな沈黙を、今《こん》の声が切り裂く。

「人は誰でも、一人で決断しなくちゃいけない時がありますから。助けを求めてきたら手を貸す。何も言わないなら黙って見守る。それが一番ですよ」

「あんた、でかい図体をしてずいぶん優しいことを言うんだな」

「仏の道を行く人間としては、当然のことです」

「何だ、そりゃ」

「彼は、将来坊さんになるんですよ」

私の説明に、新谷が盛大な溜息を漏らす。一気に気合が抜け、怒りも不快感も萎《しぼ》んでしまったようだった。

「何てコンビかね、おめさんたちは」

新谷の酒は、いつの間にか一杯が二杯に、二杯が三杯になっていた。もっとも私は、彼が酒で乱れるのを見たことがなかったし、それは今夜も同じようだった。

「カンエイさんが係長ねえ」

「管理職ってのは気を遣うもんだよ。こんな田舎の警察でもそれは同じなんだよな」

「最近はどうなんですか」

「暇は暇だよ。俺はここは二回目のお勤めだけど、昔と同じだね。町から市になったって、警察は何かが変わるわけじゃないし」

「そろそろ雪も降りますしね」

「そうしたら、ワルはみんな冬眠だよ。東京じゃそんなこともないだろうけど。おめさんは、忙しくやってるんだろう」

「まあ、そうですね」忙しいのと充実しているのはまた別の話だ。青山署は、管内に六《ろっ》本木《ぽんぎ》や西麻布《にしあざぶ》などの繁華街を抱えている。昼間人口の方が夜間人口よりも遥かに多い街ばかりだ。結果として、事件といえば夜の繁華街での喧嘩や窃盗ばかりになる。週末の夜などは目の回るような忙しさになることもあるが、「いい仕事をした」という充実感はなかなか味わえない。不満が鬱積して、酒の力を借りて人を殴ってしまったサラリーマンにも、置き引き専門の泥棒にもそれなりの人生があるのだろうが、そこまで気を遣うことはほとんどなくなってしまっている。少ない事件にじっくり取り組めた新潟時代と、日々の仕事に追われる現在と、どちらが刑事の仕事の糧になるのかは判断できない。

「おめさんのことだから、毎日ばたばた飛び回ってるんだろうな」

「こき使われてますよ」

「じゃあ、嫁さんもらう暇もないか」

「まあ、それは……」

「お」新谷が口の端を歪めて笑った。「そっちはよろしくやってるわけだ」

「相変わらず言い方が下品ですね」

「何言ってる」新谷がまた私の肩を小突いた。「嫁は早くもらった方がいいんだよ。もう遅いぐらいだぞ」

「大きなお世話です」

話は流れ、刑事同士の会話にありがちな、昔の事件の自慢話になった。こういう場所では具体的な名前は一切出さないのが礼儀だが、それでも私の頭の中ではそれぞれの事件の被害者や犯人の顔が次々と浮かんでは消えた。共通の話題のない今《こん》には退屈なはずだが、気にする様子もない。出される料理を平らげるのに忙しく、私たちの会話が耳に入っているかどうかも疑わしかった。変則的に茶漬けから始まった食事は、タコの唐揚げ、手羽ぎょうざ、大根サラダと続いたが、チーズオムレツまで行ったところで、私は数え上げるのを諦めた。見ているだけで気持ち悪くなってくる。

「カンエイさん、植竹という人とは知り合いなんですか」

「知ってるよ」いきなり笑顔を引っこめ、冷静な声になる。「ご存じの通りで、魚沼は米作りの他は観光が主な産業だからね。ホテルや旅館の連中とは、自然とつき合いが多くなる。何度か会ったことがあるよ」

「彼が警視庁にいたのは知ってますよね」

「ああ。でも、昔の話だろう」

「昔って言っても、辞めたのは二年前ですよ。それに、刑事の仕事にはずいぶん愛着があったみたいだし」

「吹っ切れちまえば、昔のことなんてすぐに忘れるだろう。実際、この辺でホテルや旅館をやってると、滅茶苦茶忙しいからな。それに噂だけど、次の次ぐらいの市会議員の選挙に出るかもしれない」

「へえ」

「オヤジさんも六日町の町会議員だったんだ。田舎はだいたい順番が決まってるから、出れば当選するんじゃないかな」

「そんなものですか」

「そうだよ。ま、あくまで噂だけどね。本人にやる気があるかどうかも分からないし」

「どんな人なんですか」

「一生懸命やる人だね。仕事の話が始まると止まらなくて、うんざりしたことがあるよ」新谷が爪楊枝に手を伸ばす。「言ってみれば転職したわけだけど、仕事の内容は百八十度違うだろう？　でも俺が話した限りじゃ、警察時代の仕事振りも簡単に想像できる。一直線に進んでいくタイプだな、あれは。言われたことはがむしゃらにこなして、その先にあるものまで摑もうとするような」

「仕事熱心なんですね」

「と言うかね、しがみつきたいタイプなんじゃないかな」

「しがみつく？」

「人間ってのは何かに依存したくなるもんだよな。なあ、今住職《こん》？」

「ええ、ええ」うなずきながら答える今の口からは串カツの串が飛び出していた。「酒、煙草、麻薬。宗教だってそうです。仕事も同じでしょう、中毒になるって意味では」

「さすが、住職はよく分かってらっしゃる」新谷が薄い笑みを浮かべた。「警察だろうが他の仕事だろうが、自分を追いこんで死ぬまで働く。一生てんてこ舞いで終わるタイプだね、あれは。リラックスとか、気分転換とか、癒しとかには縁のない男だ。動いてないと死ぬとでも思ってるんじゃないか」

「じゃあ、新谷さんと同じだ」

「馬鹿言うな」新谷が丸い肩をすぼめた。「俺は別の楽しみも見つけたよ」

「酒ってのは駄目ですよ」

「釣りだよ、釣り」スナップを効かせて、竿《さお》を振る真似をする。「この辺は、釣りをやる人間にとっては天国だな。春になれば魚野川で渓流釣りだ。楽しみだよ」

「カンエイさん」私は座り直した。新谷も口をつぐみ、すっと背筋を伸ばす。「十日会って聞いたことがありませんか」

「何だい、それ」

「警察の組織に関係あることかもしれませんけど……」

「さあ、何だろう。少なくとも俺は聞いたことはない。親睦団体みたいな名前だな」

「そうじゃないと思うんですけどね」

「ふうん。おめさん、『阿賀野川《あがのがわ》の会』って知ってるだろう」

「二課のOB会ですよね」

「そうそう。そんな感じじゃないのか。例えばさ、ある人が課長をやってた時にでかい事件を挙げて、その時の部下が年に一回ぐらい集まって宴会をやるとかさ」

「ええ」

「で、その十日会がどうしたって」

「いや、何でもないです」

「ふうん」新谷が丸い顎を掌で撫でた。「相変わらず自分の殻に閉じこもってやがるか。こいつには本当に困るね、今住職《こん》」

「いやいや」今がビールのジョッキを干し──確か四杯目だ──顔の前で指を振った。「困ることはありません。人は人、それぞれです。あるがままを受け入れなくては」

新谷が、害はないが珍しい獣を前にしたような目つきで今を見た。

「変わった奴には変わった奴が合うってことか」

「合うわけじゃないですよ」

すかさず否定すると、今も「まったくその通りで」と同調する。新谷がにやにや笑いながら私を見た。

「みろ、ぴったり合ってるじゃないか」

今がトイレに行ってしまうと、新谷はテーブルの上一杯に残された食べ物の残骸を見て溜息をついた。

「よく食う男だね。たまげたよ。いつもあんな風なんかね」

「どうでしょう。今回初めて組むんで、普段の様子は知らないんですよ」

「そうか」

新谷が唇を舐め、わずかに赤らんだ顔を手で拭った。グラスの底に数ミリ残った酒を干し、そっとテーブルに置くと縁を指でなぞる。目を伏せていたが、無言のまま、時折顔を上げて私の顔をうかがった。

「言いたいことがあるなら言って下さい」

「部長とは――親父さんとは連絡取ってるのか」

「いえ」目を伏せる。ウーロン茶のグラスでできた無数の丸い水の輪がテーブルを汚していた。

「刑事部長になったのは知ってるだろう」

「ええ、まあ」刑事部長。新潟県警におけるノンキャリアの叩き上げとしては「上がり」のポジションである。

「相変わらずはっきりしないな、親父さんのことになると」

「親父は親父、俺は俺です」この世で一人だけ許せない人間がいるとしたら父だ。祖父が犯した犯罪を隠蔽し、私が真相に近づくのを恐れるあまり、警察官になることにすら反対した男。新潟を去って以来、一度も会っていない。話をしてもいない。

「病気なんだ」

「年も年だし、病気ぐらいするでしょう」

「癌なんだぜ」新谷がグラスを取り上げ、酒が残っていないのに気づいて顔をしかめる。店員を呼ぶかどうか迷っていたようだが、結局グラスをテーブルに置いた。「俺も部長にはずいぶん世話になったからね、ショックだよ」

　砂漠に放り出されたように喉が渇いた。残ったウーロン茶を一気に飲み干したが、その渇きは収まらない。関係のないことだと自分に言い聞かせてみても、胸はざわついたままだった。ようやく押し出した言葉もざらざらにかすれてしまう。

「仕事、休んでるんですか」

「出たり、休んだりだな。看病してくれる家族もいないし、大変なんだ。万が一ってことになったらどうするのかね。刑事部長が在職中に死んだなんてのは、俺は聞いたことがないぜ」

「死にそうなんですか」

「癌だから、軽いとは言えないわな。しかし、本当に知らなかったのか」

「ええ」

「どんな事情か知らないけど、親だろうが。親父さんもおめさんの顔を見たがってるだろうよ」

「まさか」私は乾いた笑い声を漏らした。「俺に会ったら、一気に悪化しますよ」

「馬鹿言うな。親子なんて、そんなものじゃないだろう。ましてや、他に家族もいないんだぞ。部長も寂しいと思うよ」

そうなったのも全て自業自得だ。そんな言葉が喉元まで出かけたが、辛うじて呑みこむ。新谷に父の悪口を言っても何にもならない。

「胃癌だそうだ」新谷がぽつりと言った。「手術しても完治するかどうかは分からないらしくてな、化学療法をやってるそうだ。なあ、おい、連絡ぐらいしてやれよ。俺からのお願いだ」

腕を組み、新谷の顔をじっと見据えた。視線がぶつかり合うが、彼の目には力がない。懇願するような新谷の表情を見るのは初めてだった。

父が死にかけている。

それがどうした。

父親らしい顔を見せたことなどなかったし、刑事としての生き方も、私や祖父とは違う。理詰めの捜査、取り調べは、時に被疑者の精神状態をきわどく追いこむことすらあったようだ。被疑者だって人間なのだ。理詰めで攻めに攻めて、コーナーに追いこんで吐かせればそれで終わりというものでもない。警察の手を離れても事件が、被疑者の人生が終わるわけではないのだから。そんな非人間的なやり方をする人間に、人としての温かい血が流れているとは思えなかった。

だからかもしれない。父が死にそうだと言われても現実味がないのは。

長いトイレから今《こん》が帰ってきた。

「いやあ、盛り上がってますね」と場違いな冗談を飛ばしてからどっかりと腰を下ろす。

「さて、デザートはどうしましょう」

「しかし、よく食べるな」新谷が呆れ顔で空になった皿を目で追った。「ここに入る前につかまえて、中華料理の店を紹介してやればよかったよ」

「中華は大好物です」今の目が輝く。

「餃子定食、八百二十円。餃子五個に小鉢が二つ。スープ付きだぜ」

「五個じゃ足りませんよ」

「ただの餃子じゃない。一個の長さが十五センチある。ご飯もおひつで出てくるし」

途端に今の顔が輝いた。新谷がにやにやしながら私に言う。

「街外れにある店なんだけど、そっちの方が安上がりだったんじゃないか」

「そうですね」今と一緒にいると、財布がどんどん軽くなる。

「鳴沢さん、ちゃんと食べたんですか。食べられる時にがっちり食べておかないと、仕事になりませんよ」

「君が食べるのを見てたら食欲がなくなってきた。そろそろ出ようぜ」

「宿、探さないといけないですね。いっそのこと、蛍楼にでも泊まってみますか」

ロビーの様子を思い浮かべた。わざわざ池が作ってあり、そこに小さな橋がかかっていた。あまりいい趣味とは言えないが、相当な部屋代をふっかけられるのは間違いない。それに、先ほど気まずい雰囲気で別れた男の経営するホテルに泊まるのは、いくら何でも気が引けた。

「湯沢でビジネスホテルでも探そう」

「もったいないぞ。署にでも泊まるか？　布団ぐらい用意してやる」

「まさか」新谷の申し出を即座に却下する。「あそこは、あまり寝心地がよくないですからね」

「うちへ泊まれって言いたいところだけど……」新谷が頭を掻く。

「分かってますよ。全然片づけてないんでしょう。片づいてるにしても、新谷さんに甘えるわけにはいかないし。何とかしますよ」

「まあ、そうだな」新谷が立ち上がり、ポケットに両手を突っこんだ。「偶然だけど久しぶりに会えたんだ。これからは連絡を取り合おうぜ。おめさんがいなくなって寂しがってる人もいるんだからよ」

それが誰なのか、新谷は具体的には言わなかった。

言って欲しくもなかった。


狭いビジネスホテルのツインルームで、コーヒーの香りで目が覚める。昨夜《ゆうべ》はほとんど眠れなかった。今の鼾《こん》は、東京都の暴騒音規制条例に照らし合わせれば、即座に六か月以下の懲役を食らわせることができるほど強烈なものだったから。それに慣れてきた頃、今度は様々な考えが頭の中で渦巻き始め、眠りは遠のく一方だった。

「あ、おはようございます」ネクタイなしでシャツを着た今がコーヒーカップを掲げる。例によって、嬉しそうに砂糖とミルクを加えた。「鳴沢さん、ブラックでよかったんですよね」

「ああ。俺の分の砂糖とミルクは使っていいよ」

「では、ありがたく」

嬉々として、砂糖とミルクを追加する。もう一つのカップにコーヒーを注ぎ、テレビの横に置いた。デジタル時計は朝の六時半を示している。ちょうどいつも起きる時間だが、成果のない旅先での目覚めだということが、体と心に溜まった疲労を意識させた。

布団からは抜け出したものの、まだ立ち上がる気になれない。

「飲んだ方がいいですよ。ちょっと胃に刺激を与えてやると、食欲も出ます。朝はがっちり食べないと仕事になりませんからね」

「昨夜あれだけ食べて、まだ食べる気か」頬を擦った。髭《ひげ》を剃らないまま寝てしまったので、中途半端に伸びて鬱陶しい。「一日に摂っていいカロリーは決まってるんだぜ」

「昨夜のことは昨夜のこと、今日のことは今日のことです。何のために日付が変わると思ってるんですか？　昨日という日を忘れるためですよ」

「地球が自転してるだけだよ」

やっとベッドから降り立ち、大きく伸びをする。スーツのズボンとTシャツだけという間抜けな格好で、今の淹れてくれたコーヒーを啜る。美味かった。ホテルのコーヒーだから大したものではないはずなのに、優美の淹れるコーヒーにも負けないぐらい深い味がする。

「どうしますか？　朝飯を食ったらすぐに東京へ戻りますかね」

「どうしても食べるつもりか」

「いや、早く帰りたいなら駅弁でもいいんですが」

「食い物に対する執念は、捜査には生きてるんだろうな」

「さあ、どうでしょう」今《こん》が満月のように輝く笑みを浮かべる。「さっき調べたんですけど、新幹線は七時十八分と五十三分、その後だと八時四十九分が早いですね」

「飯にしようか」実際、かすかに空腹を感じてはいる。昨夜、今の勢いに気圧されてあまり食べられなかったのだ。

「よし」今が両手を打ち合わせた。「一階のカフェで七時からバイキングの朝飯をやってます。和食にしようかな……新潟に来て米を食べないのは馬鹿げてますよね」

「好きにしろよ」

コーヒーというよりも砂糖を溶かしたお湯を飲んでいる今を残して、洗面所に行った。水を跳ね飛ばしながら顔を洗い、鏡に映った自分の顔をまじまじと見詰める。やはり目立つのは耳の上の傷だ。だがそれ以上に、顔に刻まれつつある皺が気にかかる。ここ数年、様々な出来事が私を襲った。それで老けたことは決してない——ないはずだが、やはり新潟にいた頃とは顔つきが変わってしまっている。

乱暴にタオルを使っていると、今に声をかけられた。

「携帯、鳴ってますよ」

「ああ」優美だろうか。何も言わずに出てきてしまったから、私が東京にいるものだと思っているかもしれない。

部屋に戻り、携帯を取り上げる。見覚えのない携帯電話の番号が表示されていた。

「鳴沢です」

「ああ、鳴沢さん」

私の記憶は十数時間前に引き戻された。

「植竹さん」

今がずるずるとコーヒーを飲む音が途絶えた。カップを唇に当てたまま、縁越しにこちらの様子を窺っている。

「昨夜はどうも失礼しました」当たり障りのない朝の挨拶を口にした。

「悪いね、朝早くから。もう東京か？」

「いや、昨夜は湯沢泊まりでした」

「最近は、経費の使い方で煩《うるさ》く言われないのか？　昨夜、あの時間ならまだ新幹線があっただろう」

「飯を食ってたら知り合いに会いましてね、遅くなったんですよ」

「この辺に知り合いなんかいるのかい」

「魚沼署の新谷さん」

「ええ？」植竹の声が一瞬途切れる。「新谷さんなら知ってるよ。あんたは、どこかで一緒だったのか」

「いや」自分の事情を長々と話す気にはなれない。最近は、こういう時に便利な言葉を見つけてしまった。「いろいろありまして」

「いろいろ、か。なるほどね」

「それより、こんな早くから何ですか」

「うん……まあ、俺もあれから考えた」

「はい」

「尋常な事態じゃないんだよな」

「そう思います」

「戸田のような男が仕事を放り出して行方をくらますなんて、ありえない。何があったのか、昔の同僚に電話しようかって何回も思ったよ」

「してみればよかったじゃないですか」窓際に歩み寄り、カーテンを開ける。まだ外は明け切らない上に、どんよりと黒い雲が垂れこめている。東京より一足早く、秋が冬に切り替わろうとしていた。

「俺なりのけじめもあるんだよ」植竹が自嘲気味に言った。「俺は自分の都合で警察を辞めた男だぜ。興味本位で余計なことを聞いてると思われたくないし」

「それは考え過ぎじゃないでしょうか」

「まあ、そんなことはどうでもいいんだ。それより、あんたが会うべき人がいるよ」

「誰ですか」

「藤沼《ふじぬま》さん……藤沼章介《しょうすけ》さん。知ってるだろう」

初めて聞く名前ではなかったが、記憶の中に曖昧に埋もれている。正直に打ち明けることにした。

「聞いたことがあるような気がしますけど、誰でしたっけ」

「十五年ぐらい前の一課長」

「その人が？」

「警察を辞める時、俺も相談に行った。俺や戸田にとっては、先生みたいな、親みたいな人なんだよ。身の振り方を決めなくちゃいけないような時は、すぐに相談に行く」

「戸田さんも相談してるかもしれないんですね」

「その可能性はある」植竹が住所と電話番号を教えてくれた。数年前に退職しているから、自宅で捕まえられるはずだという。

「植竹さん、戸田さんが行方をくらます理由に本当に心当たりはないんですか」

「残念ながらね……だけど、ちゃんと見つけてやってくれよ」

「そもそも、他の人たちが捜していないのはどうしてなんでしょう」実際には捜している人間はいるはずだが、その事実は無視して言ってみた。

「それは、俺には分からない」

「昨日おっしゃってた十日会ですけど、藤沼さんもメンバーなんですか？」

「そのことについては喋れない」

いきなり電話が切れた。どうしてこんな中途半端なことをするんだ。電話をかけ直して詰問してやりたかったが、そうする代わりに植竹の電話番号を登録した。

第二部　追撃

1

休憩の必要はないが着替えるべきだ、ということで私たちの意見は一致した。東京駅で別れ、午後遅くに渋谷で再会することにする。ほぼ半日体が空いたが、多摩センターの家へは寄らず、優美の家へ向かった。そこにも綺麗なシャツと下着を置いてあるのだ。

家には優美しかいなかった。

「あら」私の来訪をまったく予期していなかったように目を見開く。「今日は休み……じゃないわね。スーツだし」

「昨日、新潟に行ってきた」

「新潟」平板な声で繰り返す彼女の目がかすかに暗くなった。「新潟」という地名が、私にとっては地獄かそれに近い程度の意味しか持たないことを彼女は十分に理解している。もっとも、私がそういうことを言っても頭を撫でて慰めてくれるわけではない。

「勇樹は？」

「友だちのところ」

「そうか」欠伸《あくび》を嚙み殺す。目の端に溜まった涙を指先で拭い、ネクタイを外した。

「午後、また出なくちゃいけないんだけど」

「疲れてる？」

「眠いだけだよ。今《こん》がものすごい鼾をかいたんで、あまり眠れなかったんだ」

「ご愁傷様」優美が肩をすぼめる。「新潟ね……大丈夫だった？」

大丈夫か？　自問してみる。よく分からない。過去がじわじわと侵食してきたのは確かだが、叫びたくなったわけではなかったし、股の間に首を突っこんで吐き気が去るのを待つ必要もなかった。ただ、喉の奥では何かが引っかかっている。

ダイニングテーブルにつき、彼女の淹れてくれたコーヒーを飲みながら事情を話した。優美は口を挟まずに聞いてくれたが、私が話し終えると「お父様に会いに行った方がいいんじゃないの」とさらりと進言した。半ば予想していた台詞ではあったが、私は思わず声を荒らげた。

「冗談じゃない」

「どうして」

「どうしてって……」コーヒーカップの取っ手をきつく握り締める。「自分から進んで嫌な思いをしなくちゃいけないのか」

「逃げてるのね」向かいに座った優美が、顎の下に両手を当てる。

「逃げるも何も、俺にはオヤジに会う義務はない」

「義務とかそういうことは関係なしに、会いたくないの?」

「会いたくない」即座に断言してからコーヒーを一口啜る。「放っておくよ。俺は、あの人を赦してないから」

「私や勇樹は紹介してくれないの?」

「それは……」

あまりにもあっけなくど真ん中の直球を投げこまれ、言葉に詰まった。優美がカップを両手で抱え、身を乗り出す。

「もちろん、私たちに会ってお父様が喜んでくれるかどうかは分からないけど」

「人間らしい感情を見せる人じゃないからね。それにそもそも、向こうは俺のことなんか忘れてるよ」

「そんな……」

優美がそっと髪を撫で、小首を傾げる。あのごつい兄の七海とは似ても似つかない顔立ちだ。二十代の後半で、小学生の息子がいるというのに、未だにティーンエイジャーでも通りそうである。

「私は一度、新潟を見てみたいな。勇樹も連れて行きたいし。あの子、ほとんど東京を離れたことがないのよ。いいところなんでしょう？」

「素直にそうだ、とは言えないな。土地柄っていうのは、人もひっくるめてのことなんだから」

「いい加減にしたら？」ぴしりと言って、優美が立ち上がる。「いつまでも子どもみたいなこと、言わないの」

反論の言葉がすぐに頭をもたげてきた。だが一瞬考えてみると、全ての言い訳が子どもじみた、理屈の通っていないものに思えてくる。

「お父様だって人間なのよ。あなたに会いたいに決まってるじゃない」

「違う」流しで洗い物をする彼女の背中に話しかける。「あの人には人間らしい感情なんてないんだ」

「そうかな」水を止め、振り返る。一瞬の柔らかい沈黙の後、彼女の声は遠く天から降りてくる啓示のように聞こえた。「じゃあ、どうしておじい様を庇ったのかしら。あなたに昔のことを気づかせないように、刑事になるのを反対したのかしら。それって、ものすごく人間らしい反応だと思うけど」

頼むから、答えられない質問はしないでくれ。私は残り少なくなったコーヒーに視線を落とした。

ベッドから抜け出す。傍《かたわ》らでは優美がぼんやりと天井を見上げていた。彼女の甘やかな香りとぬくもりに満ちたベッド以上に魅力的な場所は考えつかなかったが、仕事は仕事だ。箪笥《たんす》の一角にしまってあるワイシャツを取り出し、冷たい空気の中で素肌に羽織る。ひんやりとした感触で一気に目が覚めた。

「大丈夫？」優美が体を半分起こす。裸の肩は白く小さく、いかにも寒そうだ。

「何とかね。寝たら元気になった」

「勇樹に会えたらよかったんだけどね」壁の時計を見上げる。「夕方には帰ってくるわよ。それから一緒に、おばあちゃまのお見舞いに行くんだけど……」

「俺は泣く泣く仕事に行ったって言ってくれないかな」

「おばあちゃま、悲しがるわ。あなたのことはお気に入りなのに」

「よしてくれ」ネクタイを締める。彼女が選んでくれた、濃紺と金色のレジメンタルタイだ。「せっかく疲れが取れたのに、また肩が凝るじゃないか」

優美が布団に顔を押し当てて小さく笑いながら、体を前後に揺らした。一瞬、仕事なんかどうでもいい、と思えてくる。だが、ご褒美と労役は常にワンセットになっているものだ。それが後であれ先であれ。

今日三杯目のコーヒーを飲みながら、沢登に電話を入れた。日曜日だが、かまうものか。得体の知れない事件に私を引っ張りこんだのは向こうなのだから。多少は嫌がらせのつもりもあったのだが、彼は平然としていた。こちらも淡々と、新潟で調べた結果を報告する。

「藤沼さんか」

「ご存じですよね」

「一緒に仕事をしたことはないが」あまり熱のこもった調子ではなかった。

「これから会ってみようと思います」

「そうだな……ところで、君たちの後をつけていた奴らはどうした」

「その後は何もありません」

「そうか。それならいい。それより、君たちが押収したブツは、やはり覚醒剤だった。堀本が何らかの不正行為に関与していたのは間違いないな」

「ええ」分かってはいたが、改めて言われると胃の中に重いものが沈みこむ。

「あのアパートをもう少し洗ってみた方がいいかもしれない。これは勘だがね、大規模な不正の臭いがする。覚醒剤の量も多いし、堀本一人でやれたと思うか？」

「実際に大規模な事件だったら、私たち二人では手に余ります」

「心配いらない。状況によっては、人を割くことも考える。だが、第一の目的は戸田を捜し出すことだぞ」

「二つの件はリンクしてるように思えますが」

「戸田が何か握っているはずだ。また連絡してくれ。援軍の件は考えよう」

電話は一方的に切られた。妙な話ではある。覚醒剤の一件は、本来なら沢登の仕事ではない。それとも彼自身、一課の枠をはみ出して、さらに上からの特命を受けているというのだろうか。

いや、余計なことは頭から追い出そう。すべからく、事件はシンプルに考えるべきだ。犯人が複雑なアリバイ工作をしたりすることは、実際にはほとんどない。この事件はひどく複雑に見えるが、三十秒で納得できる簡単な筋が必ずあるはずだ。

新代田《しんだいた》駅は環七《かんなな》に面しており、駅を出た途端に都内でも有数の排ガス・騒音地帯に放り出されることになる。日曜の午後でもそれに変わりはなかった。車の流れは詰まり、歩いているだけで息苦しくなってくる。

植竹が教えてくれた住所を頼りに、藤沼の家を探した。環七沿いに北へ五分ほど歩き、右に折れて狭い路地に入る。例によって迷いそうになったが、住居表示が代田から大原《おおはら》に変わる辺りでようやく目的の家を見つけ出した。

「君、着替えてこなかったのか」玄関前に立ちながら顔をしかめてやった。昨日と同じ今《こん》のワイシャツには皺が寄り、ネクタイも捩《よじ》れている。

「時間がありませんで」

「時間はたっぷりあったじゃないか」

「綺麗なシャツがなかったし、洗濯してる時間もなかったんですよ。それに、日曜日は買い出しの日でして」

「君の家の冷蔵庫、もしかしたら業務用じゃないだろうな」

「近い」今がにやりと笑って指を鳴らす。「GMの大型のやつでしてね。玄関から入らなくて、ベランダから入れたんですよ。あの時は大騒ぎでした」

肩をすくめるだけで返事をせず、インタフォンを鳴らした。

「はい」

不機嫌にひび割れた声が応じる。名乗ると、受話器を乱暴に置く音が聞こえた。

「愛想は悪いですね」今が肩をすぼめる。

「刑事が訪ねてきて、気持ちよく迎えてくれる家はないだろう」相手が元警察官であっても例外ではないだろう。

玄関が開き、茶色いゴルフズボンに明るい緑色のカーディガンという格好の老人が姿を現した。頭はほとんど禿《は》げ上がり、残った髪が冷たい風にゆらゆらと揺れている。全体に萎《しな》びた印象だが、目だけは現役時代を彷彿《ほうふつ》させる鋭い光を湛えていた。

「何だね」無愛想な一言が出迎えてくれた。「見たことのない顔だな」

「ちょっとお話を伺いたいんですが」

「入ってくれ」

さすがに、無下に追い出すことはしない。今を先に立てて、家に入った。藤沼以外に人の気配は感じられない。庭に面したリビングルームに通される。改めてバッジを見せ、名刺を出した。先にソファに腰を下ろしていた藤沼は、二枚の名刺をとっくりと眺めてから私たちにソファを勧めた。

「悪いが、お茶は出んぞ」

「どうぞおかまいなく」

今が応じる。とりあえずこの場は彼に任せることにした。

「ご家族は？」

藤沼が首を振った。目は二つの底なしの穴のようになっていた。

「女房は五年前に死んだ。子どもは二人とも独立しとる。十年飼ってた犬も一月《ひとつき》前に死んだ」

庭に向けられた藤沼の視線を追う。エンジ色に塗られた犬小屋が目に入った。小屋に鎖がつながれているのだが、その先はあまり手入れされていない芝生の中に消えていた。

「まあ、一人になってみると気楽は気楽なんだが、いろいろなことが面倒になっちまってね」藤沼が右手で顔を上から下へ拭った。表情が消える。「で？」

「戸田さんをご存じですよね。捜査一課の戸田均さん」両手を膝の上に載せたまま、身を乗り出しながら今《こん》が訊ねる。

「おお」藤沼の表情がほころんだ。「均か。もちろんだ。俺が一課長の時に新人の刑事で入ってきた」

「だったら、最初から面倒を見られたわけですね」

「課長が平の刑事に手取り足取り教えるわけじゃないがね。ただ、あいつには目をかけてたよ。一課に来るにはまだ若かったが、もう刑事の仕事がよく分かってた。経験でそれを身につける奴がほとんどだが、あいつは根っからの刑事だったんだろうな。成績もよかった……で、あいつがどうかしたのか」上機嫌に言って、藤沼がテーブルの上の煙草を取り上げた。

「行方不明なんです」

「何だと」煙草を引き抜こうとした手が止まり、私を厳しく睨みつける。

「この前の火曜日から行方不明なんです」今が説明をつけ加えた。「最近、戸田さんには会われましたか」

「いや」

ようやく煙草を口に咥える。火を点けようとして少し手が震えたが、嘘を見抜かれないように気を張っているためではなく、単に年のせいであるように見えた。

「だいたい、あいつが何で行方をくらませなくちゃいけないんだ。あいつに限って、それはありえんよ。家族仲もよかったしな。義理のオヤジがやっぱり刑事だったんだ。篠崎……そう、篠崎な。あいつとも一緒に仕事をしたことがある」

「ええ」漂い出した煙を避けるように顔をそむけながら今が相槌を打つ。

「で、何であんたらが戸田を捜してるんだ。本当に行方不明だったら、まず所轄が出てくるのが筋だろう」

「特命です」

「嫌な言葉だな」苦笑いを押し殺し、藤沼が深く煙を吸った。「誰の命令だ」

「それは……」今が顔の前で手を振り、煙を追い払った。「特命ですから」

「言えないってわけだ」

「申し訳ありませんが」

「まあ、仕方ないな。とにかく、最近は戸田とは会ってないよ。奴だって、積極的には俺に会いたくないんじゃないかな。顔を合わせるとまだ緊張しやがるんだ。最初の一課長なんて、そんなもんかもしれんがね。こっちはもう辞めて何年にもなるただのジイサンなんだが……あれは、いい男だよ。面倒な事件があったら、まず最初に捜査班に入れたくなるタイプだ」

「ずいぶん可愛がっていらっしゃったんですね」

「一課ってのは、職人の集まりみたいなところだろう？　みんな癖もあるしプライドもある。課長は、ただ判子を押してりゃ済むってわけじゃないんだよ。おだてることもあるし、面倒な相談に乗らなくちゃいかんこともある」

「戸田さんは、あなたに何か相談したことはありますか」

「いや」煙草を持った右手を顎にあて、天井を見上げる。「そう言えば、あいつから相談を受けたことはないな。悩み事がなかったのかもしれんし、俺を煙たがってただけかもしれないが」

「あなたは、退職された後も昔の部下の相談を受けているそうですね」今《こん》が食い下がった。

「時々はね」灰皿に煙草を押しつける。「辞めた人間に話す方が気楽ってこともあるんだろう」

「それは分かりますが……戸田さんのこと、心配じゃありませんか」

「考えられるのは、阿呆な上司と大喧嘩して出て行ったってぐらいかな。でも、そうじゃないんだろう？」

「違うと思います。戸田さんが行きそうなところ、ご存じありませんか」

「さあ、どうかな。俺が知ってる限り、あいつは酒も呑まない。女遊びもしない。パチンコすらやらないはずだ。家と職場の往復だけの男だよ」

「警視庁の中で特に親しかった人は？」

「そこまでは知らんよ」新しい煙草を引き抜く。火を点けず、人差し指と中指で挟んだまま激しく振った。「俺はあいつのお守りをしてたわけじゃないからな。それこそ、現役の連中に聞いた方がいいんじゃないか……おっと、あまり大袈裟にしない方がいいわけか」

「普通の人が行方不明になったのとは訳が違いますからね」

「まあ、ちゃんと見つけてやってくれ。あいつに会えたら、俺のところに連絡を寄越すように言ってくれよ。心配事があるなら相談に乗るからさ」

藤沼が立ち上がった。そろそろ帰ってくれ、の合図である。今がなおも粘り、二つ三つ質問をぶつけたが、返ってくる答は実のないものばかりだった。

家を辞去する。ドアが完全に閉まったのを見届けた上で引き返し、ノックなしでドアを開けてやった。玄関先に置いてある電話に向かって、背中を丸めて何事か話している藤沼がはっと顔を上げる。私を睨みつけると、「じゃあ、一時間後に」とだけ言って受話器を置いてしまった。

「何だ」

「いえ」

「無礼だぞ」

「失礼しました」

険しい視線から逃れてドアを閉める。外で待っていた今《こん》と合流した。

「どこかに電話してたぞ」

「電話ぐらいするでしょう」

「妙に真剣な感じだった。誰かに相談してるか、指示を与えていたみたいだな。おかしくないか？　俺たちが訪ねて行って、帰ったと思ったらすぐに誰かに電話する」

「ふむ」今が丸い顎を撫でる。「通話記録でも取ってみますか」

「いや、ここで張り込んでみよう。『一時間後に』って言ってたから、誰かが来るかもしれないし、本人が出かける可能性もある」

「いいですよ。それを見届けたら、ちょうど夕飯の時間になるし」

「何でもすぐに食事に結びつくんだな、君は。夕飯と仕事と、どっちが大事なんだ」

「飯に決まってるじゃないですか。仕事しなくても飯は食えるけど、食わないと仕事はできないんだから」

大袈裟に溜息をついてやる。その時、携帯電話が鳴り出した。優美だった。

「ごめん、仕事中よね」誰かに聞かれるのを恐れるように声をひそめている。

「大丈夫だ」

「ちょっとうちへ来られる？」

「そうだな……」優美の声は緊張でぴりぴりしていた。彼女は感情をはっきりと表に出す方だが、その中に「恐れ」はあまり含まれない。「何とかする。どうしたんだ」

「勇樹が、変な人に声をかけられたの」

「何だって？」血の気が引き、頭がくらくらしてきた。「警察には？」

「無事に帰ってきたから、まだ何も言ってないけど」

「所轄に通報した方がいい。そこまで行くのに時間もかかる」

「いや……うーん、やっぱり必要ないと思うわ」どうにも歯切れが悪い。

「ちょっと待てよ。変な奴は一杯いるんだぜ。勇樹は無事でも、放っておいたら他の子が危ないかもしれない」

「そうじゃないのよ。相手は、勇樹のことを知ってて声をかけてきたみたいだから」

「勇樹は相手の人間を知ってるのか」背筋に氷を入れられたような気分になった。

「知らないみたい」

誘拐、という言葉が頭に浮かぶ。「すぐ行く」とだけ言って電話を切り、今の顔を見やる。

「すまないけど――」

「ここは一人で大丈夫です」今が張り詰めた口調で私の言葉を遮った。話すのを聞いていて、会話の内容を察したのだろう。「やばそうだったら応援に行きますから、連絡して下さい。それより、所轄に言わなくていいんですか」

「まず、俺が話を聴いておく。考えてみれば、俺も所轄の人間だ」

「何があったのか、後で教えて下さいよ」

「分かった」駅へ向かって駆け出しながら、優美との関係を今《こん》話すのは面倒だな、と思った。ある事件を通じて知り合ったこと。複雑な彼女の生い立ちや、壊れてしまった結婚生活の話。

いや、そこまで話す必要はないだろう。そんなことを打ち明けられるほど、私と彼は親しくないはずだ。


優美は、用もないのに立ったり座ったりを繰り返した。お茶を淹れてはポットを火にかけ直し、テーブルに戻ってくると私の顔をじっと覗きこみ、安全の保証なり優しい言葉なりを求める。ご飯の炊き上がりを知らせる炊飯器のブザーを聞いて立ち上がり、冷蔵庫を覗いては何やら探している。

その間、勇樹はずっとグラブを磨くのに専念していた。二人の動きを見ているうちに、私もようやく落ち着いてきた。勇樹は敏感な子どもである。本当に危ない目に遭ったと思ったら、こんなにのんびりしていられないはずだ。

「病院、行かなくていいのか」キッチンにいる優美に声をかける。

「もうすぐ。ご飯の用意してから」内心の不安が零れ出るように、優美の声はふだんよりも甲高かった。

「握り飯か何か、もらえるかな」

「いいけど、どうするの」

「張り込みしてる相棒に持っていく」

「ああ」優美が振り返る。笑ったつもりだったようだが、泣き顔にしか見えなかった。

「そうだよね。仕事中だったんだよね」

「君の握り飯を食えば、相棒も喜ぶよ」相棒？　迂闊にそう呼んでしまってから背筋に悪寒《おかん》が走った。「できるだけ大量にね」

「いいわよ」

やることができたのでほっとしたのか、優美がいそいそと準備を始める。私は勇樹に向き直った。

「で？　ママが心配してるぞ。何があったんだ」

「ママは大袈裟だから」勇樹が子どもらしくない仕草で肩をすぼめた。アメリカで生まれ育ったせいか、優美は時々大仰に感情を爆発させることがある。人生の半分——と言っても四年だが——を日本で過ごしている息子の勇樹は、対照的に淡々としたものだ。

「声をかけてきたのはどんな人だった」

「普通の人だよ。了みたいな格好をしてたし」

「コートを着てた？」

「ネクタイもしてた。変な人って、ネクタイなんかしないよね」

「顔は覚えてるか」

申し訳なさそうな顔つきになって首を振った。八歳の子どもが、どこでこんな表情を覚えるのだろう。

「どこで声をかけられた？」

「えっとね、コンビニの角」

「うちの近くのファミリーマート？」

「うん」

ここから五十メートルほどしか離れていない。誘拐犯が、顔を知った子どもに声をかけるには近過ぎるような気がした。

「何て言われた？」優美から聞いてはいたが、勇樹本人から確かめたかった。

「鳴沢はいるかって。家にいるかって」

「そうか」唾を呑む。クソ、連中はこんなところにも手を伸ばしてきたのだ。「で、何て答えた？」

「知らないって。それで、これ」防犯ブザーをポケットから取り出す。「鳴らして逃げてきた」

「よし」勇樹の頭を撫でる。柔らかい髪の感触が心地良かった。「それでいいんだ」

「びっくりしてたよ」

「ブザーは相手を驚かせるためにあるんだから」それは驚くはずだ。相手も警察官だとすれば、変質者対策のブザーを鳴らされるとは思ってもいないだろう。「ちゃんと役に立っただろう」

「私の方がびっくりしちゃったのよ」優美がキッチンから声をかけてきた。「この子、ブザーを鳴らしたまま帰って来たから。どうやって止めたらいいのか忘れちゃって、電池を抜いたわ」

「抜いたらはめる、それだけだよ」裏蓋を開けて電池を押しこむ。いきなり甲高い警報音が鳴り響いたが、紐につながれたピンを穴に押しこむとすぐに鳴り止んだ。「こうすればすぐ止まるからな」

「僕、変なことしてないよね」勇樹の目に不安の色が射す。

「ああ、大丈夫だ」

勇樹が丸い顔に輝くような笑みを浮かべる。冬が間近いのに、真夏の午後を思わせるような笑みだった。

「本当に大丈夫なの」キッチンから戻ってきた優美が、勇樹の髪を撫でながら訊ねる。

「ああ、心配いらない。少なくとも、誘拐犯や変質者じゃない」

「じゃあ、誰？」

「名前は知らない。でも、警察の人間だと思う」

「警察」暗い声で言って、優美が私を見た。深く黒い目には疑念と懸念が宿っている。

「了、大丈夫なの？」

時々、彼女は頭が回り過ぎる。どうして警察官が勇樹に声をかけてくるのか。私の居場所を捜しているのか。想像が頭を駆け巡り、かえって不安が膨れ上がったに違いない。

「もちろん、大丈夫だ」彼女にうなずきかける。「大丈夫じゃなかったことなんてないだろう」

「身内が敵だったら……」言い淀み、優美が拳を唇に押し当てる。

「君は敏感過ぎるよ。気づいていても、言わない方がいい時もあるんじゃないか」

「どうして」

「わざわざ意識したくないからね」

別れてから三時間後、藤沼の家の近くで今《こん》と再会した。すっかり日が暮れ、今は電柱の陰で——ほとんど身を隠す役にはたっていなかったが——足踏みしながら寒さと戦っていた。

「どうだ」

「二時間前に三人来ました。宴会でもやってるんじゃないですか。寿司の出前なんか取りやがって」灯りの点った窓を恨めしそうに見やる。「で、どうだったんですか。何かやばいことでも？」

「俺にプレッシャーをかけようとしてる奴がいるみたいだな」

最低限の言葉で説明した。つき合っている女性の子どもが、正体不明の人間に声をかけられた、と。

「許せんな、そういうのは」今が右の拳で左の掌を殴った。剛速球を受けたキャッチャーミットのような音が響き渡る。が、すぐに相好を崩した。「防犯ブザーはよかったですね。向こうもびびったんじゃないですか。それを聞いて、誰かが通報してくれればもっとよかった」

「署に確認したよ。残念ながら通報者はいなかったらしい」

「大丈夫なんですか、放っておいて」

「家までは押しかけないだろう。念のために今夜は泊まるけど。それより、夕飯だ」

握り飯の入った紙袋を手渡すと、今の目が潤み始めた。

「おお、まだ温かいですね」

「心して食えよ」

「いただきます」今が背中を丸めて、握り飯と格闘し始めた。かなり大き目に作ってあるのだが、一個を三口で食べてしまう。「いやあ、いいですね。握り飯って単純なだけに美味く作るのは難しいんだけど、これはいい。料理が上手な人でよかったですね」

「ああ。でも、和食はまだ勉強中らしい」

「それにしても、そういう人は絶対に放しちゃいけませんよ」

「どうかな」

「ま、男女の仲は多少の我慢と努力が肝心です。愛情はその先にあるものですよ……とにかくご馳走様でした。いやあ、久しぶりに美味いものを食ったな」

「昨夜も同じようなこと、言ってなかったか?」ペットボトルの茶を渡しながら茶化してやった。

「一晩経てば、久しぶりってことになるんですよ。そう考えれば、一回一回の食事に感謝できるでしょう」

「そういう講釈はやめてくれ。それより俺にも飯を食わせてくれよ」

「了解」

ほのかにぬくもりが残る握り飯は、寒風の中では何よりのご馳走になった。しっかり握ってあるのにほろりと崩れる感触が好ましい。解《ほぐ》したサケもタラコも美味いが、私が一番好きなのは昆布の佃煮だ。もっともそれは、優美ではなくタカが作ったものなのだが。

「出てきますよ」

慌てて握り飯を押しこむ。口をもぐもぐさせながら目を凝らすと、ドアが開き、三人の男が出てくるところだった。一人が五十歳前後、一人が四十歳ぐらい。もう一人がぐっと若くなって二十代の後半に見えた。日曜日だというのにスーツを着こみ、揃ってコートを腕にかけている。横一列になって、駅の方に歩き出した。顔を寄せ合っては、何やらごそごそと小声で話している。今《こん》は「宴会ではないか」と言っていたが、全員足取りはしっかりしており、酒を楽しんできた様子ではない。

「警察官だろうな」

「でしょうね。気配で分かります」

「つけるか」

「そうしましょう。じゃ、私は一番年上の彼を」

「じゃあ、俺は、一番若い奴にするよ」

「了解。また電話しますよ。握り飯、ご馳走様でした。よろしくお伝え下さい」

今が先に歩き出し、私は一呼吸置いて後に続いた。三人はしばらく一塊《ひとかたまり》で動いていた。井《い》の頭《かしら》線で渋谷まで出ると、今の追う男と四十歳ぐらいの男は半蔵門《はんぞうもん》線の方に。私がターゲットにした一番若い男は駅から離れ、人波でごった返しているハチ公前を抜けてセンター街の方に歩いて行く。人の波に押し流されそうになりながら、何とか背中を追いかけていく。

ようやく人の流れが少なくなった辺りで、男はビルの二階にあるコーヒーショップに入った。通りを見下ろせる窓際のカウンター席にいた女性が手を上げる。デートか。私は二人から三つほど離れた席に陣取った。

2

張り込みにコーヒーは厳禁である——新潟時代に先輩から叩きこまれた教訓を、私は頑なに守ってきた。コーヒーは利尿効果が高い、張り込みの最中に小便のことばかり気にしてちゃ仕事に身が入らないだろう、というのがその先輩の言い分だった。だが、コーヒーショップに入ってコーヒーを飲まないわけにはいかない。仕方なしにエスプレッソをダブルで頼んだ。ほんの二口で飲み干せそうな量をちびちびと持たせる。

店内はほぼ埋まっていたが、二人の会話は断続的に耳に入ってきた。どうやら男の方が夕方急に呼び出されて、デートの約束をすっぽかしてしまったらしい。最初の十分間はその言い訳が延々と続いた。

「仕方なかったんだよ」

「今日は暇だって言ってたじゃない」

「だから社内恋愛は嫌だって言ったんだよな」深い溜息。

「嫌ならやめれば？　私は別にいいわよ」

「いや、そんなこと言ってるんじゃなくてさ……さっきから謝ってるだろう」

女の方も警察官か。互いの立場がよく分かる反面、やりにくいことも多いだろう。ちらりと横を見た。二人はそれぞれ上半身を捻って向き合っており、私の位置からは女の顔が見える。目つきのきつい女だ。襟ぐりが大きく開いた白いブラウスに色落ちしてほとんど白くなったジーンズ、ヒールの高いパンプスという格好である。

「呼び出されたって、何の仕事だったの」

「いや、仕事というか、そうじゃないというか……」

「はっきりしないわね」女が男の肩を小突いた。「いつもそういう謎めいた言い方するんだから。さすが刑事になると違うわね。ねえ、コタキ刑事？」

コタキ。小滝、だろうか。頭の中に書きとめた瞬間、男の言葉に私は凍りついた。

「十日会ってのがあってさ」

「何、それ」

「選ばれし者のみが入れるクラブみたいなものだな」若い刑事が軽く胸を張った。「今日もそれだったんだよ。一課の大先輩に呼ばれたんだ」

「私も知ってる人？」

「お前は知らないんじゃないか。昔の捜査一課長で藤沼さんって言うんだけどさ」

「知らない。昔のって、もう辞めた人ってこと？」

「ああ」

「OBに呼ばれたって、偉いってわけじゃないでしょう」女が不満げに鼻を鳴らす。

「馬鹿言うなよ。俺は目をかけられてるんだぜ。面倒臭いけど、お前だって、うだつの上がらない奴とつき合ってるよりはいいだろう？　結婚して、いつまでも俺が万年巡査部長じゃ格好つかないだろう」

「そんなの、試験を通らないとどうしようもないでしょう」

「試験で決まるのは途中までだぜ。そこから先は、引き立てが大事なんだ」

「それはそうだけど……そんなことより、約束を守れない時はちゃんと言ってよね」

「そうもいかないんだよ、男の仕事は。まあ、十日会のことは後でゆっくり話すよ。ここじゃ話しにくいから」男が左腕を突き出して腕時計を覗きこむ。「これからどうするよ。遅くなっちまったな」

「家に来る？　ご飯はどうしたの」

「寿司をご馳走になったけど、緊張してたからほとんど食べられなかった。酒も呑んでないから中途半端だな」

「じゃ、うちで呑み直せばいいじゃない」

「そうするか。悪いけど、映画はこの次にしようぜ」

若い刑事の名前は分かった。勤務先は、おそらく捜査一課。この男を揺さぶることができるかどうかは分からなかったが、いずれチャンスは来るだろう。少なくとも、藤沼に圧力をかけるよりは成功の見こみが高いはずだ。藤沼は刑事の強みも弱みも知り尽くしているだろう。取調室で顔を合わせる可能性は低いだろうが、そうなったら難渋させられるのは目に見えている。できれば、この若い男を突破口にしたい。

「ねえねえ、話変わるけど、小野寺さんって知ってる？」

「小野寺さん？」

「小野寺冴さん」

思いもよらない名前が出てきて、カップを摑んだ私の指先が震えだした。慎重に下ろしたが、ソーサーにぶつかって硬い小さな音を立ててしまう。

「ああ、あの小野寺さんか。渋谷の事件でレイプ犯を撃ち殺しちゃった人だろう？　すごかったらしいね。頭に二発ぶちこんだって聞いてるけど」

「そうなのよ」

「その人がどうしたって？」

「この前久しぶりに電話で話したんだけど、私立探偵をしてるんですって。何だか凄いよね」

「ああ、あの事件の他にもいろいろあって、警察は辞めたっていう話だったな。だけど、何でお前が知ってるんだよ」

「私、最初の所轄の時にずいぶんよくしてもらって、結構仲良かったのよ。あの事件があった後は疎遠になっちゃったんだけど、久しぶりに電話したらそんな話で。びっくりしちゃった」

「探偵なんかで飯が食えるのかね」

「どうかしら」

「小野寺さんって、すごい美人って噂だけど、本当にそうなのか？」

「うん、ちょっとびっくりするわよ。子どもの頃はモデルやってたぐらいだし」

「へえ、そりゃあ、一度会ってみたいね」

「駄目よ」女が男の腕を乱暴に握った。「あなた、すぐ他に目がいっちゃうから」

「じゃ、目がいかないようにしてくれよ」男の手が女の脇腹に下りていく。女はすっと体を捻って逃れ、ふわりとした笑みを浮かべて彼の肩に指を走らせた。

　レジで精算する二人の後ろ姿を眺めながら、私は財布を取り出し、小銭を数えた。伝票を摑み、二人の姿が消えた瞬間にレジに向かう。伝票と金を放り出し、そのまま二人の背中を追い始めた。

冴。

その時私の頭に浮かんだ考えはあまりにも乱暴であり、このまま進めていいものかどうか、にわかには判断できなかった。だが、雑踏の中で二人を追っていくうちに、悪くない考えだと思えてくる。数年前の私だったら即座に押し潰した、あるいは考えもつかないアイディアだっただろうが。

女の名前は相内孝子《あいないたかこ》。京王線の西調布駅から歩いて十五分ほどかかるマンションで一人暮らしをしているのが分かった。部屋の窓に灯りが点るのを見届けてから駅に取って返す。

十時近くになっていた。優美に電話を入れ、異常がないのを確認する。

「病院へは行ったのか？」

「行ったわよ。行かないと、おばあちゃま、機嫌が悪くなるから。佃煮も食べたいって言ってたし。病院の食事は口に合わないんですって」

「またわがまま言ってるわけだ」

「それ、直接言える？」

「いや」咳払いを一つした。「これからそっちへ行くよ。調布にいるから、一時間ぐらいで着ける」

「調布だったら、家に戻った方が早いでしょう。こっちは大丈夫よ。さっきは私もちょっと慌てちゃっただけだから」

「いや、今日はそこに泊まる」

「心配してくれてるなら、ありがとう」

「俺のせいかもしれないから」

「事情は話してくれないわよね」

「君はまだ事情を知らない方がいい。全部終わったら話すかもしれないけど……」

「いいわ。じゃ、待ってる」

電話を切って立ち止まる。尻ポケットから財布を抜き出し、冴の名刺を取り出した。弱々しい街灯の下で、とっくりと眺める。そこから何かが浮き上がってくるわけではなかったが、胸の中を駆け巡る様々な思いは、私をその場に釘づけにするぐらいの力があった。当然、彼女に頼らないという選択肢もある。だが、今はわずかな手がかりでも欲しかった。孝子が、寝物語であの若い刑事から何か聞いているかもしれないではないか。

こだわるな。気にするな。あれから二年も経っているではないか。愚図愚図してこだわっている方がおかしいのだ。こんなことで躊躇しているのを知ったら、冴は笑うだろう。白い、綺麗な喉を見せて。

呼び出し音三回で彼女は出てきた。

「鳴沢?」

「何で分かった」

「電話番号、登録してあるから」

二年前と現在が、電話という弱い糸でつながった。彼女は何回携帯を買い換えたのだろう。その間ずっと、電話番号のメモリーを移し換えていたのだろうか。

「どうしたの、日曜のこんな時間に」

「ああ、ちょっと仕事で」

「相変わらず土日も関係ないんだ」

「そっちは?」

「家よ。実家にいるの」

「そうか……じゃあ、電話はまずいかな」

「何言ってるの」冴が噴き出した。「自分の部屋で携帯を使ってるのよ。今時、中学生でもそんなこと気にしないでしょう。それより、どうかした?」

「ちょっと頼みたいことがあるんだ」

「ガールフレンドのこととか相談されても困るけど」

「違う。仕事の話だ」

「私に何か依頼したいわけ？」冴の声がわずかに硬くなった。

「事務所を通してくれっていうならそうするけど……金も払う」料金は幾らぐらいだろう。財布の中身、次いで銀行の預金残高を頭の中で計算した。いや、優美に借金をしてでも金は絶対に払おう。金が間に入れば人の関係は必然的に冷たくなるし、彼女とはそうであるべきなのだ。

「お金の話は後でいいわ。そんなに困ってるわけじゃないから。今、話す？」

「いや。直接会ってお願いするよ。明日の予定は？」

「いつでもいいわよ。仕事はそんなに忙しくないから。そうだ、お昼、奢ってくれる？依頼料から引いておくわ」

「一時にしよう。場所は……」話し始めてから、自分には足場がないことに気づいた。世田谷東署の会議室は、あくまで沢登と会うためだけの場所だし、冴も警察署内には足を踏み入れたくないだろう。「青山署の近くに、美味いうどんを食わせる店がある。讃岐うどん、好きじゃないか」

「安いのよね、讃岐うどんって」冴が声を上げて笑う。「まあ、いいわ。店の名前、教えて」

必要なことだけ喋り、必ず車で来るように言ってから電話を切った。さあ、どうなるか。外部の人間に助けを求めることを、今《こん》には話さざるを得ないだろう。彼はどんな反応を示すだろう。警察が探偵を雇うなんて、と私の提案を正面から否定するだろうか。

そうはしないような気がした。坊主と言いながら、あの男は俗世のしがらみや襞《ひだ》を私以上に理解し、利用しようとする男であるはずだから。


「すると、そのAという男の恋人のBに口を割らせようってわけですね」厨房の方を覗きこみながら今が言った。椅子席はすでに一杯で、私たちはカウンターに陣取っている。誰に聞かれるか分からないから、固有名詞を出して喋るわけにはいかなかった。

「それでうまく行くといいんだが」

「私の方は処置なしですからね。名前と住所、所属は分かったんですが」

「ああ、C、だね」

「ええ。でも、ここからどうするかが問題です。こんなやりにくい仕事は初めてだな……お、来たか」

今が両手を擦り合わせた。釜揚げうどんが目の前に置かれる。今は、どうしても話をする前に先に食わせろ、と言い張ったのだ。浅葱《あさつき》とおろし生姜を汁に加え、さっそく箸を割る。盛大にずるずると啜り上げ始めたところで、店のドアが開いた。

「お待たせ」

突き抜けたように明るい冴の声が耳に入る。返事をせず、黙ってうなずきかけるだけにした。今の方を向くと、うどんが二本、口から垂れ下がっている。箸を持ったまま いきなり立ち上がると、椅子が倒れ、客の目が一斉にこちらを向いた。

「何しに来た、爆弾女」

「あら、お久しぶりね。インチキ坊主じゃない」冴が腰に両手を当て、鼻を鳴らす。

「何だと」

「インチキをインチキって言って何が悪いのよ」

「いいか、お前には絶対にバチが当たる。バチが当たるように俺が祈ってやる」

「そういうのって、仏の教えに反してるんじゃない？」

「悪を退治するのも仏の道だ」

「いい加減にしろ、二人とも」半ば呆気《あっけ》に取られながら私は間に入った。二人とも鬼のような形相を浮かべ、肩で荒く息をしている。今のこんな口調を耳にするのは初めてだった。冴は今をからかっているような口調だが、気安さからそうしているわけでないのは明らかだった。

「二人とも知り合いなのか」

「知り合い？」甲高い声で応じた冴の眉が釣りあがる。箸を握る今の手は震えていた。

「違います」二人の声が見事にユニゾンする。まるで何度も打ち合わせ、練習したようなタイミングだった。


これほど気まずい空気の中で食事をしたことはない。今は黙りこくり、釜揚げうどんに追加してきつねうどんを注文し、ひたすら食事に集中している。冴はと言えば、食べながらも会話を絶やさなかった。まず、うどんの腰の強さ、汁の美味さへの賞賛から始まり、多摩署時代の同僚の噂話に発展させる。私は適当につき合っていたが、居心地が悪くて彼女の声は耳を素通りしていたし、うどんの味も分からなかった。食べ終えると早々に店を出て、冴が歩道に乗り上げて違法駐車していた車に乗りこむ。二年前と同じインプレッサだった。今が後部座席に、私が助手席に乗りこむ。

「その辺、流すわね」

「ああ」

冴の運転は、少しは大人しくなったようだった。裏道を走り回ったが、速度計の針が四十キロを越えることはなかった。

「鳴沢さん、こいつに頼むって、何で先に言ってくれなかったんですか。知ってたら絶対反対したのに」後部座席から、今が呻《うめ》くように文句を漏らす。

「二人が知り合いだとは知らなかった」

「だから、知り合いじゃないですって」今が語気荒く否定する。

「機捜で一緒だったの。同じ時に同じ場所にいただけよ」冴の声も素っ気ない。

今が私たちの間に顔を突き出した。それだけで車が揺れ、冴が慌ててハンドルを握り直す。

「それだけ？　あのねえ、お前の滅茶苦茶の尻拭い、何度させられたと思ってるんだ。鳥飼《とりがい》の件、忘れたとは言わせないぞ」

「誰だ、鳥飼って」

私が質問すると、冴が口に手の甲を押しつけ、笑いを押し潰した。

「クソったれの連続強盗犯。帰宅途中の若いＯＬばかりを狙ってたクズみたいな男よ。目星をつけてずっと尾行してたんだけど、私たちの目の前でまたやったのよ。その時にちょっと痛めつけてやっただけ」

「膝を複雑骨折させるのは、『ちょっと』とは言わないな、普通は」

今《こん》が体を投げ出すようにシートに背中を押しつける。また車が揺れた。冴がハンドルを握ったまま肩をすくめる。

「膝は、横から蹴ると案外脆《もろ》いのよね」

「とにかくね、お前はやり過ぎなんだ。だいたい——」

今が口を閉ざす。鳥飼という男の事件は、冴が機捜にいた頃のものだ。その後彼女は、渋谷署時代に女性ばかりを狙った連続殺人犯を射殺し、多摩署では私と一緒に、絶対に記憶から拭い去れない事件に遭遇している。警視庁内では誰でも知っている話のはずだが、当人を目の前にして口にすべきではないということは今にも分かっているのだろう。

「何とでも言って、インチキ坊主。私はもう警察を辞めた人間だから、何言われても平気よ。でもあんたも、素直に静岡に帰って坊主になればいいのに、刑事なんかやってるのはおかしいのよ」

「それはこっちの事情だ」

「刑事の仕事を腰かけみたいに考えてるのは許せないわね」

今の次の反撃の台詞は想像できた。辞めた人間に言われたくない。だが、今は無言を貫いた。そこまで言ったら言い過ぎだ、と分かっているのだろう。この口喧嘩は、冴の判定勝ちに終わりそうだった。

「今、君には悪いけど、今回は彼女の助けを借りたいんだ」

「冗談じゃない。だいたい、探偵なんて胡散臭いじゃないですか。それに、金は誰が払うんですか。ふっかけられますよ」

「そんなことはどうでもいい」

ぴしゃりと言ってから、私は体を捻って冴の方を向いた。逆光になって顔が黒く塗りつぶされているが、それでも強靭《きょうじん》な美しさは損なわれていない。彼女がもう少し弱ければ、と一瞬だが思った。強過ぎたから、二人で一緒に歩いていくことができなかった。

首を振ってから話しかける。

「相内孝子って知ってるか」

「孝子？　もちろん。所轄の後輩で、二人で一緒にお茶汲みさせられた仲よ」

「今でも連絡は取ってるよな」

「何日か前に久しぶりに電話で話したけど、彼女がどうしたの？」

「探りを入れて欲しいんだ」

「それぐらい、自分でやればいいじゃない。それとも、女の子のことを調べるのは苦手だとか」

「正式に事情聴取できるような話じゃないんだ」

「どういうこと？」

肝心の部分を避けながら説明した。奥歯に物が挟まったような言い方になってしまったし、それで冴が納得したとも思えなかったが、彼女は質問をぶつけてはこなかった。蚊帳《かや》の外に置かれた気分になっているかもしれないが、それを表に出さないぐらいには大人になったようだ。

「孝子の恋人が何をしてるか、探りを入れればいいのね」

「そういうこと。できるだけ自然にね」

「大丈夫。あの子、ものすごいお喋りなのよ。警察に入ってからつき合った男のうち、私も五人ぐらいは知ってるわね。一人も会ったことないけど、みんな知り合いみたいな感じがする。とにかく、何でもかんでもべらべら喋るんだから」

「じゃあ、できるだけさりげなく」

「了解」

「金のことなんだけど……」

「鳴沢、たまには美味しいもの食べに行くんでしょう？　いつもうどんや蕎麦ばかりってわけじゃないわよね」

「ああ」そういう時はだいたい優美が一緒なのだが。

「じゃ、何か美味しいものを奢って。大した仕事じゃないし、今回はそれでいいわ」

「現物支給は問題ないかな」

　冴が声を出して笑う。拳を口に押し当て、ようやく笑いを押し殺した。

「考えてみてよ、孝子と話をするだけじゃない。一時間？　二時間？　仮に私が一時間一万円取るとしても、ちょっといいフランス料理を食べたら予算オーバーでしょう。高いワインを頼んだら確実に赤字だわ。だから、それでいいじゃない」

「しかし」

「いいの。面倒臭いこと言わないで。それに、元相棒からお金を巻き上げるわけにはいかないわよ」

「じゃあ、今回は甘える」

「いいわよ。これで契約成立ね」面白そうに言って、冴がブレーキを踏みこむ。いつの間にか、先ほどのうどん屋の前に戻ってきていた。身を乗り出すように私の方を向くと、じっと顔を覗きこむ。「連絡するわ。二、三日中に」

「頼む」

　ドアに手を伸ばしたところで、冴の声に引き戻される。

「ところで、あの子は元気？」

「ああ」

「滅茶苦茶可愛い子ね。将来、すごいハンサムになりそう」

「しかも頭がよくて素直なんだ」

「今の日本にもそんな子がいるわけ？」

「アメリカ育ちだから、そのせいかな」

「ふうん」冴がまじまじと私の顔を見た。「鳴沢、何だか人生を複雑にしてるの？」

「脅かさないで下さいよ、鳴沢さん」青山一丁目の駅に向かって歩きながら、今《こん》が大袈裟に肩をすくめた。

「何が」

「小野寺が素直に喋ってるの、初めて聞きました。飼い馴らすコツでもあるんですか」

「人を猛獣使いみたいに言うなよ……性格が似てるのかもしれない」

「似たもの同士、ですか」

「ああ」だから上手く行かなかった。プラスとプラスは反発し合うだけである。「君たちの接し方もまずかったんじゃないか？　だいたい、君のさっきの態度は、仏門に入ろうとしている人間としてはどうかと思うけど」

「まだ修行が足りませんで」今が頭を掻き、すぐに真面目な声で切り出す。「で、これからどうしますか」

「ちょっと考えてることがあるんだ。戸田の件だけどね」

「足取りをどう捜すか、でしょう」今が顎に手を当てた。

「きちんと基本から行こう。問題は、最後に戸田に会ったのが誰かということだ。仕事ばかりの人間だとしたら、会うのも事件の関係者が多いんじゃないかな。同僚か、容疑者か」

「彼が何を捜査していたか分かれば、手がかりになる――」

「かもしれない」言葉を引き取った。今は顎に手を当てたまま思案していたが、やがてぽつりと漏らした。

「確か、例の目黒の殺しをやってたんじゃなかったでしたっけ。理事官の資料にはそう載ってました」

「ああ。でも、あれはもう解決してる」一月ほど前に起きた殺人事件で、捜査本部が立ったが、確か一週間前に犯人は逮捕されているはずである。

「逮捕したからって、すぐに捜査本部が解散するわけじゃないでしょう。もちろん、きりきり仕事してたわけじゃないだろうけど」

地下鉄の入り口にたどり着いた。そこで足を止め、立ち話を続ける。人に聞かれないようにするにはこれが一番なのだ。

「被害者は不動産屋だったよな」

「目黒にある小さな会社の社長です」

「犯人は元社員だっけ？」

「ええ。金銭トラブルがあって辞めたようですね。小さな会社だから、そういうのも大事になるんでしょう。辞める時も相当揉めてたみたいですから、その線から割り出したんだと思いますよ」

「じゃあ、捜査本部って言っても楽勝だっただろうな。成功率を上げるために捜査本部にしたんじゃないのか」

「とは言っても、殺しで犯人が分からない時は捜査本部にするのが決まりですからね」

「犯人は、もう落ちてたのかな」

「と思いますよ。だから裏づけって言うと、犯人の生活ぶりを調べたり、社員からトラブルの実態について事情聴取したりだったんじゃないでしょうか」

「その事件で戸田が何をしていたかを調べよう」

「ええ」

電話を取り出す。いつものように沢登はすぐに出てきた。理事官と言えば会議ばかりしているような印象があるのだが、彼は常に私からの電話が鳴るのを待っているようだ。今《こん》と話した内容を説明し、戸田がどんな捜査をしていたか調べてほしいと頼む。

「それはできない」あっさり拒絶された。「公の話になってしまう」

「それはまずいんですか」

「あくまで非公式な話だと最初に言ってあるだろう。確かに、戸田の足取りを追う方法としては悪くないが、君たちが一件一件調べるしかないな」

「そこまで神経質になる理由は何なんですか。理事官、正直に言えば、さっさと監察に回してしまった方が――」

「この件は私が処理する」髪の毛の入りこむ隙間もないほど冷徹な命令口調だった。そう言われると反論したくなるのだが、客観的に「おかしい」と指摘するだけの材料はない。感情的な言葉の奔流になってしまいそうだったので、結局は口をつぐんだ。

「分かりました。別口から当たります。それより理事官、十日会ってご存じですか」

「知らんな」反応が早い上に素っ気ない。

「親睦会のようなものなんでしょうか。元一課長の藤沼さんの家に人が集まっていましたけど、藤沼さんも十日会の……」

「余計なことを調べている暇があるなら、早く戸田の足取りを追いたまえ」

電話が一方的に切れた。余計なこと。知らないというなら、それがどうして余計なことだと分かるのだろう。電話の内容を察したのか、今《こん》が首を捻る。

「十日会って、秘密結社なんですかね」

「何だよ、それ」

「フリーメーソンとか、エール大学のスカル・アンド・ボーンズとか。クー・クラックス・クランなんかもそうですね」

「刑事たちが奇妙なお祈りをしたり、血を飲んだり、黒人差別をしてるって言うのか？馬鹿らしい」

「ねえ、まさかねえ」今が丸い腹の上で手を組んだ。「理事官は、私たちのことを一課に押しこんでやってもいい、みたいなこと言ってましたよね」

「ああ」

「ちょっと考えちゃいますね。十日会が一課と関係あるとすれば……私はそういう下らない集まりには興味がないんですよ」

選ばれし者のみが入れるクラブ——コタキという若い刑事は確かそう言っていた。彼なりの気負いもあっての台詞なのだろうが、それにいかほどの意味があるのだろう。

3

世の中には四種類の人間がいる。何も知らないが故に寡黙な人間。知ってはいるが口が重い人間。知ってしまうと喋らずにいられない人間。そして、空っぽなのに口だけは回る人間。

工藤《くどう》と名乗った不動産屋の若い社員は、典型的な四番目のタイプだった。

今と別れ、私はJR目黒駅にほど近いオフィスビルの一階にある不動産屋に立ち寄った。人がいる気配がしたのでノックしてみたところ、応対に出てきたのが工藤だった。右手に持ったモップによりかかるようにして、私に疑惑の目を向ける。警察だと名乗ると途端に表情を緩め、私が何も言わないうちに、会社はまだ業務を再開していないが自分は自主的に出てきて準備をしているのだ、と胸を張って説明した。その情報が、私経由で会社の幹部へ伝わると確信しているように。

「そこですよ、そこ」工藤が、ドアから一番遠い席の辺りをモップの柄で指し示す。「社長、そこで倒れてたそうなんです。俺は見なかったんですけど、見たらトラウマになってただろうな」

死体も何回も見れば慣れる、と言おうとして言葉を引っこめた。何を言ってもこの男を喜ばせてしまいそうだったから。椅子を引いて座ると、工藤がモップを持ったまま前に立った。

「座ってくれないかな」

「え？」

「監視されてるみたいで喋りにくい」

「あ、すんません」工藤がモップを机に立てかけ、私の向かいに座る。トラブル——もちろん自分に被害が及ばない限りのものだ——を期待するように、顔が赤らんでいた。

「警察もずいぶん熱心ですね」

「ああ」

「犯人、捕まったんでしょう？　俺は面識なかったんだけど、昔ここで働いてた人ですよね。金のことでトラブルになったたって聞いてますけど、やっぱり不動産屋なんて、金で揉めるんでしょうね。俺、このままここで働いてていいのかな」

「心配なら辞めればいい。こんな事件があったんだから、辞めたって誰も文句は言わないだろう」

「でも、ようやく決まった会社なんですよ。実は、初めて出勤した日にあの事件があって、結局一日もまともに仕事してないんですけどね」

しまった。それを先に聴いておくべきだった。こいつに情報を求めるのは間違っている。適当に話を切り上げ、さっさと帰ろう。しかし、工藤の喋りは依然として滑らかなままだった。

「ここだけの話ですけど、社長はずいぶん強欲な人だったらしいんですよ。俺は面接で会っただけだから、そこまでは分からなかったけど」顔色を窺うように、工藤が上目遣いで私を見た。「だけど、殺しちゃうのもどうかと思いますけどねえ。いくら何でもやり過ぎじゃないかな」

「殺人事件は、何でもやり過ぎだよ。ところで最近、警察はここへ来るかい？」

「ええ、大体毎日。補足捜査とかいうんですか？　刑事さんもそうなんでしょう」

「ちょっと事情が違うんだ。戸田っていう捜査一課の刑事、知らないかな」

「戸田さんですか」工藤が天井を見上げながら顎を掻く。髭を伸ばそうとしているのか剃り残しなのか分からなかったが、顎の下が薄らと黒くなっていた。「ええ、俺も名刺をもらってます。直接話したことはないけど。警察には、だいたい渡辺《わたなべ》専務が応対してますから」

「その渡辺さんは？　今日は会社にはいないんですか」

「今朝一回顔を見せたけど、すぐ出て行きました。仕事を再開する前に、得意先にお詫びに行かなくちゃいけないからって。ああいう事件があった後は、やっぱり大変なんですよね」

手帳を広げ、工藤が告げた携帯電話の番号を書き取る。興味津々の様子で身を乗り出してきたので、音を立てて目の前で手帳を閉じてやった。笑みを浮かべて訊ねる。

「仕事は続けられそうですか」

「さあ、どうでしょう」工藤が肩をすぼめる。「働き始めたばかりなのにミソつけられちゃって。社長がいなくなって、仕事はどうなるのかな。それに、社内のトラブルは信用問題にも関わりますよね。どう思います？」

「渡辺専務は、仕事を再開するつもりで挨拶回りをしてるんでしょう？　だったらもう少し粘ってみてもいいんじゃないかな。放り出すには早過ぎる」

「そうですよねえ。でも、今月給料出るのかな」

この男の中では、社長が殺されたこと自体はさほど大きな事件ではないのだろう。そんなものかもしれない。殺されたのは彼ではないのだから。誰も他人の痛みを直接感じることはできないし、自分のことでない限り、恐怖は案外早く笑い話になるものだ。

新宿で得意先回りをしていたという渡辺とはすぐに連絡がつき、渋谷で落ち合うことができた。マークシティの五階、ホテルのロビーと同じフロアにある喫茶店でコーヒーを飲みながら待っていると、コートを腕にかけた渡辺が店に飛びこんできた。目印にと目の前で夕刊を広げていたのだが、すでに私のことを見知っているような勢いで、真っ直ぐテーブルに向かってくる。今《こん》ほどではないがかなりの巨漢で、「いらっしゃいませ」の声を無視して店内を突き進んで来る様は、南氷洋を行く砕氷船を彷彿させた。

「鳴沢さんですよね」

「渡辺さんですね」立ち上がって会釈する。渡辺は後ろから誰かに殴られたように頭を下げた。

「いやあ、どうもどうも」顔を一回りするようにハンカチで拭い、名刺を差し出す。手が空くと、今度は首筋にハンカチを当て、ダレスバッグを膝に抱えこんで腰を下ろした。年の頃五十歳ぐらいだろうか、顔が不健康に赤らみ、目も充血している。手の甲にも染みが目立った。数十年に渡って、毎日かなりの量の酒を呑み続けてきた証拠である。

「いやもう、何でも聴いて下さいよ」威勢はいいのだが、顔は泣き出す直前の子どものようにねじくれていた。

「渡辺さん、自棄《やけ》になってませんか」

「そりゃもちろん、自棄にもなりますよ」私のコップを手に取り、一気に水を飲み干す。大声でウェイトレスを呼んでアイスコーヒーを注文すると、女にしなだれかかるような格好で体を斜めに倒した。急に目を見開き、脅しをかけるように低い口調に切り換える。

「うちの会社が潰れたら、警察のせいってことになるんじゃないでしょうかね」

「どういうことですか」

「事件は……事件は仕方ないですよ。内輪のトラブルで、お恥ずかしい話でもありますけどね。だけどその後の警察のやり方は、土足で家に上がりこむみたいなものでしたから。一応、うちの会社は被害者みたいなものなんですよ。それなのに、まるで会社そのものが悪いみたいな感じで接してくる。こりゃ、たまらんですよ」

「そもそも、犯人を雇ったのは渡辺さんたちですよね」

いきなり頰を張られたように、渡辺が首をすくめる。

「それはそうだけど。犯人を雇ったっていうか、雇った人間が犯人になったっていうか……まあ、いいか。ニワトリが先か、卵が先かみたいな話をしても仕方ないですわな。それより、まだお話ししなくちゃいけないことがあるんですか？　もう犯人も捕まったし、散々事情を聴かれたんですよ。何とまあ、私一人だけでも延べ四十五時間」

「ずいぶんはっきりしてるんですね」

「そりゃあ」背広の内ポケットから手帳を取り出す。「あんまりしつこいから、途中から記録をとってたんですよ。誰に何時間事情聴取されたとかね。あれですか、警察の人ってのは、どうして別の人が同じようなことばかり聴いてくるんですかね」

「確認のためですよ。別の人間が聴けば、また別の事実が出てくるかもしれない」

「ああ、はいはい」面倒臭そうに、渡辺が顔の前で手を振る。「こっちがボロを出すかどうか確認したいわけですね。ま、そういうもんなんでしょうな、あなたたちの商売は」

運ばれてきたアイスコーヒーを一気に半分ほど飲み干し、氷をからからと耳元で鳴らしてから、渡辺が短い足を組んだ。

「さて、何でも聴いて下さい」

「その手帳ですが」

「手帳？　はいはい」開いたままの手帳に目を落とす。「これが何か？」

「誰に会ったか、かなり細かく書いてあるんですね」

「そうですね。だけど、この手帳がどうかしたんですか」

「戸田という刑事はご存じですか」

「ええ、もちろん」

「最後に会ったのはいつですか」

「ええと、そうね……」渡辺の指先が手帳のページをなぞった。「先週の火曜日かな」

頭の中で、ぴしり、という音が聞こえたような気がした。火曜日——戸田が行方をくらましたとされる日、そして堀本の死が確認された日でもある。

「火曜日の何時ごろですか？　どこで会いました？」

「渋谷の焼き鳥屋で」

「一緒に酒を呑んだんですか？」

私が顔をしかめたのに気づいたのだろう、渡辺がハンカチで汗を拭いながら慌てて弁解を始める。

「戸田さんとは何回も会って顔なじみになってましたし、捜査も一段落したんで、お互いにお疲れ様って感じでね。もちろん割り勘ですよ。焼き鳥屋だから安かったし」割り勘、というところに必要以上に力をこめた。

「それはどうでもいいんですけど、その店、教えてもらえませんか」

「それが、今度の事件と何の関係があるんですか」

「申し訳ないですけど、それはちょっと」

渡辺が深く溜息をついた。

「警察ってのは何でも秘密主義なんですねえ。仕方ないのかもしれないけど、ちゃんと税金を払ってる東京都民としては、何だか釈然としませんよ」

「すいません。だけど、これは重要なことなんです」

「いいですよ」

渡辺が告げた店の名前を手帳に書き記した。渋谷の繁華街には詳しくないが、すぐに分かるだろう。ただし、今《こん》を連れて行く気にはなれなかった。彼は、テーブルの上に串を百本ぐらい積み上げそうだから。

「ところで、その時戸田はどんな様子でしたか」

「誘ってくれたのは戸田さんの方なのに、何だかそわそわしてましたね。結局、一時間も座ってなかったんじゃないかな。柔道をやってるせいかな、ふだんはどっしり座ってぴくりとも動かないのに、あの時に限っては貧乏揺すりなんかしてね」

「何か気にしてる様子でしたか」

渡辺が顎を撫でた。

「うーん、そうですね。誰かと待ち合わせしてて、時間を気にしてる感じ、かな」

待ち合わせしていた相手は堀本だったとか。数時間後には彼を殺さなければならなかったとか。

「会社に戻るんで、私の方が先に店を出たんですけどね。戸田さん、えらく急いでいる風に見えたのに帰らなかったんですよ。確かに、あの日の戸田さんは妙な感じでしたね。ふだんどんな人か、よく知ってるわけじゃないけど」

人間の四つのパターン。渡辺の場合は、「知ってしまうと喋らずにいられない人間」だ。このタイプの弱点は、憶測や偏見まで簡単に口にしてしまうことである。

「分かりました」手帳を閉じる。渡辺が呆気に取られたように口を開けた。

「それだけですか」

「そういうことです」

「事件と関係ないんじゃないですか」

「世の中のことは全部つながってるんですよ」まるで今のような口調だと苦笑しながら、伝票を摑んで席を立った。千五百円。値段に見合った情報であることを祈りながら店を出る。

午後四時。問題の焼き鳥屋は開店前の準備をしている時間だろうと思い、渡辺と別れた後、そのまま店を訪ねた。東急プラザの横にあるごちゃごちゃした一角で、ビルの一階にある店の暖簾《のれん》は、予想通りまだかかっていなかった。引き戸を開けると、涼しげな音でチャイムが鳴り、カウンターの向こうで鶏肉に串を打っていた店主らしい男が顔も上げずに告げる。

「すいません、五時からなんですが――」

「警察です」

店主の手が止まった。手を止め、頭に巻いていたタオルを取って慌てて手を拭く。

「青山署の鳴沢と言います。お忙しいところすいませんが、ちょっといいですか？　ご主人ですよね」

「そうですけど、何ですか、一体」

五十絡みの店主は、依然として戸惑った表情を浮かべていたが、カウンター席に座るよう私に言うだけの落ち着きはあった。コートを脱ぎ、膝の上に置いて腰を下ろす。カウンターは脂で黒光りがし、触れると少しべとべとしていた。向かって右側が焼き場になっており、カウンターの前に立てられたガラス製の仕切りは煤ですっかり灰色に染まっている。戸田の写真を取り出し、店主の顔の前に翳《かざ》した。

「この男に見覚えありませんか」

「戸田さんじゃないですか。警視庁の」

当たり、だ。写真をポケットに引っこめ、両手を膝の上で揃えたまま身を乗り出す。

「先週の火曜日、ここに来てたはずなんですが、覚えてますか」

「火曜日」店主が顎に手を当て、視線を彷徨わせる。「火曜日って言われてもねえ」

「ちょっと小太りの、すぐに汗をかくような男と一緒だったはずです。その人は一時間もしないで引き上げたんだけど、戸田はその後も残っていたと思います」

「ああ。はいはい」店主が二度、三度とうなずいた。「ずいぶんよく喋る人でね。警察の人にしては珍しいですよね。戸田さんだって、ここじゃあまり仕事の話はしないのに」

「一緒にいたのは警察の人間じゃないんですよ」

「道理でね」店主がぽん、と両手を打ち合わせた。「あんなお喋りな刑事さんがいたんじゃ、捜査の秘密なんかみんな漏れちまいますよね。目黒で不動産屋の社長が殺された事件があったでしょう？　あのことをずっと話してましたよ」

首を振って、店主の話を切った。

「戸田だけが残ったんですね」

「あの時は……」店主が宙を見上げながら布巾でまな板を拭いた。「時間差攻撃？」

「何ですか、それ」

「連れの人が帰られてから五分ぐらいして、戸田さんもここを出ましたから」

「一人で？」

「いや」

「誰かと待ち合わせでもしてたんですか」

「別の刑事さん、ですね」

二つ目の関門突破、だ。私はさらに身を乗り出した。

「ご主人の知ってる人ですか」

「ええ、ここへはよく来られますから。特に最近はね。職場が近いんですよ」

「名前、ご存じですか」

「フクエさん。渋谷中央署にお勤めですから、すぐそこなんですよ……だけど刑事さん、何を調べてるんですか。同じ警察の人の話でしょう」

「ええ、まあ」

曖昧な返事で時間稼ぎをした。頭の中はフル回転している。フクエ。藤沼の家から今《こん》が跡をつけていった男かもしれない。極端に珍しい名前ではないが、偶然とは思えない。

「フクエは、どういう字を書くんですか」

「幸福の『福』に江戸の『江』ですよ。うちではもう、十年ぐらいお馴染みさんかな。戸田さんも、福江さんの紹介でご贔屓《ひいき》いただくようになって」

「火曜日は」私は開いた手帳に目を落とした。「福江が後からここに訪ねて来たんですね」

「そうです。それから慌てて出て行きました。金は払ってもらってたから別にこっちは構わないんですけど、いつもとちょっと様子が違ったなあ。福江さんは、ふだんは結構長っ尻なんですけど、あの日は本当に、ただ戸田さんを迎えに来ただけみたいで」

「様子が違うっていうのは、具体的にどんな感じだったんですか」

「慌ててるっていうかな。店に入ってきた時も怖い顔してましてね」店主が引き戸の方に顎をしゃくる。「仕事の顔でしたよ」

「どこへ行くとか、そういう話はしてませんでしたか」

「いやあ、そこまでは」

「分かりました」手帳を背広の内ポケットに落としこむ。

「これでいいんですか?」店主が右目だけを大きく見開いた。

「結構です。すいませんね、開店前の忙しい時に」

店を出ると、ビル風が背中をどやしつける。紙屑が吹き上げられ、ビルの壁に沿って舞い上がっていった。夕暮れが迫り、狭い路地から見える渋谷駅の周辺も慌しさを増している。三菱ビルの角にある自動販売機でブラックの缶コーヒーを買い、飲みながら今に電話をかけた。戸田と福江のことを説明すると、猫が甘えるように喉の奥で笑う。

「さすが鳴沢さんですね。もうそこまで突き止めたんですか」

「ついてただけだ」

「昨日跡をつけた福江も渋谷中央署ですね。同一人物でしょう。直に当たってみますか」

「家は分かってるんだろう？」

「ええ。ゆっくり夕飯を食べて、それからでも間に合いますよ。何しろ昼飯は食った気がしなかったからなあ」

「よく言うよ。あれはどう考えても食い過ぎだぜ」

「小野寺と一緒じゃ、何を食べても胃に入った感じがしないんですよ」

コーヒーの缶を口に押し当てて笑いを押し潰す。

「あいつと酒を呑んだこと、あるか？」

「一回だけね。一回で十分でしょう。女性であんなに絡むのは珍しいですよ……ところで鳴沢さん、渋谷にいるんですよね」

「ああ」

「お呼び立てして申し訳ないんですが、池尻《いけじり》まで来ていただけますか。福江の家の最寄り駅が鷺沼ですから、ここまで来ていただければ遠回りしないで済みます」

「お呼び立てってほどじゃない。そこなら歩いても行けるよ」

落ち合う場所を確認して電話を切った。途端に電話が鳴り出す。冴か——いや、まさか。彼女が動き出すとしても今夜以降だろう。一瞬、冴ではないかと期待してしまったことに気づいて、胸の中で小さな嵐が渦巻く。妙なものだ。彼女とは二度と会わない方がいいと思っていた。私たちが作り出す化学反応、場の力とでも言うべきものは、破滅に一直線につながっているから。だが、実際に再会してみれば何ということもなかった。

電話は、予想もしていなかった相手——横山からだった。

「会えないか？　俺は定時に警視庁を出られると思う」

「定時？」前置き抜きで用件を切り出され、思わず聞き返した。

「お前はどこにいるんだ」

「渋谷です。これから池尻まで移動しますけど」

「じゃあ、六時半に用賀《ようが》だ。飯を奢ってやるよ」

「それはやめた方がいいと思います」

「どうして」

「俺一人じゃないんですよ」

「一人が二人でも同じだ。六時半に用賀駅の改札を出たところで会おう。あそこは確か、改札が一か所だけだ」

言い返す暇《いとま》を与えず、横山は電話を切ってしまった。仮に今《こん》の食欲が警視庁内の伝説になっているとしても、横山は私が彼と動いていることを知らない。奢るというなら断る理由はないが、せめて安い店を選ぼう、と心に決めた。

「奢りですか」今《こん》が丸い顔に満面の笑みを浮かべた。唇には、シナモンロールの砂糖がべったりとついている。「私が好きな言葉の一つですね。後は大盛りとお代わりですが」

「少しは遠慮しろよ。俺にとっては、数少ない信頼できる人なんだから」

「メニューを目の前にしたら、理性の保証はできませんね」

私たちは、二四六号線に面したコーヒーショップの窓際にあるカウンター席に並んで腰かけていた。またコーヒー。今回はエスプレッソにした。胃が痛くなるような濃さだが、水ぶくれになるよりはましだ。

「堀本の方なんですけどね、不動産屋に当たってみました」

「もう管理人に当たってるじゃないか」

「あれは、不十分でした」

平然と言い放つ今の顔を睨みつけてやったが、まったく動じる様子もなかった。

「そもそも、堀本がどうしてあそこを借りたのかって話をしてたでしょう」

「ああ」

「あれ、堀本が借りたんじゃないんですよ。契約書の名義は別の人間になってました」

「何だって」

今が、もったいぶってカウンターの上に契約書のコピーを広げた。太い指が指し示した先に福江の名前があった。契約の日付はほぼ二年前。

「どういうことだ」

「さあ。それを福江本人に確認しようと思ったんですけど」

「おかしいな。堀本が自殺した時に、所轄の連中はそこまで調べなかったのか」

「調べる必要がなかったとか」

「連中も揉み消しに加わってたっていうのか？」言ってしまってから自分の声の大きさに気づき、周囲を見渡した。こちらを注視している人間はいない。警察官らしく見える人間もいなかった。

「適当に手抜きをしたんでしょう」今がうなずき、三分の一ほど残ったシナモンロールの皿を押しやった。

「クソ」拳をカウンターに叩きつける。今のコーヒーがカップから零れた。「そんなふざけた話があるか。堀本が……何をしてたにしろ、死んだ人間には敬意を払うべきだ」

「そこは微妙なところですね。だってこの話、そもそもは自殺かどうかも分からないっていうところから始まってるでしょう」

「分かったよ」一気に押し寄せてきた苛つきで、かすかな吐き気さえ感じた。「とにかく、誰かが何かを隠してる」

「隠してるものは、見つけない方がいいんじゃないかって気がしてきましたよ」今《こん》がシナモンロールの皿を引き寄せ、残りを一口で頬張った。飲み下すのを待ってから訊ねる。

「どうして」

「鳴沢さんが切れるのは見たくないですからね。どうですか、私と一緒に仏の道を学びませんか？　心穏やかでいることが、いい仕事をする第一歩ですよ」

「一言、いいか？」

「どうぞ」

「クソ食らえ、だ」

今が最初目を大きく見開き、すぐに糸のように細めて緩い笑みを浮かべる。もしかしたらこいつは打たれ強いのではなく、鈍いだけなのかもしれない。

横山がたじろぐのを初めて見た。彼の方が先に用賀駅に着いて、改札を出たところで待っていたのだが、今の姿を認めた途端に唇を引き締め、視線を外したのだ。

「すいません、遅れました」

私が挨拶するのを無視し、横山がちらりと今を見る。その顔にかすかな恐怖の色が浮かんだ。

「今君だよな？　今敬一郎君」

「どうも初めまして。今でございます」深々と頭を下げ、人懐っこい笑みを浮かべる。

「池袋の回転寿司屋で百皿食べたってのは、君のことだよな」

「はい」その時の様子を思い出したのか、今がうっとりとした表情を浮かべて腹を撫でる。

「新橋にあるステーキ食べ放題の店で、二百グラムのサーロインを十皿平らげて、店主に『勘弁してくれ』って泣きつかれたのも君だろう」

「はい。あの時の肉は少し硬かったですね。サーロインなのに脂も少なかった。その二点だけが心残りです」

横山が盛大に溜息をついた。掌を広げて額を揉み、指の隙間から今の顔を見やる。今はと言えば、相変わらず期待に満ちた目を横山に向けていた。

「鳴沢、こいつと組んでることをどうして先に言わなかったんだ」横山が唸《うな》るように言った。

「言おうとしたのに、横山さんが電話を切ったんですよ」

「仕方ない」また溜息。「今、君は給料日前っていう言葉を知ってるよな」

「当然です」

「我々が現在、その状態にあることも分かってるだろう」

「はい」

「分かってるなら少しは遠慮しろ」

「すいません、遠慮という言葉は私の辞書には載ってないんですが」

その言葉に怯えたのか、横山が選んだのは、世田谷ビジネススクエアの一階にあるトンカツ屋だった。戦略としては悪くない。脂っこいトンカツなら、それほど量は食べられないだろう。今《こん》はロースカツの一番大きなサイズを、私と横山はヒレにした。注文してからもまだ今がメニューを睨んでいるので、仕方なしに横山が「他に欲しいものがあるなら頼んでいいぞ」と許可する。今は即座に店員を呼びつけ、エビフライを二本、それに野菜のフライを追加注文した。

背広の襟を撫でつけて小さく溜息をついた横山が、すぐに本題に入った。

「お前、とんでもないものを見つけてきたんじゃないのか」

「どういうことですか」

「覚醒剤の横流しをしている奴は本当にいるらしい」

横山の声は聞き取れないほど小さい。一度顔を上げて店内を見回し、近くに客がいないのを確認してから、身を屈めるようにした。私たちもそれに倣《なら》う。

「まだ内偵とも言えない段階だが、情報収集にかかってる連中がいる」

「押収した覚醒剤をどこかに横流ししてるわけですか」抑えようのない怒りが再び背筋を突き抜ける。

「簡単に言えばそういうことになるが、事情はもっと複雑らしい」言葉を切り、横山が私の顔をまじまじと見詰めた。「鳴沢、力が入り過ぎだ」

「ああ」言われて椅子に背中を預け、両手を体の脇に下ろす。それでも顔が強張《こわば》り、握り締めた拳が震えるのを抑えることはできなかった。

「お前の性格からして、そういう話を聞いて頭に血が昇るのは分かるけどな、とりあえず落ち着け」

「分かってますよ」深く息を吸い、何とか怒りを腹の底に沈みこませた。情報収集をしているのは、沢登と関係ない連中なのだろうか。「立件できるんですかね」

「難しい……とは思う。当人が死んでるからな」

「やっぱり堀本が主犯格なんですね」

「そういうわけでもないようだ」

「まだ裏があるんですか」目を見開く。あまりにも大きく、一気に開いたので顔が痛くなってきた。

「一人でやってたとすれば、そんなに難しい事件じゃない。そいつを徹底的に絞り上げて吐かせればいいんだからな。ただ、組織的な場合はどうか……」

「組織的なんですか」

「堀本の役回りは何だと思う」

「さあ」

「内部通報者らしい」

今《こん》が相変わらずブルドーザーのような勢いで皿を空にし、私たちとほぼ同時に食事を終えた。ああ、と深い溜息を漏らして茶を一口飲むと、横山を見た。

「デザートはやめておけ」機先を制して横山が言うと、今が首を振った。

「仰せの通りに。それより話の続きなんですけど、かなり広い話なんですか」

「実際のところはまだ分からん」横山が首を振った。「仮にこれが立件できるとしても、俺の部署が関わる話じゃないしな」

「あくまで噂としてお聞きになった、と」

「そうだ」

「内部通報者ねえ」

今が紙ナプキンを一枚引き抜き、口を拭った。食べ放題になっている漬物の皿に手を伸ばし、梅干を一つ取り上げて口に含む。しばらく唇をすぼめて酸っぱさを味わっていたが、ほどなくナプキンに種を吐き出してくしゃくしゃに丸めると、空になった茶碗の横に置いた。

「要するに裏切り者ですよね、悪さしてた連中からすれば」

「まあ、そうも言える」

「本格的な捜査は始まらないんですか」私は口を挟んだ。

「どうだろう。お前に話を聞いたのが先週末だな。それからまだ何日も経ってない。こういうのは電話一本かけてすむ話でもないしな。ただ、難しいんじゃないかと思うよ」

「どうしてですか」

「割れるぞ、警察は」

「割れたって仕方ないでしょう。そういう馬鹿野郎がいるなら、膿は出さないと」

「簡単に言うな」横山がふっと目をそらす。指先で箸をいじり、きちんと揃えて茶碗の手前に置く。気に食わないのか時間稼ぎなのか、何度も箸を置き直したが、やっと顔を上げて私の顔を正面から見据えた。「警察ってのは、磐石《ばんじゃく》な組織であるべきなんだ。そうであってこそ、市民から信頼される」

「だからって、見て見ぬふりをするわけにはいかないでしょう」

「悪い奴はいつか自然に沈没するんだ。お前がむきになって走り回って、貧乏くじを引くことはないんだぞ」

私と横山の視線がぶつかり合った。先に目をそらしたのは横山の方だった。クソ、この男がこんな弱気なことを言うとは。やはり、簡単に人を信用すべきではない。

「そういうことだ。それと……」

「何ですか」腕組みして横山を睨みつけたまま答える。

「いや、いい。まだはっきりしないことだから」横山が伝票を振った。「気にしないでくれ」

質問を許さず、横山は大股でレジに向かった。呆気に取られたように、今《こん》がその背中を見送る。結局横山が何を言いたかったのか、分からなくなってしまった。

鷺沼の駅に着いてから優美に電話を入れた。こちらは異常なし。だが、今度何かあったら、さらに真剣に考えなければならないだろう。護衛をつけるとか。だが、誰がその役目をする？

冴の顔が脳裏に浮かぶ。まさか。世の中に「絶対」はないというのは絶対的な真理だが、冴が優美と勇樹の護衛につくことはありえない。もちろん、そもそも私が何も言わなければ、そんなことにはならないはずだが。

「大丈夫でしたか」

「何が」

「昨夜の件で電話したんでしょう」

「ああ」

「放っておいていいんでしょうか」

「どうしようもないだろう。それに、彼女はそんなにヤワじゃない」

「ええ。でも、万が一ということもありますから。どうです、小野寺にでも見張っていてもらったら」

どうしてこの男は私と同じことを考えているのだろう。首を捻りながら、提案を無視した。あるいは今も、冴の腕は買っているのかもしれない。扱いやすいかどうかということと、仕事の能力は別問題だ。

鷺沼の街も賑やかなのは駅の周辺だけで、少し歩くとすぐに静かな住宅街になる。十分近く歩くと二四六号線にぶつかった。

「まだ歩くのか」

「あと十分ぐらいですかね」

二四六号線を横断し、住居表示が「すみれが丘」に変わったところで時計を見る。間もなく八時半。何もなければ家に帰っていてもおかしくない時刻だが、福江にはやることがいくらでもあるような気がした。

仲間の犯罪を隠蔽するために奔走するとか。

「ここです」突然、今が立ち停まった。指差す方を見ると、こぢんまりとした一戸建てが道路の向かい側にある。

「車で来ればよかったな」

「そうですね」今《こん》も腕時計を見下ろした。「長居することになるんじゃないですかね、今夜は」

「できるだけ粘ろう。でも、その前に本人が帰って来てるかどうか、確認しないとな」

家は真っ暗で、廃屋のように夜の中に佇んでいる。誰もいないようだが、もしかしたら中で息を潜めているかもしれない。

「お任せ下さい」

今が身軽に足を踏み出す。左右を見渡して道路を渡ると、玄関先を覗きこんですぐに戻ってきた。

「夕刊がそのままです。それに自転車もないですね」

「自転車って、君、昨日は歩いて後をつけたんじゃないのか」

「まさか。タクシーですよ。福江は駅前に自転車を駐《と》めてるんです。走っては停まって、その繰り返しでようやくこの家を突き止めました」

「そんな怪しいことして、よく気づかれなかったな」

「鈍いんじゃないですかね、福江は」丸い肩をすっとすぼめる。

「しかし、こんな時間に誰もいないのは変だな。家族は何人だった？」

「三人です。少なくとも表札にはそう書いてありますね」

無言の張り込みが始まる。十時。自転車や徒歩で行き過ぎる人の数も減ってきた。寒さは次第に厳しくなり、吐く息が白く顔にまとわりつく。福江どころか家族は誰も帰ってこず、依然として家は真っ暗だった。両手を擦り合わせ、左右の足に順番に体重をかけて体を揺らす。こうでもしていないと体が固まってしまう。ほんの二十メートルほど先にコンビニエンスストアの灯が見えた。ちょっとあそこへ入って温まれれば生き返るのだが。ついでにトイレを借りて、温かいココアでも買おう。その案を真剣に検討し始めたところに、今がやってきた。

「来たか」彼の方が駅に近い場所にいる。福江が帰ってくれば先に気づくはずだ。

「いや、まだです。何だか、今夜は戻ってこないような気がしてきましたよ」

「駅で張るっていう手もあったな」私はコートの上から両腕をさすった。

「温かいものでも買ってきましょうか」

「ああ」財布を取り出し、五百円玉を一枚渡す。「確か、君にはコーヒー一杯分の借りがあったんじゃないか」

「それはもう返してもらいましたけど」

「それぐらい、いいよ」

「じゃ、遠慮なく。何にしますか」

「ココア」

「了解」

今《こん》の巨大な背中がコンビニエンスストアに消えるのを見送って、また福江の家に視線を戻した。電柱に背中を預け、足にかかる負担を少しだけ減らしてやる。ただ立っているだけでも、それが長時間になると結構疲れるものだ。夜空は澄みきり、ほぼ真円に近い月が中空にぽっかりと浮かんでいる。黄白色の月の周囲を分厚い雲が流れて行き、一瞬だけ月が隠れた。

私は何をやっているのだろう。これから暴こうとしていることはあくまで犯罪であり、担当が違うにしても警察官としてはいつも通り処理すればいいだけの話だ。組織もクソも関係ない。当たり前のことなのだが、なぜか胸がざわつく。私は自分の立場を心配しているのだ、と気づいた。腐った場所にいたまま、自分だけは潔白だ、と言い切ることができるのか。そもそも私に、同じ警察官の犯罪を暴く仕事をする資格があるのか。だが今回の件は、見て見ぬ振りをすることはできない。それも自明の理である。

「お待たせしました」

今が息を切らして戻ってきた。飲み物だけを買ってきたにしてはやけに大きなビニール袋をぶら下げている。私にココアを差し出すと、すかさずあんまんを取り出してかぶりついた。私の視線に気づくと、口に咥えたまま袋からもう一個取り出して差し出す。首を振ると、嬉しそうにうなずいて袋に戻した。

「今頃デザートか」

「ええ。和食と中華の最大の問題点は、デザートが充実していないことなんですよ。せっかく美味い中華料理のフルコースを食べても、デザートがいつも杏仁豆腐やゴマ団子ばっかりってのは情けないでしょう。その点、フレンチやイタリアンを見習うべきです」

「でも、君が食べてるのはあんまんだぜ」

「とにかく、デザートを食べないことには食事は完結しないということです」

「よく分からない」

「人に理解してもらうのはとっくに諦めました」早くも二つ目に取りかかりながら今が言った。「鳴沢さん、心が乱れてますよ」

「どうして分かる」

「それは、顔つきで」

反射的に頰を撫でた。髭が伸び始めているが、それだけのことである。

「こういう話は、誰だってやりたくないものですよ。うまくまとめても、私たちを恨む人も出てくるでしょう。でも、立件できなかったらできなかったで、誰かの顔に泥を塗ることになる」

「理事官のことだったら気にしてないよ」

「理事官のことはともかく、不正が許せない人間は警察には一杯いますよ。素直に考えれば、元々正義感が強いから警察官になったっていう人間がほとんどのはずだから」

「それでも、長くいると腐ってくることもある」

「組織って、そういうものでしょう。完全に一枚岩で統制されてたらファシズムだし、ファシズムでも腐敗はあるわけですからね。どうですか、とりあえず今は余計なことは置いておいたら。事件がまとまった時点で、じっくり考えればいいでしょう」

「悪いけど俺は、君みたいに悟ってないんでね。そう簡単に自分の気持ちをコントロールできない」

「私が悟ってる？　ご冗談でしょう。修行は死ぬまで続くんですよ。悟ってるなんて言う奴がいたら、そいつは大嘘つきですね」

「ああ、分かったよ。分かった」顔の前で手を振り、ココアのプルタブを開ける。「俺は別に悟りたくもない。こんな仕事をやってたら、悟る暇なんかなくなる」

「どうぞ、ご随意に」

　緊張した空気が二人の間に流れる。一気にココアを飲んで口の中を火傷してしまった。しかも缶を捨てる場所がない。仕方なしに、コンビニエンスストアまで行って捨てた時、見覚えのある顔が自転車に乗って脇を通り過ぎた。今《こん》の方を向いてうなずいた。今はすぐにダッシュし、福江の前に立ちはだかる。私は後ろから声をかけた。

「福江さん」

福江が振り向く。その顔には戸惑いとわずかな恐怖が浮かんでいたが、それはすぐに掻き消え、余裕と歓迎の薄ら笑いが取って代わった。

4

福江は、私たちが来るのを予期していたように自然に振舞った。「ま、上がんなさいよ」と軽い調子で誘って玄関に入る。家の中の空気は凍てついており、ドアが閉まると完全な沈黙が降りた。

「さて」リビングルームに入るとコートを脱ぎ、ソファに放り投げる。ネクタイを緩め、死んだ小動物のように丸まったコートの脇に腰を下ろした。私と今を順番に見て「どうぞ」と声をかける。目配せをしてから、福江の向かいのソファに並んで腰かけた。

一瞬の沈黙を利用して部屋の中を見渡す。リビングルームは八畳ほどで、二人がけのソファを二つ、大型の液晶テレビ、それに観葉植物のパキラを二つ詰めこんでいるので、残りの空間がほとんどない。整然としているが、どこか埃っぽい空気が漂っていた。なるべく汚さないように、物を使わないようにしているが、フローリングの床にモップをかけたり、家具の埃を掃《はら》うところまでは気が回っていない感じである。

男の一人暮らしの臭いがした。

「こんな時間にご家族に申し訳ないですから、どこか外でお話ししてもいいんですが」

「いやいや、気にしないで」ワイシャツの袖のボタンを外しながら、福江が私の誘いを断った。「誰もいないから」

「お出かけですか」

「息子は大学に入って一人暮らしだし、女房は――」言葉を切り、口を開けたまま壁に視線を這わせる。やがて私に焦点を合わせると、少しだけ表情を引き締めた。顎に力が入り、小さな瘤《こぶ》ができる。「家にはいないんだ。格好つけても仕方ないから言うけど、二月《ふたつき》ほど前に出て行ってね」

「大変ですね」

「まあねえ」福江が耳の後ろを掻いた。「お前らを養うために一生懸命仕事して――なんて言い訳は通用しないんだよな。一人逮捕するごとに手当が出るわけでもないし。一人暮らしなんて何十年ぶりだけど、いろいろと面倒臭いことが多いもんだ」

がっしりした両手を組み合わせ、福江が肘を膝に乗せて身を乗り出した。際立って大きな目をさらに見開き、左右に顔を振って私たちを見る。戦闘開始、のサインだ。まずは私に話しかける。

「鳴沢さんね。評判は聞いてるよ」

「どうせ悪評でしょう」

風船が破裂するような福江の笑い声が、不快に押し寄せた。

「多摩署の一件は、まあ、褒めていいのかどうかは分からない。でも、その後のマルチ商法の事件ではえらく頑張ったみたいだな」

「あれは、たまたま担当した事件です」

「でも、きちんとやったわけだから。そのまま防犯に行けばよかったんじゃないか」

「基本的には一課の人間なんで」

「まあ、刑事の基本はそれだよな。俺もそう思ってる……今《こん》さんも、確実にポイントを稼いでるね」

「痛み入ります」今が膝に両手を当てたまま深々と頭を下げた。

「そういう優秀な二人が、俺なんかに何の用かな」

「戸田さんの件ですが」

前置き抜きで切り出した。福江は動揺する様子も見せず、体を前に傾がせたまま彫像のように固まっている。

「福江さん？」

「うん」私の呼びかけに、感情の抜けた声を発して素早くうなずいた。

「戸田さんは行方不明ですよね。何か、心当たりはありませんか」

「何で俺が」ワイシャツの胸ポケットから煙草のパッケージを取り出し、一本引き抜く。顔の前で振って、もう一度「何で俺が」と言った。否定ではなく、問いかけとして。

「お知り合いですよね」

「何年か前に一課で一緒だった」

「戸田さんは、先週の火曜日から行方が分からなくなっています。その日の夜、彼に会ってますよね」

「さて」福江が煙草に火を点ける。ライターを持った手も煙草も、震えてはいなかった。

「覚えてないね。毎日いろいろな人と会うし、戸田とは特に親しいわけでもないから」

「一番最近会ったのはいつですか」火曜日の件を棚上げしておいて訊ねた。

「いつだったかねえ。俺は渋谷中央だし、あいつは本庁だ。お互い忙しいし、もうずいぶん会ってないよ」

福江にマイナス一ポイント。なぜ惚ける必要があるのか。

「戸田さんが行方不明になる原因、何か心当たりはありませんか」

「俺には分からんな」

「戸田さんはどんな人なんですか」

「猪突猛進、最後まで諦めない感じではあるね。昔ながらの刑事の最後の生き残りだよ」福江が耳の上を指先で叩く。「ここよりは足を使って稼ぐタイプだ。もちろんそれが悪いってわけじゃないよ。最近はどいつもこいつも賢くなっちまって、自分の足でこつこつと調べまわる刑事が少なくなった。それは必ずしもいいことじゃないよな。戸田は責任感も強かったし、昔かたぎのいい奴だ――という評判だよ。俺はそんなに親しいわけじゃないけどね」

「そういう人が簡単に仕事を放り出しますかね。目黒の殺しの捜査本部にも入ってたんですよ」

「うーん」福江が後頭部を掻いた。「一般論だけど、そういう奴ほど、何かあるとぽっきり折れちゃうんじゃないか。急に冬の日本海が見たくなったりしてね。いや、これは冗談だけどさ」

「でも、心配でしょう」今《こん》が割って入った。「行方不明なんて、尋常じゃありませんからね」

「そう言っても、刑事だって人間だからね。仕事で悩んでるかもしれないし、家族の問題があるかもしれない。俺みたいにな」福江が唇の端を捻じ曲げて皮肉に笑った。

「そういう事情は浮かんでませんけどね」と今。

「そうかい」顔の前で煙草の煙幕を張り、福江が表情を隠した。「ところで、何であんたらが戸田を捜してるの？　何か特別な事情でもあるのかな」

「ええ、まあ」私は言葉を濁した。

「なるほど、特命ってやつか……で、あんたらを動かしてるのは誰なんだ」

「それはちょっと」

「誰かに上手く使われてるだけじゃないのか」からかうように福江が言った。「戸田のことだって、誰かが何かに利用しようとしてるのかもしれない」

「利用？」

「ま、そうかもしれないってことだ」福江が煙草を灰皿に押しつける。「気をつけなよ。警視庁にもいろいろな人間がいるからな。あんたらも、あまり張り切って動き回ってると、足元をすくわれるかもしれんよ。何も分からなかったことにして、手を引いた方がいいんじゃないか。好き好んで痛い目に遭うことはないだろう」

「脅す気ですか」

「どうして俺が」福江が、また爆発するように笑った。

「それはこっちが聞きたいですね」

「言葉に気をつけろよ」福江の態度ががらりと変わった。惚けて供述を次々と翻す容疑者を脅しつける口調である。「警察官が警察官を疑ってどうするんだ」

「疑われるような状況を作る方がまずいんじゃないですか」

「あんたら、間違った線を追ってるんじゃないのかね」

「どうでしょう」

「おいおい、頼りないな」福江が肩をすぼめる。無言の睨み合いが始まった。じりじりと時が流れ、互いに次の一手を打たないまま、緊張だけが高まっていく。尻を動かすと埃が舞ったが、それがゆっくりと舞い降りる音さえ聞こえてきそうだった。

今《こん》が、空気を揺るがしそうなゲップでその沈黙を破る。

「失礼」と言って拳で口を押さえ、小さくしゃっくりをした。

「あんた、食い過ぎじゃないのかね」福江が顔をしかめた。「そんなに太ってちゃ、いざって時に動けないだろう」

「私は頭脳で勝負する方でして」

「ま、好きにしなさい」福江が膝を打って立ち上がり、灰皿を空けにキッチンに立った。振り返り、「夜中までご苦労さん」と皮肉たっぷりに言葉を浴びせる。

今が何か切り返すかと思った。「頭脳派だ」と明言したばかりなのだから、当意即妙の反応を見せてやればいい。だが彼はあっさりと立ち上がり、意味もなく腿の辺りを叩いて「お邪魔しました」と言うだけだった。


「ずいぶんあっさり引き上げたな」

文句を言うと、今《こん》が歩きながら肩をすくめた。

「攻める材料がないんですよ。あんな態度じゃ、アパートの一件を出したくないですしね」福江の名義で借りた堀本のアパート。

「ああ。あれは切り札になるかもしれないから、大事に使おう」

「手詰まりか……福江も、今頃どこかに電話してるんでしょうね」今が家を振り返った。玄関脇の一か所の窓から灯りが漏れているだけで、相変わらず寒々とした雰囲気が漂っている。

「そうだろうな。だけど、どうして福江は嘘をついたんだろう」焼き鳥屋のオヤジが嘘をつく理由は思いつかない。私は右の拳に左手を叩きつけた。

「その件では締め上げられますね」

「ただし、もっと突っこむ材料が見つかってからだな」

「仕方ないですね。また何か別のアプローチを考えましょう」

ふと気配を感じた。背後から車が近づいてくる。振り向くと、大型のセダンがスピードを落とし、歩道を歩く私たちに並んだところだった。真新しい、黒の日産フーガ。車が停まり、助手席の窓が下がって、あの男が顔を見せる。私に「歌川」の名刺を渡した男だ。

「遅くまでご苦労さん」

足を止め、男と向き合った。表情からは、何を考えているのか読めない。

「妙なところで会いますね」

さらりと言ってやると、男の唇に薄い笑みが浮かぶ。

「乗ったら？　駅まで送ろう」

「結構です。歩きますから」

「乗ってもらえないかね。ちょっと話がしたいんだ」

今の顔を見やる。淡々とした表情を浮かべていたが、すぐにガードレールを跨ぎ越し、後部座席左側のドアに手をかけた。思い切り引き開けると、ドアがガードレールにぶつかって食いこむ。見ていた男の顔が引き攣り、もう少しで怒声が破裂しそうになった。

「失礼」涼しい顔で今が言った。「ご覧の通り太いもので、狭いと入れないんですよ」

体を丸めるように車に滑りこんだ今に続き、シートに腰を下ろした。ドアは存外に深く食いこんでおり、思い切り引っ張らないと閉められなかった。板金は大変そうだ。

車が滑るように動き出した。乗り心地は悪くないし、モケット地のシートもパンと張って腰を支えてくれる。歌川という男については何も分からないが、一つはっきりしているのは、車には金をかけているということだ。

「福江と何を話してたんだ」助手席に座った男が、前を向いたまま話しかけてきた。

「捜査内容については話せません」私は答えた。今は腕組みをしたまま、運転する男の後頭部を睨みつけている。

「福江が捜査対象なのか」

「いろいろな人に事情を聴く必要がありますから」

「いい加減、手を引いたらどうだ。この件はもう終わりだぞ」

「どうしてそんなことが分かるんですか。あなたも、戸田が行方不明になった件に一枚嚙んでるんですか」

「そんなことは言っていない」言質《げんち》を取られたと思ったのか、男が慌てて否定した。

「だったら、どうして我々にちょっかいを出してくるんですか」

「あんたらは、誰の役にも立ってない」

「誰かの利益のために仕事をしてるんじゃない」

「とにかく、戸田を捜す必要はない」

「あなたが居場所を知ってるからですか」

「あんた、つき合ってる娘《こ》がいるんだろう。このまま動き回ってると、彼女にも迷惑がかかるぞ」

「脅しか」握り締めた拳が震える。脳が沸騰したように、耳の上の傷跡が熱くなった。

「警察にいづらくなったらどうする。あんただって、将来のことはいろいろ考えてるだろう」

「昨日、勇樹に声をかけたのはあんたか」

　返事がない。狭い車内で無理に脚を持ち上げ、シートの背中を蹴飛ばした。

「どうして答えない？　答えられないのか。あんたがやってることは、犯罪だ」

「優秀な刑事は、簡単には失敗しない」

　クソったれが。確かに、子どもに声をかけたからと言って、それだけで罪に問われることはない。全て計算ずくの行動なのだ。

「あんたら二人を叩き潰すぐらいは簡単なんだ。こっちはそうしないで、穏やかにやってるつもりなんだがね」

「好きにしろ」

信号で車が停まる。ドアを開け、歩道に降り立った。今《こん》は逆側のドアから車道に出た途端、突然空手の前蹴りの格好でドアを思い切り蹴りつけた。ばき、と何かが折れる音がして、ドアが中途で開いたままになる。

「おい、何するんだ」

鋭い声が飛んだが、今はそれを無視して歩き出した。その背中は怒りで膨れ上がり、首筋は茹で上げた蟹《かに》さながらに赤く染まっていた。


多摩センターの自宅では、書斎のソファが私の寝床だ。寝室のダブルベッドは巨大すぎて落ち着かないし、そこで寝るのは家主に対して気が引ける。狭いソファで寝るのにも慣れたはずなのに、携帯電話の音で眠りから引きずり出された時には、転げ落ちそうになった。

「了？」

「ああ、おはよう」優美の声で一気に目が覚める。

「うちの前に誰かいたの」

「いつ？」毛布をはねのけ、床に降り立つ。足裏に伝わるフローリングの冷たい感触に、思わず震え上がった。

「今朝」

反射的に壁の時計を見る。間もなく七時。トレーナーを脱ぎ捨て、電話を握り締めたまま、服をしまってある和室に入る。箪笥から新しいワイシャツを取り出しながら質問をぶつけた。

「状況は？」

「ゴミを出しに行ったら変な人がいたのよ、近くの角に。私が出てきたのに気づいたら、急に顔を背《そむ》けて……」

「どんな奴だった」

「顔ははっきり見えなかったけど、小柄な中年の人だと思うわ。ねえ、何でもないわよね？」

「ああ、大丈夫だ」頭蓋の中がひりひりする。瞼《まぶた》の上から眼球をきつく押した。

「うちを監視してたのかしら」

「そうだと思う」クリーニング店がかけてくれたビニールのカバーを引き裂く。勢い余って、シャツが畳の上に落ちた。「でも、それだけだ。手を出すことはできない」

「この前、勇樹に声をかけてきたのと同じ人たちかしら」

「たぶん」どうする？　二人に私の家に来てもらっても安全ではない。あの連中は、どこまでもまとわりついてくるだろう。手は出さず、ただプレッシャーをかけ続けるためだけに。大きく息を吸い、屈んでワイシャツを取り上げた。

「いいか、よく聞いてくれ。今回の件は、全部俺の責任だ。泥沼に足を突っこんでしまったらしい。でも、心配することはない。相手は警察官だから、実際に手を出すような馬鹿なことはしないよ」

「本当に？」

「連中が誰なのかは分かってる。君たちに何かあったら、そいつらを確実に殺す」

電話の向こうで、優美が息を呑む音が聞こえた。ややあって、いつも通りの落ち着いた声が戻ってくる。

「了、落ち着いてる？」

「当たり前だ。落ち着いてる」怒鳴ってしまってから、慌てて深呼吸をした。「すまない。俺が怒っても仕方ないよな」

「そうよ、怒っても何にもならないんだから」優美がもう少しで笑い声を零しそうになった。「大丈夫。話したら楽になったから。もういなくなったみたいだし」

「でも、念のために勇樹は学校へ送ってやってくれないかな」

「そうすると、私はその後一人で家に帰るわけよね」

「ああ、そうか――」

クソ、手が足りない。シャツの袖に手を通しながら首を振った。私が四六時中二人についているわけにはいかないのだから、誰か信頼できる人間に監視を頼むしかない。だが、そんな人間がどこにいるのか。

いる。これは別料金になるだろうが、それぐらいは仕方がない。できるだけ家から出ないようにと優美に忠告してから電話を切り、別の番号を呼び出した。


先日に続いて、冴の車の中である。今《こん》も合流していたが、後部座席で腕を組んだまま、むっつりと黙りこんでいた。昨夜の一件が尾を引いているのは明らかだし、やはり冴と話をする気にはなれないらしい。振り返って声をかける。

「昨夜のことなら気にするな。連中も、修理費を要求したりしないだろうから」

「何、昨夜のことって」冴が訊ねる。私たちは再び青山署の近くで落ち合い、冴はインプレッサをゆっくりと走らせていた。

「彼が、気に食わない奴の車のドアを叩き壊したんだ」

「へえ、やるじゃない」冴が感心したように言った。「坊主も怒ったりするんだ」

「うるさい」今が吐き捨て、心配そうな声で続ける。「問題は、今日のことですよ。あの連中は、関係ない人たちまで巻きこもうとしている。それは警察官のやることじゃない――警察官だけじゃなくて、どんな人間にも許されないことです」

「俺の分まで怒るな」

「これは失礼」素っ気なく言って今が沈黙した。代わって冴が口を開く。

「最初に孝子の話からしましょう」

「ずいぶん早いな」

「早い方がいいでしょう」

澄ました声で言い、冴が青山通りに車を乗り入れた。渋谷方面に向かう車の流れに合流するためにアクセルを踏みこむと、インプレッサの凶暴なエンジンが、本来の性能のわずかな一部分を見せつけて吼《ほ》えた。

「昨夜話をしたわ。あの娘にちゃんと喋らせるのは大変なんだけどね。すぐ脱線して、それからの方が話が長くなるから」

「で、どうだった？」

「先にお疲れ様、ぐらいは言ってもいいんじゃない？」

「お疲れ様」言い合う気にもなれず、私は素直に頭を下げた。

「ま、いいけど」気を取り直して冴が続ける。「例の恋人の名前は小滝一浩《こたきかずひろ》。小さい滝で『小滝』、数字の『一』にさんずいに告げるの『浩』ね。捜査一課には、今年の夏に異動になった。来年の春に結婚するみたいね。でも、小滝が一課に行ってからは忙しくて、ちゃんと結婚の準備をしてくれないって文句ばかり言ってたわ。ヨーロッパで結婚式を挙げたいらしいんだけど……その話だけで小一時間」

「一応、小滝もそれなりの成績は上げてるんだろうな」

「そうね。エース級とは言わないけど、できる方じゃないかな」

「で、十日会の話は」

「それがねえ」冴の表情が曇る。「もちろん孝子から聞いただけだから、どこまで本当かは分からないけど、ずいぶん上の方までつながってるみたい」

「上って、どの辺まで」

「トップ、かな」

「まさか。そんなに大きな組織だったら、俺だって知ってるはずだ」

「表立って動いてるわけじゃないから。飲み会もやらない。年次総会もない。じゃあ、何の活動をしてるかというと……分かる？」

「謎かけはやめてくれよ」

「十日会の一番偉い人を警察組織のトップに押し上げるために、いろいろ活動してる。要するに派閥よ」言葉を切り、唇に指を這わせた。「鳴沢には理解できないだろうし、認めたくもないだろうけど、警察は派閥ができやすい世界なのよ」

「分かるよ、それぐらいは」理屈では。だが私は、そういうものを無意識に避けてきた。酒の席は遠慮しているし、仲間内の噂話の輪に入ることもない。仕事だったら徹底してつき合うが、一度仕事から離れれば、そこから先は自分の時間だ――もっとも、そんな時間はほとんどないのだが。

「誰を押しておけばおいしい思いができるか、それこそいろんなことを考える連中がいるでしょう」

「つまり、自分の利益のために特定のキャリアを応援する組織か」

「そう。自分の親分が偉くなれば、人事や仕事で何かと有利になるでしょう？　それにキャリアの連中にも先輩後輩の関係があるから、一人駄目でも、次は頑張ろうって感じになるんじゃないかしら。それで何十年も続いてるみたいよ」

溜息が漏れ出た。馬鹿らしい。そういうことに夢中になる連中がいるのは理解できるが、他にやることがあるはずだ。派閥争いに汲々《きゅうきゅう》としていては、警察本来の仕事が疎《おろそ》かになる。

「でも、それが分かっても事件の全体像は見えてこないでしょう」

「そうなんだよな」窓に肘を押し当て、頬杖をついた。「そういうクソみたいな連中がいるとしても、どこがどう絡んでくるのかさっぱり分からない。小滝が十日会の人間だとすると、直接締め上げた方がいいかもしれないな」

「私もちょっと気になることがあって」

「何だ」

「それは、いいわ」柔らかい口調だったが、きっぱりと言い切る。「私の問題だから。それに、もうどうしようもないし」

「小野寺、ちょっと変わったか？」

「何が」

「昔は『どうしようもない』とか言わなかったよな」

「誰だって大人になるのよ」

「大人になるっていうのは、何かを諦めることか？」

しばらく無言が続き、ロードノイズが車内を満たした。冴は宮益坂《みやますざか》上の交差点を左に折れ、六本木通りまで出てまた左折した。

「もう一つお願いがあるんだ」

「何？」

「ある人を護衛して欲しい。護衛というか、様子を見ててくれるだけでいいんだけど」

「フルタイムで？」

ちょっと考えてから言った。

「朝と夜だな。昼間は、その家には誰もいないから。妙な奴が家を見張っていないかどうか確認して、やばそうなら警察に電話してくれればいい。俺が近くにいられればいいんだけど、それはちょっと無理だから」

「あの人ね」

「ああ」喉が渇く。唾を呑み、口の中で舌を転がしてから言った。「そういうこと」

「何なの、いったい」

「十日会の連中が様子を窺ってるみたいなんだ。連中も危害を加えるほど馬鹿じゃないだろうけど、何が起きるか分からない。要は、俺にプレッシャーをかけてるんだよ」

「何よ、それ」冴がハンドルに拳を叩きつける。「そんなふざけたことやってるの、あの連中」

「そうなんだ」

冴が拳を口に押し当てる。しばらく厳しい目でフロントガラスを睨みつけていたが、ややあって「分かったわ」と短く言った。

「条件があるの」

「何だ？」

「そいつらが何かしようとしたら、殺していい？」

「殴るぐらいにしてくれないか」

「我慢できればね」

私はいつの間にか握り締めていた拳をそっと開いた。冷たい汗が掌を濡らしている。

「一つ、聞いていい？」

「何だ」

「その人、鳴沢の大事な人なんだよね」

反射的に首を捻って後部座席を見た。今《こん》はシートからだらしなくずり落ちそうな姿勢で、首をがくんと後ろに倒して軽い鼾をかいている。

「ああ」

「ふうん」冴が鼻の脇を指先で擦った。「どんな人？」

「説明しにくいな」いつの間にか私は、優美について語る言葉を百万も持つようになっている。「とにかく、君しか頼める人間がいない。警察の中の人間は、誰が味方で誰が敵なのか分からないんだ」

「いいわよ。でも。事務所の仲間に応援を頼むかもしれないけど」

「あまり大袈裟にされると困る」

「交替要員が必要よ」

「彼女を怖がらせたくないんだ。君が警戒していることは、説明すれば分かってもらえる。でも、何人もが入れ替わり立ち替わり家の周りを見張ってたら、誰が護衛なのか分からなくなるだろう」

「じゃあ、できるだけ一人で頑張るわ」

「すまない」

「でも、相手を殺さないっていう保証はないわよ」

「おいおい」

「鳴沢の大事な人だっていうなら、私にも覚悟はあるから」

「よせよ」

もう一度後ろを振り返る。今は依然としてかすかに鼾をたてていた。だがその目が薄らと開いているのを私は見逃さなかった。

冴と別れ、私たちは再び三軒茶屋の街に戻ってきた。手がかりが消えたら、最初からやり直すのが基本である。まずは堀本が死んでいたアパート周辺の聞き込みだ。

「誰かが戸田を見なかったか、ということですよね」

私が狙いを説明する前に、今が切り出してきた。

「戸田が消えたのも、堀本が死んだのも先週の火曜の夜だ。堀本のアパートに戸田がいたことを証明できれば、一歩先に進める」

「あるいは、一気に解決できるかも」

「そう願いたいね」

戸田と堀本の写真を手に、まずはアパートのドアをノックし始めた。堀本の部屋を除いて九部屋あるうち、七軒が留守。このうち一軒は管理人が住みこんでいるから除外できる。二軒で話を聞くことができたが、戸田らしき人間をこの辺りで見たという証言は得られなかった。アパートを離れ、二手に分かれて聞き込みの範囲を拡大することにした。

二時間続けてもはかばかしい結果は得られなかった。学生が多いせいか、昼間は人が少ないのだ。夕方から夜にかけてもう一度聞き込みをすることにして、昼食を兼ねた作戦会議を開いた。三軒茶屋の駅前に出て、世田谷線沿いにあるイタリアンレストランに入り、ランチを注文する。肉よりも野菜を食べさせようと、前菜はバーニャ・カウダにし、パスタにもニョッキを勧めた。

「何だかキリギリスになったような気分ですね」パプリカを、アンチョビとニンニクが効いたソースにたっぷり浸しながら、今《こん》が文句を言った。

「でも、美味いだろう」

「まあ、それは。辛口の白ワインが欲しくなりますね」頑丈そうな歯でパプリカを嚙み締めながら今が認めた。「福江と落ち合った後の戸田の足取りがつかめれば、何とかなるんですけどね」

「二人だけだったと思うか？」

「他にもいたかもしれませんね、十日会のメンバーが」

「そうだな。だからといって、口を割る奴がいるとは思えないし、そもそもメンバーが誰なのかも分からない。名簿があるわけじゃないだろうしな」

「どうですか、思い切って小滝を絞り上げてみますか」

昨夜の今の突発的な暴力を思い出しながら、私は首を振った。

「怪しまれずに近づく方法がない」

「じゃ、小野寺にでも頼みますか。色仕掛けとか」

「やめろよ」

「鳴沢さん、あいつとはあまり深くつき合わない方がいいですよ」

「仕事を頼んでるだけだ」

言いたいことは分かっているだろう、とでもいうように今がゆっくりと首を振った。

「彼女は部外者なんですよ」

「今回の件は、部外者の方が上手く調べられるんじゃないかな。それこそ検察とか」

「どうですかね」今が言葉を濁した。「とにかく、何もかもはっきりしない」

「分かってるよ」私は一度取り上げたニンジンを皿に戻した。「こんなじれったい事件は初めてだ」

今は黙って野菜を齧《かじ》った。そうしながらも、落ち着きなく視線をうろつかせる。

「どうした。得意の説教をするチャンスだぞ」

「何も思いつきません」弱々しい声で白状し、コップの水を一気に飲み干した。

昼に食べたニョッキが胃の底に重く沈みこんだ。トリュフを加えたクリームソースは癖のある重い味だったが、私の胃袋はそれで悲鳴を上げるほど弱くはない。ふだんならば。

5

うつむき、顔を隠すように世田谷東署に入る。夕方に聞き込みを再開するまで、ここで資料を読みこみ、頭を冷やすつもりだった。勝手に使っていいものかどうか分からなかったが、追い出されたらその時にまた考えればいい。とにかく座って、あれやこれやでぐちゃぐちゃになってしまった頭を整理する必要があった。

二枚の自動ドアに仕切られた玄関の狭いスペースに足を踏み入れた瞬間、突然脳裏で何かが光った。何だ？ 何か、頭の奥に眠っているものが刺激を受けたのは間違いない。気づく前に声をかけられて、その閃光は記憶として形を結んだ。

「鳴沢さんじゃないですか」

振り返る。四年前の記憶が一気に脳裏に溢《あふ》れかえり、背筋を逆撫でされる不快感を覚えた。

「東日の長瀬さん？」

まずい場所でまずい人間に出くわすものだ。長瀬龍一郎《りゅういちろう》は東日新聞の記者で、四年前に新潟で初めて会った時は、まだ入社一年目のサツ回りだった。若い記者に特有のがつがつしたところがない、妙にさっぱりした男である。それはたぶん、彼が記者になる前に書いた小説でそれなりの成功を収めていたからだ。何も新聞記者で苦労しなくても小説一本で生きていけばいいのに、と皮肉に考えたことを覚えている。

「こんなところで何してるんですか」長瀬は男性ファッション誌のモデルでも意識しているのか、体を少し斜めに倒す姿勢を取って質問をぶつけてきた。キャメルのコートを腕にかけ、足元は渋い飴《あめ》色のチャッカブーツ。青い縞模様のクレリックカラーのシャツにクリーム色の花柄のネクタイを合わせ、ネクタイと揃いの柄のポケットチーフをパウダーブルーのスーツの胸にふんわりと挿している。格好つけ過ぎだ。少なくともサツ回りには見えない。

「何って、仕事に決まってるじゃないか」

「警視庁にいるんですか？　そいつは変ですね」

「変かもしれないけど、あんたに説明する必要はない」

「相変わらずお堅いですね」長瀬が肩をすぼめる。

「堅いんじゃなくて、あんたとはそれほど親しくないっていうことですよ。それに、俺みたいな平の刑事は、新聞記者と口をきいちゃいけないことになってる」

「なるほど」

「あんたは？　本社に転勤になったのか」

「ええ。今は三方面のサツ回りですよ」三方面は渋谷、世田谷、目黒の三区を指す。

「小説の方は？」

「ま、ぼちぼちです」また肩をすぼめる。「大きなお世話ですけどね」

「仕事を続けてるってことは、サツ回りも面白いわけだ」

「世の中、胸を張って『面白い』と言える仕事なんてないですよ」

「相変わらず皮肉屋だね」

「そうですか？　新潟で揉まれてずいぶん変わりましたけどね……そうそう、名刺ぐらいもらってやって下さいよ」

背広の内ポケットから名刺入れを取り出し、名刺を一枚差し出す。指先でつまむように受け取った。

「鳴沢さんのはいただけないんですか」

「どうしてあんたに名刺を渡さなくちゃいけないんだ」

「そこは、話の流れで」

「とにかく、新聞記者と話してるのを見つかるとうるさいんでね。申し訳ないけど、これで失礼しますよ」

長瀬が、芝居がかった仕草で、署の中に向かって左手を伸ばす。

「どうぞ。お仕事頑張って下さい」

「あんたの言い方、何だか頭に来るのは何でだろうな」

「気が合わないだけでしょう。ま、またどこかで会ったら飯でも食いましょうよ。じっくり話せば、お互いに意外な発見があるかもしれないし」

「君が三方面を回ってる限り、それはありえないな」

「なるほど」長瀬がぱちんと指を鳴らした。「一つ、分かりました。鳴沢さん、三方面の所轄か本部で仕事してるんでしょう。だから、三方面担当の俺とは話もできない。違いますか?」

「大した推理力だ」

「推理ってほどじゃありません。新聞記事を書くにも小説を書くにも、推理力なんて必要ないんですよ」

長瀬を振り切り、大股で歩いて階段に向かう途中、笑いがこみ上げてくる。新潟で最後に会った時もきつい皮肉をぶつけ合ったのに、最後はなぜか笑ってしまったものだ。あの男には、理屈では説明できない奇妙な魅力がある。

「誰ですか、あの男」息を切らして階段を上がりながら今《こん》が訊ねる。

「新潟時代に知り合いだった新聞記者だ」

「たまげましたね。鳴沢さんにそんな知り合いがいるなんて」

「探偵の知り合いだっているんだぜ。馬鹿にするなよ」

「馬鹿にしてるんじゃなくて、驚いてるんですよ」

「俺だって普通の社会人なんでね」

「ごもっとも」

それきり今は何も言わなかったが、納得したからなのか、単に息が切れただけなのかは分からなかった。

「現場百回」とはよく言うが、同じように何度も繰り返さなくてはいけないのは、書類をみっちり読むことである。しかし、今回はあまりにも書類が少ない。二度ほど目を通せば完全に頭に入ってしまう程度であり、読みこむ必要もなかった。

「こうなったら、思い切ってもう一度福江を攻めてみますか」

「そうだな」顎を撫でながら今の提案を吟味する。悪くはない。というより、それ以外に前進すべき手がないのだ。

「あのアパートの名義の問題は、やっぱり切り札になるんじゃないですかね。今度はそれをぶつけてみましょうよ」

「だけど、俺たちがその事実を知っていることは、福江も予想してるだろう。間違いなく、何か逃げ道を用意してるよ」

「まあ、そうでしょうね……ふむ」今が太い腕を組んだ。「どうしたものかな」

捜査には必ずこういう瞬間がある。あちこち探りを入れてみて、少しずつ材料が集まってきたのに、その全てが行き詰まりだと分かってしまう瞬間。しかも「十日会」の連中にちょっかいを出され、動きが取りづらくなっている。

私の携帯電話が鳴り出した。のろのろと手を伸ばし、取り上げる。電話番号は非通知になっていた。

「何だか行き詰まってるみたいだね」

聞き覚えのある声と馴れ馴れしい喋り方――石動《いするぎ》だ。

「石動さん」

「覚えていてくれた？」

「珍しい名前ですからね。簡単には忘れませんよ」

「それはどうも。新潟の方はどうだった」

「何とも言えませんね」

「捜査の秘密かい」

「それもありますけど、摑んだ線がみんな先細りになってしまう」

「ああ、なるほど」

ボールペンのキャップを外し、書類の余白に「石動」と書きつけた。今《こん》が目だけ動かしてその名前を確認する。関心なさそうに鼻をこすって、あらぬ方を向いた。

「あんた、彼女のことが心配なんだろう」

「何でそんなことを知ってるんですか。もしかしたらあなたも十日会の人間なんですか」

「まさか」即座に否定して、石動が笑った。「何で俺が。冗談じゃない」

「だったらあなたは誰なんですか」警視庁に石動という人間がいないことは確認している。たちの悪い冗談に引っかかったことに気づいた時のように、頭蓋の中でがりがりと嫌な音が響いた。「ふざけてるなら切りますよ。だいたい、あなたが警察の人間だという証拠もないんだから」

「まあまあ。ところで、藤沼の名前が出てきたでしょう、元一課長の」

「ノーコメント」間違いない。現役かOBかはともかく、石動は警察の人間だ。しかも、私たちの動きを逐一知っている。

「まあ、いいや。福江って奴もいるだろう。あいつは食わせ者だから気をつけろ」

「最初から分かってるなら、私を新潟に行かせる必要はなかったでしょう。そもそも、自分で動いたらどうなんですか」

「こっちは戦争をやる気はないんでね」

「戦争?」

「戦争でも何でもいいけど、表に立って争う気はない」

「十日会と、という意味ですか」

「まあね」

「だったらあなたは誰なんですか」

「警察の人間だということだけは認めておく。なあ、彼女のことは気にしなくていい。俺たちが手を出させないから」

「護衛でもしてくれるんですか」

「さりげなくね。それはともかくとして、戸田の居場所に直接つながる手がかりは、まだないんだな」

「残念ながら」

「そうか……」

電話の向こうで石動が思案している様子が目に浮かんだ。またヒントを小出しにするつもりなのか、それとも彼もこれ以上のことは知らないのか。

「福江はマークしておいた方がいい」

「タヌキですね、あの男は」

「そうかもしれんが、今回の件でポイントになるのはあいつだよ」

「それだけ丁寧に教えてくれるなら、あなたの連絡先も教えてくれませんか」

「悪いけど、それはできない」言って、石動がいきなり電話を切った。

「またのらりくらりですか」今《こん》が溜息を漏らす。

「福江を徹底的にマークしろとは言ってたけどな」

「言うだけなら簡単ですよね」

そう、言うだけならば誰にでもできる。ボールペンで紙に円を描く。次第に余白が黒くなり、最後にはボールペンの先が紙を突き抜けた。

堀本のアパートの前で今と分かれ、近所の聞き込みを再開する。夜になってから合流して、アパートの残った部屋を一緒に当たることにした。

この辺りは、学生や単身者用のワンルームマンション、古い一戸建て、家族向けのマンションなどが混在した、典型的な東京の住宅地である。高い建物が少ない三軒茶屋では、どこにいてもキャロットタワーが目印になり、決して迷うことはない。夕暮れが迫る中、私は数十のドアの前に立ち、時には不在という壁に遮られ、時にはまったく無反応のまま立ち去ることになった。進展なし。戸田どころか、あの部屋に住んでいたはずの堀本を見たという人間も見つからない。もちろん、こういう空振りが何日も続くことには慣れているのだが、今回はどうにも落ち着かなかった。これが捜査本部事件ででもあれば、自分以外に何十人もの人間が聞き込みを続けていることが分かっているから励みにもなる。だが、私たちは二人きりだ。

確か二十七個目のドアが目の前で閉ざされた時、電話が鳴った。

「とりあえず、異常なしよ」冴だった。

「誰もいないんだな」

「だから、異常ないって言ってるでしょう」むっとした口調で彼女が言い返す。

「そうじゃなくて」どう説明したらいいのだろう。石動という、正体の分からない男の仲間も優美の家を見張っているはずだ。そいつらは一応……味方かもしれない。こんな曖昧な説明で冴が納得するとは思えなかった。

「はっきり言ってよ」

「いや、君も気をつけてくれ」

「私のことなら心配いらないわ」涼しい声で断言し、急に話題を変えてきた。声が柔らかくなっている。「彼女を見たわよ」

「ああ」途端に喉が渇き、鼓動が激しくなってくる。「謝っておいた方がいいんだろうな、小野寺」

「どうして」彼女の口調は、明らかに私の戸惑いを面白がるものだった。

「俺は確かに無神経過ぎるかもしれない」

「引きずるのね、鳴沢は」

「君は引きずってないのか」

「あなた、一生のうちで何人の人を好きになるつもり？」

「分かるかよ、そんなこと」

「私は、あなたにとってたった一人の女でも最後の女でもなかった。それだけのことじゃない。それは私も同じだけど。よくあることでしょう」

「ああ」ずいぶんあっさりしたものだ。女性の方が、過去を振り切るのは上手いのだろうか。

「それより、こんな話をしてる場合じゃないんでしょう」

「分かってる」電話を握る手に力が入る。「君に言われるまでもないよ」

「一応、何もないって連絡しただけだから……ねえ、彼女、可愛い人ね。鳴沢は、ああいうタイプが好みなんだ」

「そんな話をしてる場合じゃないって言ったのは君だろう」

「ごめん」冴が小さく笑う。「とにかく、こっちは任せておいて。じゃあ――」

「ちょっと待った」大声を上げて、彼女を電話に呼び戻した。「今朝、何か言いかけてただろう。あれは何だ」

「そうだっけ」

「惚けるなよ」

「鳴沢、気づいても気づかないふりをしてる方がいい時もあるのよ。分かったらちゃんと話すから。今はまだ話せない」

「何か企《たくら》んでるんじゃないだろうな」背筋を冷たいものが這い上がる。

「まさか」冴がわざとらしく上品な笑い声を上げる。「私が企む？　ご冗談でしょう」

「君はもう警察官じゃないんだ。無茶するなよ」

「それぐらいは分かってるつもりだけど。一応、ご忠告には感謝しておくわ」

「小野寺——」

電話が切れる。ディスプレイをぼんやりと見ながら、背筋の冷たい感触が胸の方に回ってくるのを感じた。暴走列車、小野寺冴。停めようとすると、必ず誰かの血が流れる。この場合は、たぶん私だ。

またすぐに電話が鳴り出した。今度は今《こん》だった。

「ちょっと来て下さい」

「何だ」

「戸田を見たって言う人がいるんです。一緒に話を聴いておいた方がいいんじゃないですか」

「堀本じゃないのか」

「いや、戸田です」

「どこにいる」電話を耳に押し当てたまま歩き出した。

「アパートの近くにコンビニがあるの、分かりますか」

「ああ」

「その右側の細い路地を入ったところなんですけど」

コンビニエンスストアは目の前にある。言われた通りに路地を曲がると、今の巨体が目に入った。私に気づくと手を振り、携帯電話をズボンのポケットに落としこむ。彼がいるのは、隣の家にくっつくように立っている古い一戸建ての家の前だった。玄関の扉は開いており、そこに向かって何事か言って頭を下げている。小走りに家の前へ駆け寄った。

「こちら、後藤《ごとう》さんです」

今が、表札に目をやりながら言った。雨に打たれ続けて黒くなり、名前は辛うじて読み取れる程度だった。彼の背中を回りこんでドアの正面に立つと、小柄な老人が玄関先で正座しているのが見えた。

「青山署の鳴沢と申します」

「どうもご苦労様です」後藤が深々と頭を下げる。薄くなった白髪の隙間から地肌が覗いた。どうやら極めて稀少な、警察に協力的なタイプらしい。

「後藤さん、繰り返しで申し訳ないんですが、先ほどの男の話、もう一度お願いできますか」今が促した。

「ああ、はいはい」後藤が膝元に置いた戸田の写真に視線を落とす。「この人なら見たことがありますよ。そこのコンビニでね」

今の巨体越しに、柔らかい灯りが輝くコンビニエンスストアに目をやった。

「いつですか？」

「いつと言うか、何回も」

「何回も？」

「ええ」馬鹿丁寧に喋っていた後藤が、疑わしげな視線を私に向ける。「そう申し上げたでしょ」

「そうですね。会う時間はどうでしたか」

「いつも夕方でしたね。六時から七時の間。何ですか、最近はコンビニってのは本当に便利で助かりますね。私、一人暮らしですんで、スーパーなんかだとつい買い過ぎましてね。ああいうところは、惣菜にしてもだいたいが二人分以上でしょう。一日に必要な分だけ、そこのコンビニで夕方に買い物をするようになりましてね。まあ、若い人も多くて賑やかでよろしいですな」

「戸田という男ですが」話が関係ない方向に流れそうになったので、元へ引き戻した。

「どんな格好をしてましたか」

「ちゃんとスーツを着て、ネクタイをして。仕事帰りって感じですね。この辺りに住んでらっしゃるんじゃないですか」

「いつも一人でしたか？」

「私が見た限りは」

「何を買ってました？」

「ああいうところだから、普通は食べ物ですよね。そう言えば、一度、一本しか残っていない蛍光灯を二人で譲りあったことがありましてね。あれは二週間ぐらい前だったかなあ。結局、私が引きましたけどね」

蛍光灯。生活用品。不自然ではない――この近くに住んでいるなら。あるいは、その角にあるコンビニエンスストアが大変なお気に入りで、調布の自宅に帰る前に、わざわざ寄り道して立ち寄っていたなら。

ありえない。

私たちはなおも交互に質問をぶつけたが、それ以上後藤の記憶を引き出すことはできなかった。礼を言い、コンビニエンスストアに当たることにする。早足で店に向かう途中、今《こん》の肩がはっきりと盛り上がっていた。

「焦るなよ」

「焦りますよ。鳴沢さんもそうでしょう」

「だから言ってるんだ」私たちの関心は、戸田と福江の関係に移っていた。先週の火曜日、二人は渋谷の焼き鳥屋で一緒にいるところを目撃されている。話を聴いた限りでは、待ち合わせてどこかに出かけていった様子だ。二人が一緒に行動していたら。その行き先が三軒茶屋のアパートだったら。

コンビニエンスストアで店長を呼んでもらった。二階が住居になっており、階段を降りてくるだけだったが、たっぷり五分ほど待たされた。店の奥にある狭い事務室で時間を潰している間、今がぼそりとつぶやいた。

「職住接近って言いますけど、これは近過ぎですよね。気が休まる暇がない」

「昔の酒屋や八百屋はみんなこんな感じだったじゃないか」

「それはそうですね」

店長が、Tシャツの上に半袖の制服を着こみながら事務室に入ってきた。四十歳ぐらい、不健康に痩せた男で口ひげを蓄えている。挨拶を交わし、早々に本題に入った。

「この人なんですが、見覚えは」戸田の写真を取り出し、デスクに置く。

「ああ、はいはい」すぐに店長がうなずく。「お客さんですよ。よくお見えになりましたよ」

「間違いないですか」

「たまに一万円ぐらいまとめ買いしてたから、覚えてますよ。コンビニでそこまでお金を使う人はあんまりいませんからね」

「どんな感じの人ですか」私は訊ねた。

「どんなって」かすかに笑いながら店長が首を捻る。「お客さんの印象まではねえ。顔は覚えてるけど、よく分からないなあ。要するに、普通のお客さんだったってことでしょう」

「何をしてる人間だと思います？」

「さあ……どうでしょう。普通にスーツを着て、ネクタイをしてるような人でしたね。硬い仕事をしてる感じかな？」

「いつもそんな服装でしたか？」

「私が覚えてる限りではね。あの、この人、何者なんですか？　この辺に住んでる人ですよね？　まさか、凶悪事件の犯人とか」

「申し訳ありませんが、それは」質問を打ち切るため、ぴしりと言ってやった。凶悪事件だと言えたらどんなに楽かと思いながら。

「でも、協力してるんだから、ちょっとヒントぐらいはいいじゃないですか」店長が親指と人差し指の間を五ミリほど開ける。

「申し訳ありませんが」今《こん》も低い声で繰り返す。その場の空気が凍りついた。咳払いしてやると、店長が慌てて立ち上がる。

私は、今の強面《こわもて》の一面を知りつつあった。

「それにしても、何で戸田がこの辺をうろついてるんですかね」今が首を捻った。

「さあ。でも、あの部屋に出入りしてたのは間違いないだろう。生活用品を揃えて、非常食を買って、籠城の準備みたいだ」

「いや、ちょっと待って下さいよ」今が顎を撫でる。「堀本の部屋には食料の類もほとんどなかったじゃないですか」

「全部食べたんだろう」

「あるいは、戸田は戸田で別の部屋を借りてたとか」

「それにしては不用意に人目につきすぎる」

アパートの前に戻ってきた。灯りがついているのは六部屋。昼間話を聴いた住人を除き、四人に会えたが、役立ちそうな情報はなかった。

「残りはまだご帰宅じゃないですね」

「そうだな」祖父のオメガに目を落とした。「飯を食ってから出直すか」

「じゃ、せっかくだから今夜は美味いものにしましょう」今が、ショルダーバッグから雑誌を取り出した。グルメ雑誌で、表紙に「三軒茶屋・二子玉川特集」とある。「最近、この辺で動くことが多いですからね。参考までに買ってきました」

「わざわざこんなものを……」怒りよりも苦笑が先に出てきた。

「行き当たりばったりで美味い店に当たる確率は低いんですよ。さて、どうするかな」

足音が耳を突き刺した。男のものではない、女性のヒールがアスファルトを打つ音。やけに甲高い音で、確固たる意思が足取りに現れているように思えた。音のする方に目をやる。地味なグレイのコートに身を包んだ女性が、アパートに向かって歩いてくるところだった。二階を見上げる。堀本が死んでいた部屋を。

「おい」今の腕を引く。店の吟味を邪魔されて、殺意のこもった目で睨みつけてきたが、私が指差す方を見るとすぐ雑誌を閉じた。

葬儀で見かけた堀本の妻だ。名前は――そう、美和子《みわこ》。

遥か遠くで、この季節には珍しい雷が鳴り出す。湿気をはらんだ空気が、鬱陶しくまとわりついた。

6

美和子がアパートの前に差しかかる。少しだけ急ぎ足で、こんな場所には用事がないとでも言いたげに、真っ直ぐ前を見据えてしっかりした足取りで歩き続けた。アパートの端まで来ると急に歩調を緩め、ちらりと横を向く。それをきっかけに、電池が切れた玩具《おもちゃ》のように歩みが遅くなり、ほどなく完全に立ち止まった。右足を前に、左足を少し引いた形でしばらくその場に佇んでいたが、やがて体を捻って顔をアパートに向き合わせる。コートの裾から見える脹脛《ふくらはぎ》が、夜目に白く浮き上がった。うなだれたまま一歩を踏み出したが、その足はすぐに止まり、また堀本の部屋を見上げる。

今と顔を見合わせてから、ゆっくりと彼女に近づいた。先週の金曜日、葬儀で見かけた後に、何度か自宅に電話を入れてみたが留守だった。話を聴くいい機会である。

「堀本さん」

声をかけると、彼女が肩をびくりと震わせる。のろのろと振り向いた顔に怯えが走った。眉が顔の中央に向かってぎゅっと寄り、薄く開いた唇がかすかに震える。

「青山署の鳴沢です」

美和子の唇が開き、吐息が漏れ出た。胸の前で両手をきつく組み合わせ、私と今の顔を交互に見る。

「こちらは今《こん》です」

「今でございます」丁寧だが軽い調子で挨拶して今が頭を下げる。

「あの、主人の……」言葉が宙に溶けると同時に、彼女の存在自体が薄れていくようだった。

「一緒にお仕事させていただいたことがあります」今がさりげなく言った。ちょっと調べれば分かってしまう嘘なのだが、止める間もなかったし、信用してもらうためには些細な嘘は仕方がない。

「ここには入れないんでしょうか」

首を捻って堀本の部屋を見上げながら、美和子が訊ねる。私は、コートのポケットに入った合鍵の存在を強く意識しながら首を横に振った。

「そうですか……ずっとお願いしてるんですけど、まだ調べが終わってないって」

「そうですね」

大きくうなずきながら今が言った。美和子の目がかっと見開かれる。

「皆さんそうおっしゃいますけど、何を調べてらっしゃるんですか。これ以上調べるようなことがあるとは思えません」

「型どおりのことです」

「ただの自殺じゃないんですか」美和子の声が次第に大きくなってきた。「普通、自殺なんてそんなに詳しく調べるものじゃないでしょう。違いますか」

「警察官ですから」諭すように低い声で今が言った。「とにかく、我々にとっては仲間なんです」

「どうしてですか」無理矢理答を引き出そうとするように、美和子が今の顔をじっと見詰めた。「どうしてですか」


二十分後、ようやく近くの喫茶店に腰を落ち着けることができた。入り口は狭いが奥に細長い作りで、トイレに近い一番奥のテーブル席に座ると、すっぽりと隠れるようになる。カウンターは遥か遠く、他に客もいないので話を聞かれる心配はない。会話を邪魔しない程度の音量でジャズが流れていた。

コーヒーを頼み、取っかかりの言葉を探す。直接的な質問はいくつも頭の中を駆け巡っていた。堀本は覚醒剤の横流しをしていたのか。自分でも使っていたのではないか。家で妙な態度を見せたことはなかったか。だが、全ての質問は保留せざるを得なかった。

ちょっと棘のある言葉をぶつけたら、美和子はたちまち破けてしまいそうだったから。

コーヒーの香りがカウンターから漂ってきた。両手を組み合わせてテーブルの上に置き、ぴりぴりとした緊張感を漂わせている美和子を観察する。確か、四十歳。黒に近い濃紺のセーターを着て、胸元を真珠のネックレスで飾っている。肩の辺りで揃えた髪には潤いがなく、目の下に痣のような隈《くま》ができていた。疲れている。疑心暗鬼になっている。

コーヒーが運ばれてきた。しばらく三人ともじっとしていたが、やがて今《こん》が砂糖のポットに手を伸ばしてブラウンシュガーをスプーンに三杯、ミルクもたっぷりと加えた。かき回しながら、ポットを美和子の方に押しやる。美和子はポットの蓋を開け、スプーンに手を伸ばしかけたが、おずおずと引っこめた。さながらコーヒーに砂糖を入れるのが大変な罪悪であるかのように。

「なかなか甘いものがやめられませんで」

頭を掻きながら今が言うと、美和子が弱々しい笑みを浮かべた。もう一度ポットに手を伸ばし、スプーンに半分ほどの砂糖をカップに入れると機械的にコーヒーをかき回す。

「堀本さんは、二年ぐらい前からあのアパートを借りているようですね。それはご存じでしたか」今が切り出す。過去形を使っていないことに私は気づいた。

「二年……ええ、それぐらいですね」

「ずっとあのアパートに？」

「週の半分ぐらいです」

「週末だけ自宅に戻る感じですか」

「いえ、そう決まっていたわけではなくて。週末でも帰ってこない時もありましたし、平日に家から出勤したこともありました」

彼女が過去形で喋っていることに気づいた。すでに吹っ切れたのか、あるいは吹っ切るために意識してやっているのか。

「別居されてたわけじゃないんですね」

今がずばりと切りこんだが、美和子の表情は硬いままだった。苛つきは、合わせた両手の人差し指をせわしなく叩き合わせる動作だけに現れている。

「仕事なんで部屋を借りると言っただけで。もちろん、十五年近く一緒に暮らしてるといろいろありますけど……」

言葉がぷつりと切れた。助けを求めるように視線があちこちを彷徨い、指を叩き合わせるスピードが上がっていく。

「あの部屋には行ったことがないんですね」私は質問を引き継いだ。

「今日初めて見ました」

「堀本さんがどんな仕事をしているか、ご存じでしたか」

「まさか」美和子が一瞬私にきつい視線を投げた。「仕事のことを家で話さないのは当然でしょう。警察官だったんですから」

「でも、あなたなら秘密は守れる。あなたも警察官だったから。それが分かっていれば喋るような気もします。違いますか」

美和子の顔に弱々しい笑みが浮かんだ。

「警察官って言っても、私は交通で何年かやっただけですから。理屈では分かってますけど、もうすっかり普通の人間の感覚ですからね。昔から『お前はお喋りだ』って主人からよく怒られてましたし」

「あのアパートの部屋の家賃、堀本さんが自分で出していたんですか」

「いいえ」美和子がハンカチをぎゅっと握り締めた。「警視庁の方で借りてると聞いてました」

誰がその金を出していたのか。名義人になっている福江か、それとも十日会の連中が金を出し合っていたのか。

「今回の件では、もう事情を聴かれましたよね」

「ええ、二度ほど」

「聴きにくいことですし、同じような質問を何度もされて鬱陶しいと思いますけど、何か心当たりはありませんか」

「私のせい――」強い調子で吐き出し、すぐに言葉を切った。唇が震え、目の縁に涙が溜まる。「私のせいだって言えたら簡単なんですけどね」

「失礼ですが、ご家族は……さっき、『いろいろある』っておっしゃってましたよね」

「それは、どこの家でもいろいろあるんじゃないですか」美和子が背筋を伸ばした。

「子どもも大きくなって、ちょっと難しい年齢になってます。家のローンも大変だし……しかも、そこから逃げることはできないんですよ。でも、主人はそういうことで追いこまれるような人じゃありません。強い人だったんです。だから、どうしてあんなことになったのか、さっぱり分からなくて……たとえ私のせいでも、原因がはっきりしていればある程度はすっきりするんですけど」

そうだとすれば――美和子への恨みつらみを書き残した遺書でも残っていれば、それはこれから先の人生、ずっと彼女を悩ませ続けるだろう。だが、何も分からないとしたら、それはそれで辛い。

「とすると、仕事のことでしょうか」今《こん》がコーヒーをたっぷり一口飲んでから問いかけた。「といっても、何の仕事をしていたのかご存じないんでしたら、それも分からないですかね」

「その辺は、警察の方がよくご存じなんじゃないですか」

「はっきりしないから、我々も困ってるわけでございますよ」馬鹿丁寧に言って、今が砂糖をさらにスプーン一杯分追加した。「失礼ですが、堀本さんは思いつめるようなタイプでしたか」

「責任感は強かったと思います」

「このところ、ふだんと変わった様子はなかったでしょうか」

「そうですね」美和子がコーヒーに手を伸ばす。「ちょっと変わったことと言ったら、竹刀の素振りを始めたことぐらいですかね」

「素振り？」今が身を乗り出した。

「ええ。元々柔道が得意で、剣道にはあまり興味がなかったんですね。それが、三月《みつき》ほど前に急に竹刀を買ってきて、家にいる時はよく素振りをしてました。それも、ちょっと気味悪くなるぐらい夢中になって。でも、素振りぐらいしますよね？」

確かめるような美和子の口調に、私は引きこまれるようにうなずいてしまった。

「昔から、何か始めると夢中になる人なんで、今回もそうだろうと思って。すぐ飽きるんですけど、すごい凝り性なんですよ。ジョギングを始めた時もそうだったし、習字の時も道具を一式そろえて……何をやってもすごくのめりこむんですけど、しばらくするとぱったりやめちゃうんですよね」

「どうして素振りを？」

「体力が落ちてきたからだ、なんて言ってましたけど」

「竹刀の素振りは、結構疲れますからね」今《こん》が相槌を打った。「重くはないんですが、精神集中が必要なんです」

「ええ。夜中に急に起きだして、汗びっしょりになるまで素振りしたりして。私は『またか』って思ってましたけど」

何かの変化だったのだろうか。自分の犯した罪。警察の中での立場。様々な思いが渦巻く中、一時でも雑念を振り切るために選んだ方法が竹刀の素振りだったのか。

「でも、やっぱり無責任ですよね」美和子が頬杖をついた。髪がはらりと目の上にかかる。「お金のこととか言いたくないんですけど、子どもだってまだこれからお金がかかるんだし」

こめかみを揉み、心の片隅に引っかかっていた質問を引き出した。

「子どもさん、難しい年頃だって言ってましたよね。具体的に、何か問題でも？」

「答えにくいことですね」美和子がさらりと言ったが、その言葉には鋭い棘が生えていた。何も言わずに次の台詞を待つ。深く溜息をついてから答えた。「結局、お金の問題なんですよ。上の子を私立の中学にやって、下の子もこれから中学受験なんです。やっぱり私立を受けさせるつもりで準備していました。警察官の給料だときついのは分かりますよね。でも、この件は主人の方が熱心で……子どもも警察官にしたかったんですよ。それも現場の警察官じゃなくてキャリアに。そうなると、やっぱり学歴でしょう」

「そうかもしれません」合いの手を入れながら、ひどく胸がむかついた。

「現場でできることには限りがあるからっていうのが主人の口癖でした。結局、警察を動かしてるのってキャリアでしょう。現場はその手足になるだけで。そういうのをずっと見てきてるから、子どもをキャリアにしたかったんでしょうね」

「お子さんは何ておっしゃってたんですか」

「上の子は、何かそのつもりになってたみたいですけど……でも、二人とも大学まで私立なんてことになったら、お金がいくらあっても足りないですよね。私もパートには出てましたけど、警察官はアルバイトするわけにもいかないし」

　ねじくれた堀本の気持ちが徐々に推測できるようになってきた。堀本は、キャリアの応援をするだけでは満足できなくなったのだろう。彼らの力を見て、どうして自分にはそれがないのかを思い悩む。しかし、それで嘆き続けるだけの男ではなかったわけだ。子どもに夢を托すのは、ある意味自然な思考の流れだったに違いない。やるならキャリア。トップを目指せ。誰かを持ち上げるのではなく、神輿《みこし》に乗るような存在になって欲しい。

だからといって、覚醒剤を横流しして得た金を使うのが許されるわけではない。

「でも、死ぬほど悩んでるなら、何で私に相談してくれなかったんでしょうね。夫婦でしょう？　確かに無口な人だったけど、夫婦なのに何も言わないなんて、失礼ですよね」美和子の声が震えた。

「我々は独身なんで、あまりはっきりしたことは言えないんですけど」私は低い声で切り出した。「夫婦だから言えないこともあるんじゃないですか。自分の悩みに家族を巻きこみたくないっていうこともあるでしょう。それはそれで思いやりじゃないですかね」

「死なれたら、そんなことは言えませんよ」美和子が唇の端を歪めるように笑った。やがて唇が震えだし、涙が頬を伝う。それは大河の流れにはならなかったが、梅雨時の小川のように決して涸れることはなかった。

もう一度、外からでも部屋を見たいという美和子につき合ってアパートに戻った。途中で、今《こん》が顔を寄せて囁《ささや》く。

「鳴沢さん、鍵持ってるでしょう」

「駄目だ」

指先で何度もその感触を確かめたのは事実である。あそこにはもう、証拠と言えるようなものはないはずだ。ちょっと中を見せてやっても、何か問題が起こるとも思えない。それで本人が納得できるなら——首を振った。私は祖父に似てきたのかもしれない。

「ついてこなくて結構ですよ」アパートの前で振り返り、美和子が辛うじて笑って見せた。「一人で大丈夫ですから」

うなずいたが、そのまま立ち去る気にはなれなかった。私は、堀本という男を直接は知らない。もう少し彼女につき合って、その実像を知ることができれば、と思った。特に、急に竹刀の素振りを始めた件も引っかかっている。些細なことだが、三か月前に堀本の中で何か変化があったのは間違いないのだ。

私たちの前で車が停まった。ドアを修理に出したのか、昨日のフーガではなかった。乱暴にドアが開く。嫌な予感がして、美和子の腕を引っ張った。

「困るな、おい」予想通り歌川だった。いや、歌川の名刺を渡した男。今夜はこれまで以上に険しい表情を浮かべ、喧嘩腰で私に指を突きつけてくる。美和子がすっと私から離れた。

「何やってるんだ、こんなところで」

「あなたに言う必要はありませんよ」歌川が苦々しげに吐き捨てた。

「奥さんも奥さんですよ」歌川が苦々しげに吐き捨てた。美和子がびくりと身をすくませる。顔見知りなのだろうか。「こんな連中と話をしてはいけません」

「誰と話そうが自由です」言い返したが、歌川の耳にはまったく届いていないようだった。美和子の腕を取ると、車の方に連れて行こうとする。

「さ、送りますから」

「部屋を見たいんです」美和子が目に涙を溜めて反論した。

「それは、今でなくてもいいでしょう」

「どうしてですか」美和子の顔が強張り、歌川の腕を振り解いた。「どうして私を主人から遠ざけるんですか、橋本《はしもと》さん」

それが本名か。橋本が私の方をちらりと見て、舌打ちをした。

「いいから行きましょう。部屋の方は、そのうちお見せできると思います。でも、今は駄目だ。まだ捜査中ですからね」

「あなたが主人を殺したんですか」

一瞬、その場の空気が凍りつく。氷のように冷たい風が、私にも、橋本にも、美和子にも等しく吹きつけた。

「馬鹿なことを言わないで」荒っぽい口調で言い、橋本がまた美和子の腕を取った。「何を疑ってらっしゃるのか分かりませんが、道々説明しましょう。とにかく、こんな連中と話をしていても無駄ですよ」

美和子の体から力が抜けた。橋本に促されるまま、後部座席に力なく座る。音をたててドアを閉めてから、橋本が私の方にまた近づいてきた。人差し指でネクタイの結び目の辺りを突く。同じことを繰り返そうとしたので、彼の指を払いのけた。

「ネクタイに綺麗なえくぼを作るのは大変なんですよ。やめてもらえますか」

「お前、堀本の家族にまでつきまとってるのか。いい加減にしろ」

「私が何をしようが、あんたには関係ないことです」

「突っ張ってるのもいいがな、そのうち足元をすくわれるぞ」

「それがあんたなら怖くはない。あんたには何もできませんよ」

「なあ、おい」橋本が急に柔らかい笑みを浮かべ、私の肩を抱くようにして車に背を向けさせた。体を捻って彼の手を振り払ったが、意に介する様子はない。

「そう突っ張るなって。な、あんた、一課に行きたいんだろう？　それぐらい、こっちで面倒みてやってもいい。この件をポケットにしまいこんで、何もなかったことにしてくれればいいんだよ。悪い話じゃないだろう」

「あんたはいつもそういう話をするのか」

「ああ？」

「賄賂」

「賄賂」橋本が平板な声で繰り返した。「馬鹿な。仲間うちで賄賂？　ありえない」

「あんたのことを仲間だとは思ってない」

「まあまあ、そう言わずに。いいか、刑事が一人死んだ、だけど、こんなことは大々的に表沙汰にはできないだろう。忘れちまえよ。あんたを動かしてる人間は不愉快に思うかもしれないが、俺たちと一緒にいれば、悪いようにはしないよ」

「俺たちって誰なんですか。俺は十日会に入る資格はないと思うけど」

「そんなことはない。あんたが優秀だってことはよく分かってる。ちょっとやり方を変えれば、先の道が開けるんだぜ」

　橋本の胸を平手で押し、車道に押し戻す。危なっかしい足取りで、車に背中を預けて何とか姿勢を立て直すと、顎を突き出して睨みつけてきた。

「やり方は変えるかもしれないけど、生き方を変えるつもりはないんでね」

「馬鹿な男だな。自分の好きな仕事もできないで、それで面白いか？　いいか、物事には流れってものがあるんだ。それに乗っていれば、自分の思うとおりにやっていける」

「そんなことのために何かを犠牲にする気はありませんね」

「何かって、何だ」

　誇り。独立心。答は幾つでもある。だが、この男にそんなことを言っても無駄だろう。長いものに巻き取られていることにすら気づかない男には。

「いい加減にしてくれませんかね。相棒があなたの車を壊したがってますよ。あいつが暴走したら、俺には止められませんからね」

「ええと、橋本さん？」

　今《こん》が近づいてきた。橋本が鬱陶しそうな顔つきでその顔をねめまわす。

「何だ。お前、器物損壊で逮捕状をとってもいいんだぞ」

「どうぞご自由に」笑いながら言って、橋本の顔の前にＩＣレコーダーを突き出す。橋本がそれを叩き落とそうとしたが、一瞬早く、今はレコーダーを握った手をズボンのポケットに突っこんだ。

「ふざけるなよ」凄んで見せたが、その目には酔ったように薄い膜がかかっていた。

「私が器物損壊なら、あなたが奥さんを無理に車に乗せたのは監禁か誘拐に当たらないんでしょうか」今が涼しい声でやり返す。

「いい加減にしろ。貴様ら、このままで済むと思うなよ」引きちぎるようにドアを開け、車に乗りこむ。ドアが閉まらないうちに、タイヤを鳴らして車が発進した。

「泥仕合になってきたな」今の顔を見る。険しい表情でうなずいた。「録音したやつ、何かで使えると思うか？」

「すいません」今が上唇を噛み、しきりに揉み手をした。「充電してませんでした」

久しぶりに堀本の部屋に入った。改めて見てみると、蛍光灯がやけに明るい。戸田が最近つけ換えた物なのだろうか。狭いキッチンの作りつけの戸棚の中には、缶詰やペットボトル入りのお茶がある。カップヌードルは一つ。今《こん》がそれを手にとって、長い間泣きそうな顔で見詰めていた。私がいなければ、ビニールの包装ごと食べてしまったかもしれない。

先日は今に任せておいたクローゼットも自分で調べてみた。かすかに埃臭い臭いが漂うだけで、注目すべきものは何もない。この部屋には生活の臭いが感じられないのだ。例えて言えば倉庫。そして戸田なり堀本なりは見張り番に過ぎないのではないか。そう考えれば、堀本の帰宅が不定期だった理由も何となく理解できる。ローテーションを組んで泊まり勤務をしていたのかもしれない。みんなで、ここに隠した覚醒剤の見張りをしていたのだろうか。

「トイレも空振りですね」今がハンカチで手を拭いながら部屋に入ってきた。

「この前のやつで全部だったか」

「でしょうね」

もう一度、部屋の中をざっと見る。何かが引っかかった。何だ——誰かに見られている感じがする。

「おや」今の視線が一点に据えられた。「あれは何でしょう」

クローゼットを開ける。下から屈みこんで覗き、一点に手を伸ばした。

「穴が開いてますよ」言われた場所を見ると、クローゼットの扉のすぐ上、壁に直径一センチほどの穴が開いていた。クローゼットの内側に入りこんで改める。後から開けたもののようで、木屑が残っていた。さらに天井側にも小さな穴がある。クローゼットの天井の羽目板を押し上げてみたが、中には何も見つからなかった。

「監視カメラ」今がずばりと言った。

「根拠は」

「ないですけど、不自然な穴でしょう。部屋全体を見渡せる場所にあるし」

「そうだとしても、もう撤去されている」

「そうですね。しかし、誰が……」

様々な名前と顔が頭の中を過《よぎ》る。容疑者が多過ぎた。いや、全員がぐるになっているとしたら、どうしようもない。しかし、誰かがこの部屋を監視していて、堀本が覚醒剤の横流しに絡んでいたことに気づけばどうなるか――どうにもならない。物的証拠がない限り、想像の域を出ないのだ。

灯りを消し、部屋を後にする。残った二部屋を当たることにした。学生だという住人を一人捕まえることができたが、堀本と戸田の写真には何の反応も示さなかった。隣の住人と挨拶したことすらないという。二十歳前にしか見えない彼の言葉にはかすかな東北訛《なまり》が聞き取れたが、早くも東京という街に馴染み始めているようだ。その気になれば、誰とも話さずに一週間でも一か月でも暮らせるのが東京である。

「鳴沢さん、こんなこと言いたくないんですけど――」

「分かってる。飯にしよう」

今《こん》が安堵《あんど》の溜息を漏らす。丸い腹を撫でると、バッグから例の雑誌を取り出し、時計を眺めた。

「もう九時か。残念ながら、目をつけておいた店はだいたい終わってますね。仕方ない、ラーメンでも食べますか」

　今の案内で、駅の方に向かってぶらぶらと歩き出す。二四六号線に出て左に折れ、すぐに横断歩道を渡って、商店街の入り口にある彼お勧めのラーメン屋にたどり着いた。食券を買い、黒光りのする長いコの字型のカウンター席に腰を下ろす。湯気で煙る厨房の方をちらちらと窺いながら、今が自分を納得させるように言った。

「まあ、まだ当たり所があるわけだし、よしとしましょう」

「あと一部屋か」表札も上がっていない部屋だ。電気のメーターが回っているから、空室ではないはずだ。長い間家を空けているわけでもあるまい。何度か訪ねて行くうちには会えるはずだ。

「何も出てこないとは思いますけど、一応全部潰さないといけませんね」

「それに、近所の家の聞き込みも全部終わったわけじゃない」

「そういうことです。前向きに行きましょうよ」

「堀本の奥さん、大丈夫かな」肘をついて顎を手首に載せ、美和子の不安気な表情を思い浮かべる。

「まさか、危険なことはないでしょう。因果を含められてるかもしれないけど、私たちが見てたんだから、連中も手荒な真似はできないはずです」

「刑事の奥さんっていうのも大変だな」優美はどうだろう。彼女なら順応すると思っていたが——いや、今回の件では取り乱していた。こういうことに鈍感になれる人間は多くないのだ。「彼女、何か隠してると思うか」

「ないでしょう。相当戸惑ってましたけど、あれは演技じゃないですよ」

ラーメンが出来上がった。今はいかにもこってりした味噌、私は塩だ。

「今夜、本当はどこに行こうとしたんだ」箸を割りながら訊ねる。

「こっちと反対側なんですけどね」スープを一口飲んで、ああ、と溜息を漏らした後、今が言った。「茶沢通《ちゃざわどお》りを下北沢《しもきたざわ》の方に十分ぐらい歩いた所に、ハンバーガー屋があるんですよ」

「コレステロールの塊。成人病の元凶だ」

「いやいや、元々手作りのソーセージやハムを売ってる店なんですけど、本格的なんですよ。ハンバーガーもサンドウィッチもファストフードじゃなくて料理として通用するし、一品料理もかなりのレベルです」

「馴染みの店か」

「いや、一度も行ったことはないですけどね」

「食べ慣れてるみたいな言い方だぜ」

「料理の写真を見れば、味は大体分かりますから」

「それは特技だな」

「でも、仕事には生きませんね」

「何もない待ち時間にそういう話題が出れば、時間が潰れる」

「お褒めいただきまして恐縮です。ところで明日の朝、早目にあのアパートを当たりませんか」

「いいよ」

「で、その後は聞き込み続行」

「了解」

「今夜は解散にしましょうか。鳴沢さん、彼女の方も気になるんじゃないですか」

「そうだな」店の壁の時計を見上げる。すぐ店を出れば、十時半には優美の家に行けるだろう。冴も解放してやらないと。

「よし。じゃ、今日はこれでおしまい」今《こん》が両の腿をぱしん、と平手で打った。「ちょっと気分転換しないとね」

「よく、そう簡単に切り換えられるな」

「二十四時間ずっと事件のことばかり考えてるのが理想ですけど、それだと効率も落ちますからね。鳴沢さんはどうしてるんですか、気分転換は」

「いや」コップの水を飲み干した。「実際、二十四時間事件のことばかり考えてる」

優美の家の玄関に立ち——灯りが消えているので、緑の多い庭は鬱蒼とした森のように見える——しばらく様子を窺う。そのまま待っていると、かすかな足音に続いて冴の声が後ろから聞こえてきた。

「異常ないわよ」

「ありがとう」家の鍵を手の中で転がす。「今日はもう引き上げてくれ。後は俺が警戒してるから」

「そうね」

腰に手を当て、小首を傾げる。何か話したそうだった。が、それを押し殺して事務的に告げる。

「明日も、夕方に来るわ」

「飯はどうしてる?」

「スニッカーズ」

以前と変わらずスリムなままの冴を、素早く見た。

「相変わらず食べても太らないわけか」

「今《こん》とは違うから。もっともあいつは、水を飲んでも空気を吸っても太るけど」

「今日の夕飯はラーメンだけだったぜ」

「それは異常だわ」胸の前で腕を組み、深刻な表情でうなずく。「ひょっとしたら病気なのかも」

「胃潰瘍とか」

「そうね」

上滑りの冗談が途切れ、沈黙が流れる。冷たい風が、庭の松の木をざわざわと揺らした。勇樹は、夜中に庭から聞こえる音に怯えることがある。今夜も温かい布団の中でふと目を覚まし、一人で震えているかもしれない。

「ちょっと気にかかってるんだけど」

「何？」

「君、俺に何か隠してるよな」

「相変わらずしつこいわね。はっきりしたら言うって言ったでしょう。まだそのタイミングじゃないのよ」

「危険なことはして欲しくないんだ」

「あら、気を遣ってくれるの？」

言葉が喉に引っかかる。拳を固めて口に当て、大袈裟に咳払いをした。

「一般論として」

「一般論、ね」

また沈黙。今度それを破ったのは冴の方だった。

「彼女とは話をしてないから」

「何の話だよ」

「ねえ、鳴沢。私は見えなくなることもできるのよ」

「透明人間みたいに？」

「そういうこと。でも、これだけは覚えておいて。見えなくても見守ることはできる」

「何だよ、それ」

「考えておいて。宿題ってことにするわ……そうだ、駐車場の料金、領収書で請求していいわよね」

「もしかしたら、その角のコイン式駐車場か？」思わず顔が歪んだ。三十分で四百円取られる駐車場である。彼女は何時間ここにいたのだろう。

「申し訳ないんだけど、それぐらいはお願いね」本当に申し訳なさそうに唇をすぼめて冴が言った。「所長に怒られるから」

「所長ってどんな人なんだ？　やっぱり警察官上がりなのか」

「それも秘密にしておくわ。謎めいてる方がいいでしょう？　じゃあね」冴が長い指をひらひらとふり、踵を返す。

「小野寺」

私の呼びかけに、彼女は頭の上まで手を上げて、また指をひらひらと動かした。決して振り向こうとはせずに。


「何か食べた？」

「ラーメン」

「あら、珍しいわね」茶化すように優美が言った。「蕎麦やうどんはいいけど、ラーメンは親の敵みたいに言ってるじゃない」

「今《こん》につき合わされたんだ」

「彼にはあまりつき合わない方がいいわね。仕事はともかく、食事に関しては」うなずき、仏壇のある部屋で畳の上に胡坐をかいた。優美が隣に座る。彼女の体温が直に伝わってきて、眠気を誘った。

「今日は何もなかったよな」

「たぶん」

「心配しなくていい。知り合いにこの辺を警戒するように頼んだから」

「署の人？」

「いや、そういうわけじゃないけど」

ざわざわと胸の中で音がする。地域課の連中に声をかければ、重点的にパトロールしてくれるだろう。だが、署の同僚を信じていいという保証はない。

初めて感じる不安だった。ここ何年かの私は、警察という組織の中で明らかに浮いている。他人から煙たがられたこともあるし、自ら選んで距離を置いていたこともあった。だが、これはそういう状況とは明らかに違う。誰を信じていいのか分からない。迂闊に信用して動けば、その瞬間に裏切られる可能性もある。

事件を追う。人を狩る。それは人間の本質的な欲望に関わる行為だ。そして現代の日本において、それを合理的に行うには警察という組織の後ろ盾が必要である。逆に言えば、刑事としての私のアイデンティティは、警察の存在を抜きにしては成立しえない。怒れるなら言いようのない不安が、激しい雷をもたらす夏雲のように張り出してきた。

いい。悔しがれるならいい。だが、どんな感情を誰に、何にぶつけたらいいのかさえ分からない。

「とにかく、信頼できる人間だから。何かあっても十分対処できる」

「私もお礼を言っておいた方がいい？」

「それは必要ないよ。君を巻きこみたくないから」

「あなたがそう言うなら」

「勇樹は？」

「大丈夫。気にしてないみたい」

「強いね、あの子は。さすがは君の子だ」

「うん。でも、明日の朝は声をかけてあげてね。あまり言わないけど、こんな広い家に二人きりでいたら怖いと思うの」

「怖いのは君の方じゃないか」

「まあね」優美が舌を出した。「私はそんなに強いわけじゃないし」

「いや、君は俺が知ってる誰よりも強い」

「やめてよ……それより、お父様には電話したの？」

「まさか」一番避けたい問題をいきなり持ち出されて、思わず顔をそむけた。先ほどとは別の、これも説明できない感情のほとばしりを感じる。

「電話ぐらい、何でもないでしょう」

「そうはいかない」

「もっと簡単に考えたら？　話せば何か変わるかもしれないし」

「言っただろう？　俺は捨て台詞を残してあの街を出てきたんだぜ」

「あの頃は、あなたも子どもだったのよ」

「今でも子どもで結構だ」立ち上がり、乱暴にネクタイを外す。思い切り唇を結んで不快な表情を作ってやったが、優美は口元をにこやかにほころばせて、私を見上げるだけだった。

君に比べれば、俺は間違いなく子どもだ。子どもは自分の感情をコントロールすることができない。

7

翌朝、七時前に三軒茶屋駅に着き、堀本のアパートの聞き込みを再開した。住人が出かける前を狙うつもりだったが、ただ一つ残った部屋はやはり留守だった。部屋には電話がなく、管理人に教えられたのは携帯電話の番号だったが、何度鳴らしても返事はない。

「いるはずなんですけどねえ」今《こん》が靴の踵《かかと》をアスファルトに打ちつけながら言った。

「可能性はいくらでもある」

「そうですね、例えば——」

「やめてくれ」今の顔の前でぱっと手を広げた。「朝から長いのは困る」

「かしこまりました」今が寂しげな声で言って唇を歪めた。

「住んでるのがどんな人か、後で管理人か不動産会社に確認しよう。その前に近所の聞き込みだな」

「了解です。それにしても、奥歯に物が挟まったような感じですよね。何で一人だけつかまらないんだろう」

残った一部屋の住人が何かを知っている可能性は低いだろう。だが空振りを繰り返すうちに、根拠のない期待だけは高まっていくものだ。

「とにかく、この部屋はまた後で来ましょう」自分を納得させるように今が言う。

「ああ。もしかしたら夜勤職場の人間で、帰ってくるのは朝かもしれない」

「そうそう、前向きに考えましょうよ。じゃ、ここで二手に分かれて、何か情報があったら電話するということで」

「分かった」

私が右に、今が左に向かって歩き出したところで、ふっと気づいた。

篠崎——戸田の義父。紺色のトレンチコートの襟を立て、引退したとはいえ刑事の雰囲気を色濃く残すきびきびとした足取りで、こちらに近づいてくる。

「篠崎さん」

呼びかけると、はるか遠くから呼ばれたように首をぐるりと回して周囲を見渡した。

「篠崎さん」もう一度声をかけるとようやく気づいて右目だけをきゅっと見開く。今もいつの間にか私の背後に戻ってきていた。

「やあ、あんたたちか」邪気のない笑みを浮かべ、右手をひょいと上げる。

「先日はどうも失礼しました」

軽く頭を下げると、笑いながら「いやいや」と言って近づいてきた。

「早くからご苦労さんだね」私の肩を叩きそうな気さくな調子だ。

「篠崎さんこそ」七時過ぎにここに来るには、六時には家を出なければならないはずだ。特別な用事がない限り、動くには早過ぎる時間である。

「年寄りは朝が早くてね」豪快に笑い、次の瞬間には眉をひそめる。笑顔の中ににじわりと渋面《じゅうめん》が広がった。「まさか、まだ戸田を捜してるんじゃないだろうね」

「見つからない以上、捜し続けます」

「心配する必要はないって言っただろう。家族が言うんだから間違いない」

「そうでもないですよ。心配している人もいます。十日会の連中とか」

篠崎の顔色が微妙に変わった。目が細くなり、唇がわずかに開く。

「あんたらは？」

「はい？」

「あんたらもそうなのか」

曖昧な質問だ。曖昧に答えるしかない。

「どうでしょう」

「答える必要はないってのかい」

篠崎が間合いを詰めてきた。残った闘志と年齢を秤《はかり》にかけ、闘志の方が重かったに違いない。が、今《こん》がすっと詰め寄ってきたので慌てて一歩後ろに下がる。

「まさか『シキカイ』じゃないだろうな」

「シキカイ」疑念を読み取らせないよう、平板な声で繰り返した。シキカイ……これも何かの「会」なのだろうか。「さあ、どうでしょう」

「いい加減にしてくれないか。妙なことに戸田を巻きこまんでくれよ」篠崎が下唇を突き出した。

「戸田さんはこの辺によく姿を見せていたそうですね」今が割りこんだ。「家にはちゃんと帰ってきてたんですか」

「そんなこと、あんたに言う必要があるのかね」篠崎が精一杯胸を膨らませた。

「じゃあ、篠崎さんはどうしてここにいるんですか。それもこんなに早く……戸田さんに会いに来たんじゃないんですか」

「違う。何度も言わせるなよ。あいつがどこにいるか、私は知らない」

「でも心配はしてないんですよね」今が大袈裟に首を捻った。「何か変ですよ」

「因縁をつけるんじゃない」

篠崎が今の巨体を押しのけようと腕を伸ばす。それより一瞬早く、今が脇にどいた。

「戸田さんのことじゃないとすると、どうしてここへ？」

私の質問に篠崎が足を止めて振り返る。

「堀本に花を持ってきてやったんだよ」トートバッグの口を広げてみせる。白を中心にした小さな花束が覗いた。

「花？」私は彼の前に回りこんだ。

「そう。死んだ場所に花をあげるぐらいのことはしてもいいだろう」

「それはいいと思いますけど、篠崎さん、堀本さんとは知り合いなんですか」

「まあ、私も警視庁には長くいたから。知り合いはたくさんいる」

「もしかしたら、篠崎さんも十日会の人なんですか」

「うるさいな」乱暴に言って、篠崎が歩き出す。今が腕を摑むとバランスが崩れ、トートバッグから小さな花束が零れ落ちた。篠崎が今を睨みつけながら大儀そうにしゃがみ、花束を拾い上げる。

「失礼なことするんじゃないよ」

「すいません」今がいかにも義理といった感じで謝る。この男の苛立ちが臨界点に近づいているのをはっきりと感じた。根は短気で暴力的な男なのかもしれない。だからこそ、刑事の仕事で我慢を覚え、仏門を目指しているのではないか。

「篠崎さん、シキカイって何なんですか」何気ない調子で今《こん》が質問をぶつける。

「知らんのか」篠崎が目を見開く。その顔に、今朝初めて余裕の表情が浮かんだ。初めて顔を合わせた時に見せた、懐の深い表情が。「あんたら、本当に何も知らんで動いてるのか。しっかりしてくれないと困るよ」

「何かの派閥ですよね」無邪気な口調で今が訊ねる。

「あそこのことは、私ははっきりとは知らない」あそこのこと。他の派閥のことは、という意味にしか聞こえない。「別の人間に聞いてみたらどうだい。もっとよく知っている人間はいくらでもいるよ」

「例えば、誰ですか」

「そんなことは自分で調べるんだな。刑事の基本は自分の足で動くことだぞ」

「事情を知っている人間を探す方が早いですよ」

「分かったようなことを言うな。そういうのは怠慢っていうんだ」

今度こそ振り返らず、篠崎はアパートの階段を登っていく。堀本の部屋のドアの前に立つと、一瞬私たちを見下ろして睨みつけた。それから跪《ひざまず》いてドアの前に花束を置き、じっと両手を合わせる。見てはいけないものを見てしまったような気がして、私は顔を背けた。少しして振り返ると、今は、篠崎の祈りが終わるのを待つかのように、腕組みをしてアパートを見上げている。冷たい風が顔を叩き、そのせいか今の目は赤く潤んでいた。

「行こう」

呼びかけると、今が無言でうなずいて腕組みを解いた。篠崎を残したまま、二人で世田谷東署の方に歩き始める。

携帯電話を取り出し、沢登に電話をかける。お会いしたい、と言うと、彼は世田谷東署の会議室を面会場所に指定してきた。いつもの場所。警視庁の施設なのに、なぜかそうではないような違和感を感じ始めている。私たちは知らぬ間に隔離され、大きな流れから取り残されているのではないか。

「今」振り返って彼に声をかける。いつの間にか立ち止まり、またアパートを見上げていた。篠崎もまだ跪いている。「十時に世田谷東署だ」と声をかけたが、彼は「了解」と短く、素っ気なく答えるだけだった。今は無言のうちに、篠崎に勝負を挑んでいるのかもしれない。無意味な行為だとは、なぜか言えなかった。

寒々とした鈍色《にびいろ》の空を見上げる。雨が落ちてきそうだ。湿った空気が重く頭にのしかかる。コートのボタンをしっかり締め、襟を立てて歩き出した。東京の空には、日本中のどの街にもない重さがある、とふと感じる。

十五分遅れで会議室に入っていくと、沢登は窓に近い場所に腰を下ろし、煙草をくゆらせていた。眼鏡の奥の目を光らせ、煙草を灰皿に押しつける。

「遅いな」

「聞き込みに手間取りました」目を合わせないようにしながら答え、テーブルの長辺を挟んで距離を置いて座る。

「首尾を聞かせてもらおうか」

求められるまま、淡々と捜査の経過を説明した。戸田と福江が、堀本が自殺した晩に落ち合っていたことを話していると、沢登がテーブルに肘をつき、次第に身を乗り出してきた。私が説明を終えると、椅子に背中を預けてぽつりとつぶやく。

「福江か」

「ご存じですか」

「顔と名前は一致する。昔、一課にいた」

新しい煙草に火を点けると、立ち上る煙が彼の表情を覆い隠す。そろそろ、はっきりと説明してもらわなければならない。

「十日会って何なんですか」

沢登の眉がぴくりと動いた。煙草を灰皿の縁で叩き、すっと目を伏せる。下を向いていてさえも、目の端が引き攣っているのは分かった。

「理事官」私の呼びかけにも反応がない。答を待たずにさらに質問を重ねた。「理事官は知らないとおっしゃってましたけど、今回の件では、十日会の名前をよく聞きます。ただの親睦団体じゃありませんよね。理事官もその仲間なんですか」

沢登の唇に薄い笑みが浮かんだ。余裕。どこかで私は筋を違えてしまったらしい。

「私は関係ない」

「じゃあ、『シキカイ』はどうですか」

眼鏡の奥の目を細め、沢登が私を睨みつける。が、今度は予想していた質問だったようで、露骨な怒りも動揺も見せることはなかった。

「紫の旗の会と書いて『シキカイ』と読ませるんだ」

「十日会と同じような組織なんですか」

「十日会のことは知らんが、紫旗会にいるのはしっかりした連中ばかりだ」

「理事官は、紫旗会の人なんですね」

「そうは言っていない」

「紫旗会も、今回の事件に関係しているんですか」

「それはない」

今《こん》と顔を見合わせる。今は唇をへの字に結び、組んだ両腕に力を入れた。

「とにかく、君たちは確実に戸田に近づいているようだ。その点は評価する」自分を納得させるように沢登が言った。

そうは思えない。力なく首を振って新しい質問をぶつけた。

「見つかったら、何の容疑で逮捕状を取るんですか」

「それはまだ分からない。君たちの役目は彼を見つけることだ。その後は私がちゃんと処理する」

「堀本の覚醒剤の件はどうするんですか」

「警察の中にもいろいろな動きがある」

「謎かけはやめて下さい。堀本の件を事件にするのかしないのか、どっちなんですか」

「しかるべく処理する」

「事件化すると受け取っていいんですね」

念を押したが、沢登は感情の抜けた顔で私を見つめるだけだった。冷たく重い空気が流れる。窓を閉めているので二四六号線の騒音もほとんど入らず、生暖かい風を送り出してくるエアコンが低く唸るだけだった。

「鳴沢」沢登が口を開く。糊づけされていたのを無理矢理喋りだしたようにはっきりしない口調だった。「お前、堀本を個人的に知らないのか」

「写真でお目にかかっただけです」

「本当に知らないんだな?」私の軽口を無視し、真顔で念押しする。

「知りません」

「間違いないか」

むっとして、私は頭を人差し指で二回突いた。

「まだ記憶はしっかりしてます。特に人の顔と名前に関しては」

「そうか」

「理事官、いったいどうするつもりなんですか。こんな捜査のやり方は聞いたことがありませんよ。だいたい、本気で戸田を捜したいなら、できるだけ人を投入するのが筋でしょう。どうして隠れてこそこそやる必要があるんですか」

「極秘捜査だからだ」

「もしかしたら理事官も、本当の目的はご存じないんですか」

「極秘捜査だからだ」

壊れたレコードのように繰り返してから、沢登が立ち上がる。今《こん》が目に凶悪な光をたたえ、その動きを追った。彼の腕に手をかける。巨体の震えが伝わってきたが、何とか押さえつけることができた。

「筋書きはもう全部できてるんじゃないんですか」

私の問いかけに、一瞬、沢登が立ち止まる。が、結局は振り向きもせずに部屋を出て行った。

力を抜いて腕から手をどけると、今が頭の上まで拳を振り上げ、一気に打ち下ろす。正面衝突事故さながらの轟音とともにテーブルが真ん中から二つに折れた。反射的に、開いたドアの方を見やる。通りがかりの署員が二人、目を大きく見開いて部屋を覗きこんでいた。

「蛍光灯が切れそうだったんで交換しようとしたんです」私の言い訳に、二人が顔を見合わせた。冗談なのかどうか、困惑している様子だった。「上に乗ったら折れました。どうもすいません」

「二百五十五ポンドなもんで。どうもすいません」今《こん》がぶっきらぼうに吐き捨てて頭を下げた。

「いっそのこと、降りちゃいますか」アパートに戻る途中、今がぼそりとつぶやいた。

「全部放り出して、冬の日本海でも見に行きませんか。カニでもたらふく食って」

「降りてどうする」

「どうもしませんよ」今が両の人差し指で鼻を挟みこむようにして擦った。「当然、理事官はいい顔しないでしょうけどね」

「飛ばされるぞ」

「だから何だって言うんですか。どこへ行っても仕事は同じでしょう。クビにさえならなかったら何てことないし、今回の件で我々が『やめた』って言っても、それだけじゃクビにはできないはずです」

「刑事を辞めさせられるかもしれないぞ」

音高くアスファルトを打つ今の足音がぴたりと止まる。私は彼の巨大な背中に話しかけた。

「交番勤務とか、交通違反の取締りとかできるか？」

「私は平気ですけどね」顔を引き攣らせながら今が振り向く。「鳴沢さんこそ困るんじゃないですか」

「ああ」唾を呑んだ。「困る」

「結局、このまま行くしかないのか」今が両手を組んで後頭部にあてがう。「とにかく戸田をさっさと見つけて理事官に引き渡して、この一件は忘れましょう」

「それはできない」

「どうしてですか」

「ちゃんと事件にするならいい。自分の手柄にしたい奴がいるなら、引き渡してやるよ。堀本の覚醒剤横流し事件。もしかしたら、戸田が堀本を殺したかもしれない。大事だろう。誰かが殺されたとして、それが隠されるのは許さない。普通の事件で、犯人が捕まらないのは仕方ないかもしれないけど、それ以外の事情で……」

「分かってます。でも、我々だけじゃ無理かもしれません」

「何か手を考えるさ」

「何かって何ですか」今《こん》がしつこく食い下がってきた。「我々は刑事ですよ。司法手続きに則って事件を処理する以外には方法がないでしょう」

「それは分かってる」

行き詰まりの沈黙が二人の間に流れる。それを破ったのは今だった。

「それより、理事官が、鳴沢さんが堀本を知ってるみたいな話をしてましたね。そうなんですか」

「いや、全然記憶がない」

「理事官の勘違いですかね」

「どうだろう」

「困りました」今が溜息をつく。「普通、捜査が進んでいくと段々状況が分かってくるものなんですけどね。謎が増えるばかりってのはどういうことなんでしょう」

「考えないようにした方がいい。それより、テーブルを叩き割った件で始末書を用意しておいた方がいいよ」

今がにやりと笑った。空を見上げる。朝とはうって変わって久しぶりに晴れ上がっていたが、それゆえに風は一層冷たく、私たちの足元を滑るように通り抜けて行く。


アパートに戻ると、見慣れた青山署の覆面パトカーが停まっていた。

「どうしました」私の足が止まったのに気づき、今が振り返って訊ねる。

「青山署の連中が来てる」

「何でしょう」今の顔が曇る。これ以上理解不能な事態は勘弁してくれ、という気持ちが透けて見えた。

「分からない。こんなところに用はないはずだけど」

車に近づき、中を覗きこんだ。無人である。誰が乗ってきたのかは分からない。

「おい、鳴沢」

声をかけられて振り向く。刑事課の同僚が二人、呆気に取られたような顔をして近づいてきた。細木《ほそき》という刑事が私の前に立つ。

「お前、こんなところで何やってるんだ」

「ええ、まあ」

「急にいなくなっちまって、どこかに飛ばされたのかと思ったぜ。課長も何も言わないしさ。この忙しいのに人手が足りなくて困ってるんだぜ」

「それほど忙しくないでしょう。細木さんこそ、何してるんですか」

「ああ、あれだよ。お前がやってた事件。あれの裏づけでね」

「新藤ですか」

「そうそう、ノビの新さん」細木が両手を擦り合わせた。「奴《やっこ》さん、余罪がたっぷりあるからな。最近の事件から順番に立件していかないと、ごちゃごちゃになっちまうんだ」

「そう言えば世田谷の件も言ってましたよね。現場、この辺りなんですか」

「そう。被害者の話を聴いてきたところだ。後で奴さんを連れて現場検証をやるよ。まったく、常習累犯窃盗ってのも面倒だよな。どの事件も同じようなものなのに。被害金額をまとめて懲役何年って決めればいいんだよ」

「そうもいかないでしょう」

細木の不満は十分理解できた。窃盗犯の裏づけ捜査ほど、面倒な割に報われない仕事も少ない——そう考えながら、私は頭の中で何かがかちりと鳴るのを聞いた。

「細木さん、新藤は署ですか？」

「ああ。人手が足りないから、課長が自分で調べをやってるよ。あの人、調べは下手なんだけどねえ」細木が口に拳を押しつけて笑いを押し潰す。私は、顔が引き攣るのを感じながら今《こん》に声をかけた。

「青山署に行くぞ」

「何ですか」

「証人が見つかったかもしれない」

細木が首を傾げる。

「おいおい、何言ってるんだよ。お前、新さんの事件をやってるわけじゃないだろう」

「違います」首を振った。「新藤はこっちの事件の証人なんですよ」

背中から今の荒い吐息が追いかけてきた。「ちょっと待って」の声を無視し、階段を二段飛ばしで昇る。刑事部屋のドアを引きちぎるように開けると、書類仕事をしていた刑事たちの手が止まり、視線が一斉に私に集まる。「新藤はどこですか」と訊ねると、一人が恐る恐る取調室を指差した。

閉まっているドアは一つだけ。ノックもなしに開けると、二田がうんざりした表情を浮かべて振り返った。

「何だ、鳴沢。ノックぐらいしろ」

文句は言っているが、口調には力がなかった。椅子の背に右腕を載せていた新藤の顔がぱっと明るくなる。

「おやおや、これは鳴沢さんじゃありませんか。ずいぶんご無沙汰してますね。いやあ、あなたの調べは楽しかったけど……」二田に向けて顎をしゃくる。「お戻りでしたら代わってもらえないかねえ」

「おい、調子に乗るなよ」叱りつける二田の声には迫力がなかった。

「課長、代わって下さい」

二田が立ち上がって私と向き合う。

「何だ、お前。あっちの仕事はいいのか」

「あっちの仕事の関係です」

「はあ?」

「彼に聴きたいことがあるんです」

「課長さん、そういうことですから」新藤がにやりと笑った。「ちょっとお茶でも飲んで休んできたら? そっちの若い人も」

むっとした表情で立会いの若い刑事が立ち上がり、目線で二田に指示を求める。二田が溜息を漏らしながら私に訊ねた。

「いいのか、お前だけで」

「相棒がいますから」

二田がドアの方を向いた。その目にかすかな怯えが走る。入り口は、今《こん》の体でほとんど塞がれていた。

ドアが閉まるのを見届け、新藤と向き合って座った。今は巨体で窓を塞ぐような格好で新藤の後ろに立つ。

「またずいぶん、体格のいい刑事さんを連れてきたね。元相撲取りとか？」新藤が緊張感のない笑いを漏らした。今は平然として、新藤の背中をぼんやりと眺めている。こういうことでは怒らない。子どもの頃から言われ続けて慣れっこになっているのだろう。

「新藤さん、一つだけ確認したいんです」

「おいおい、新さんって呼んでくれよ」新藤が肘を椅子の背に引っかけ、足を組んだ。自分の家にいるようにくつろいでいる。「ずっとそう呼ばれてっからさ。改まって新藤さんなんて呼ばれるとくすぐったいよ」

「新藤さん」さっさとけりをつけてしまおうと、私は身を乗り出して早口でまくしたてた。「思い出して下さい。私があなたを調べていた時のことです。私が急に呼び出されてここを出て行く前、何を話していたか覚えていますか」

「ええ？」新藤が顎に手をやった。「あれ、もう一週間ぐらい前になるんじゃないかね。そんな昔のこと、忘れちまったな」

「新藤さん、あなたは記憶力がいいはずだ。自分が盗みに入った家のことは忘れないでしょう。一週間前に何を喋ったかぐらい、絶対覚えているはずだ」

「そう決めつけられてもねえ」新藤があらぬ方を向きながら鼻を擦った。「これ、本件の調べじゃないんでしょう？　だったら、ちっと色をつけてもらわないと」

「ふざけてる場合じゃないんですよ」

「いやいや、こっちは大真面目だよ」新藤がにやにや笑いながら身を乗り出したが、今《こん》がその両肩に後ろから手を置いた。途端に椅子に引き戻される。今が上から力をかけると、スポンジのように体が縮んだ。

「お……おい、ちょっと。苦しいよ。拷問する気か」

「肩が凝ってますね、新藤さん」今が新藤の肩を鷲摑みにして揉み始めた。「ああ、これは相当ひどいですね。これからしばらくマッサージなんか楽しめないでしょうから、私がサービスしますよ」

「今」短く声を飛ばすと、彼がすっと手を引いた。「大丈夫だ。この人は、ちょっとお喋りが過ぎるだけなんだよ。そうですよね、新藤さん」

「あ？　ああ」新藤が顔をしかめて右肩を左手でさすった。「ま、そういうこった。あん時話してたことだろう？　あれは、ええと、世田谷の件だ。そうだよね」

「そうです。あの時、私の同業者のような人間がどうとか言ってませんでしたか」

「そうそう。実はね、昔ちょっとお世話になった人でね。あの旦那が所轄にいた頃だから、ずいぶん前の話だけど、間違いない。戸田さんだったよね、名前は」

彼の前に戸田の写真を置いた。何度も繰り返し手に取り、人に見せているうちに、早くも皺だらけになってしまった写真を。

「ありゃりゃ」新藤が首を伸ばして写真を覗きこむ。「触っていい？」

「どうぞ」

顔の前に掲げて眼鏡を外し、目を細めて写真を睨む。

「確かにそう。戸田さんだ」にこっと笑って、写真をそっとデスクに置く。

考えるのに忙しくて答えられなかった。目を閉じ、人差し指と中指を瞼に押し当てる。思い切って目を開き、両手を揃えてデスクに載せた。

「具体的にどこで見たんですか」

「アパートの前でね」

大当たりだ。勘だけで動いて、ここまでずばりと当たったことは少ない。喉の張りつきを抑えるために、一つ咳払いをする。戸田の写真を見やりながら、アパートの様子を新藤に喋らせた。積み木を重ねたような十部屋のアパート。屋根はくすんだ緑色。近くにコンビニエンスストア。間違いない。

「戸田は、何をしてたんですか」

「部屋に入って五分ぐらいいたかな？　懐中電灯の灯りが窓からちらちら見えてた。変だろう」探りを入れるように新藤が私の顔を覗きこむ。

「あなたは戸田をどこから見てたんですか」

「俺？　俺はねえ、そのアパートの向かい側の路地にいたの。入る家の下調べをみっちりやっててね。妙なことをやってる人間がいれば嫌でも分かるじゃない」

「戸田は五分ぐらい、部屋の中にいたんですね？　それから」

「部屋を出たよ。その後で、同じアパートの別の部屋に入ってったんだよ。一階のね、一番右端の部屋」

今《こん》が駆け出す。私も立ち上がり、その後に続いた。「ちょっと、何だよ」新藤の声が追いかけてきたが、振り返りもせず、私たちは刑事部屋を駆け抜けた。

第三部　逆走

1

署で覆面パトカーを借り出した。回転灯こそ回さなかったが、周囲の車を次々とパスして三軒茶屋に急ぐ。すでに退院していた管理人の石沢と今が電話で話し終えた時、車は二四六号線の三宿《みしゅく》付近を走っていた。アパートまであと十分ほど。それを七分に短縮するため、タイヤを軋《きし》らせて右車線に飛びこみ、制限速度を守って走るトラックをパスした。

「また妙な連中に会ったら面倒ですね」腕組みしたまま今が言った。ちらりと横を見ると、思い切り渋い顔をしている。

「あの辺をうろついてるのは、十日会の連中だろう」

「紫旗会の連中かもしれませんよ」

「いっそのこと、会う奴らを全部殴り倒すのはどうだろう」

「ここ一週間で一番素晴らしい考えだと思いますけど、それで全て終わりですよ」

「だったらやめておく。ゴールにたどり着かなかったら馬鹿だ」

アクセルを踏みこむ。エンジンが悲鳴を上げ、今《こん》の体がシートの上でバウンドした。

「鳴沢さん、落ち着いて。こんなところで事故でもやったらつまらないですよ」

「分かってる」言いながらさらにスピードを上げた。仕方ないと言いたげに、今が両手を頭上に上げる。

アパートの周りを車で流し、誰かが張り込みしていないか、知った顔はいないかを確認する。三周。監視下には置かれていないと結論を出し、コンビニエンスストアの前に車を停めて歩く。アパートの前では、石沢がすでに待っていた。腰に痛みが残っているようで、棒を飲んだようにぎこちない直立不動の姿勢だった。

「まだ調子がよくないんですけどね」私たちの顔を見て石沢がぶつぶつと文句を言ったが、無視する。

「この部屋の住人は山田《やまだ》さんと言いましたね」表札のかかっていないドアを睨みつけながら私は訊ねた。

「ええ」

「会ったことは？」

「一、二度」

彼の前に戸田の写真を翳した。「この人じゃありませんか」

「いや、違いますね」

何人も出入りしていたということか。アジト、という言葉が頭に浮かぶ。

「鍵を開けて下さい」

「ちょっと……いいんですか、開けて」石沢の顔が蒼白になった。

「緊急なんです。中がどうなっているか、開けてみないと分からない」

今がひくひくと鼻を鳴らし、ゆっくりと首を振る。人一倍臭いに敏感であろう彼の鼻も、死臭を嗅ぎつけはしなかったようだ。満月のように丸い顔に笑みを浮かべると、

「大丈夫です。開けましょう」と石沢を促す。

「勝手に開けて下さい。私はここにいますから」腰を庇うようにゆるゆると後ずさる。

「心配いりませんよ」

石沢の背中をそっと押すと、彼は転びそうな足取りで一歩を踏み出した。腕を一杯に伸ばして恐る恐る鍵をさしこみ、顔を背けながらゆっくりと回す。かちりと音がすると、

「これ以上は勘弁して下さいよ」泣き出しそうに顔を歪めながら首を振った。が、私が無言で見詰め続けていると、盛大に溜息をつき、ドアノブに手をかける。自分はドアの陰に姿を隠すようにして大きく開いた。

がらんとしていた——堀本の部屋と同じように。今《こん》と顔を見合わせてから、先に部屋に入る。部屋の奥に真っ直ぐ進んだ。後に続いた今が、用心深く周囲を見渡してからドアを閉める。

堀本の部屋よりは生活臭があった。布団が一組、部屋の隅に畳んである。ノートパソコンが一台、床のほぼ中央に置いてあって、電話線がつながっていたが、電話機は見当たらない。回線はインターネット専用に使っていたわけだ。小型のテレビとCDラジカセが一台ずつ。小さなボストンバッグが二つ、壁際に押しつけられる形で置いてあった。その隣には、蓋が開いたままのダンボール箱が一つ。引っ越してきた学生が、最低限の荷物だけを揃えて生活を始めたような様子である。

部屋を今に任せてキッチンを見る。堀本の部屋と同じ作りつけのキッチンだったが、電源が入っている冷蔵庫の中ではミネラルウォーター、野菜ジュースのペットボトルや牛乳、缶詰やパンが見つかった。牛乳の賞味期限は二日後で、まだ封は開いていない。ガス台の上の戸棚を開けると、カップ麺がぎっしりと詰まっていた。籠城用の基本食は揃っている。

トイレに移る。ここにも覚醒剤が隠してあるのではないかと思い、徹底的に調べた。トイレのタンク、便器の裏側、トイレットペーパーが入っている戸棚。もちろん、天井の蓋も開けてみた。何も見つからず、手が真っ黒になっただけだった。

どうして十日会の連中は、同じアパートに二つも部屋を借りていたのだろう。監視、という言葉が思い浮かぶ。いや、それは不自然だ。あまりにも近づき過ぎると、対象に気づかれる可能性が高くなる。あるいは、この部屋から監視カメラで覗いていたのか。

「パソコンは駄目ですね」部屋から今の声がした。「キーワードが設定してあります。ログインできない」

「専門家を呼ぶわけにはいかないだろうな」部屋へ戻りながら私は言った。「ログインできないなら、触らない方がいい」

「じゃあ、電源は切りますよ」今が太い指で電源ボタンを長押しした。青いログイン画面が一瞬明滅してからすっと消える。

「それと、メモがありました」

「メモ？」

座りこむと、今が三枚のメモを、トランプでもするように私の前に並べる。銀行の名前が入ったメモ帳を引きちぎったもので、どれも金釘流《かなくぎ》の文字で、判読は難しかった。

「ひどい悪筆だな」

「ええ。ペン習字でも習った方がいいですね……でも、これは電話番号でしょう」

「そうだな」あまり意味はないのだが、ハンカチで手を包みこんでメモを手に取った。

「〇二五で始まる番号は新潟だ。〇二五五だと、上越の辺りだと思う」

「〇三の一つは見たことがあるな。警視庁内のどこかじゃないですかね。もう一つは見当がつきません。とりあえず、この番号、全部調べてみましょうか。戸田の潜伏先かもしれませんよ」

「そうだな。他には？」

「これだけです」

今《こん》が肩をすくめ、メモに書いてあった番号を自分の手帳に書き写した。できるだけ、入ってきた時と同じ状況に戻して部屋を出る。石沢が足踏みしながら待っていた。周囲を見渡し、不審な人影がないことを確認してから、鍵をかけるよう頼んだ。

「もういいですか」ドアが閉ざされると、石沢が大袈裟な安堵の吐息を漏らす。

「おかげさまで助かりました」今が真夏のヒマワリのような笑顔を浮かべる。「腰に悪いですから、どうぞ温かくして下さい」

「それはどうも」素っ気なく言って、石沢が首を傾げる。「何か嫌ですね。このアパートの管理をしてるのが怖くなりましたよ」

「仕事ですよ、仕事。仕事が辛いのは何でも同じです」

今がパン、と手を叩き合わせる。もう一度石沢に礼を言うと、先に立って覆面パトカーの方に歩き出した。私の携帯電話が鳴り出す。今が「番号、調べてますよ」と手帳を振って見せた。うなずき、電話に出る。

「鳴沢か」

着信を確認せずに出たことを後悔し、一瞬、そのまま電話を切ってしまおうかと思った。横山だった。

「ちょっと話せるか」

「……面倒な話ですか」

「いや、すぐ終わる。ただ、電話では話したくない。会えるとありがたいんだが」

「今、世田谷にいるんですが」

「近くまで出てきてくれ。虎《とら》ノ門《もん》交差点のすぐ近くにスターバックスがある。そこで待ってる」

呼び出したのはそちらではないか、近くまで来るのが礼儀だろうと言おうとしたが、すでに電話は切れていた。覆面パトカーに近づき、今が電話を終えるのを待った。ルーフに両肘をかけ、ぼんやりと空を眺めているうちに窓が開いた。

「どうしました」

「横山さんに呼び出された」

「何事ですか」今の顔に影が差す。

「分からない。ちょっと変な様子だったけどな」

「行った方がいいですよ」今がうなずきながら言った。「横山さんって、いつも冷静沈着なタイプでしょう。それが様子が変だっていうのは、きっと何かあったんですよ。こっちは私が調べておきますから。何か分かったら連絡します」

「分かった。じゃあ、任せる」

「駅まで送りましょう。表参道《おもてさんどう》まで出て銀座線ですよ」

「それぐらい、分かってる」

今《こん》がにやりと笑った。体を倒して助手席のドアを開け、エスコートするように左手を差し伸べる。私はその手をぴしゃりと叩き、へたったシートに背中を預けた。

三十分後、虎ノ門駅近くのスターバックスに到着した。混み合った店内に入ると、テーブル席に座って所在なさげに視線を彷徨わせている横山を見つけた。確かにおかしい。薄いコートを畳んで膝の上に置き、視線を彷徨わせながら右手の人差し指でテーブルを叩いていた。いつも警戒網を周囲に張りめぐらせているような男なのに、私に気づかない。全ての動きが、彼の異常ぶりを示していた。

テーブルの前に立つと、ようやく顔を上げて私を認めた。軽くうなずき、カップに手を伸ばしたがすぐに引っこめる。コーヒーは、底に薄く張りついているだけだった。

「お代わりはいりませんか？　コーヒーぐらい奢りますよ」

「いや、出よう」

「俺はコーヒーはお預けですか」

「ここだと話しにくいんだ」唇を舐め、また目線を彷徨わせる。「人が多い」

「昼時ですから、外も人で一杯ですよ。尾行や監視が怖いなら、ここにいた方がいいんじゃないですか」店内を見渡す。私たちの右隣にはどこかの会社の制服を着た女性が二人、左隣にはＩＢＭのロゴ入りの紙袋を持ったサラリーマンが陣取っている。刑事だとしたらＩＢＭの方だろうが、たぶん違うだろう。

「コーヒー、買ってきますよ。何飲んでるんですか」

「エスプレッソ」

「同じものでいいですね」

「ああ」

彼にエスプレッソ、自分用にカプチーノを買って席に戻る。そろそろ何か腹に入れたい時間だったが、食事をするような雰囲気ではなかった。

コーヒーを置き、横山の向かいに座る。彼はまだ、放心したような様子で指先をテーブルに叩きつけていたが、私がカプチーノに口をつけた途端に突然頭を下げた。

「すまん、鳴沢」

噴き出しそうになり、慌ててカップを口から離す。まさに異常事態だ。横山は謝るような男ではない。いや、謝らねばならないような状況に自分を追いこむ男ではない。カップ越しに彼の顔を見やってから「何なんですか、いったい」と訊ねた。

「お前に黙っていたことがある」

「そう言えば、この前何か言いかけてましたよね」軽い口調で先を促す。「で、何でしょう」

「お前、堀本とは知り合いじゃないよな」

「ええ」にわかに背中が強張るのを感じる。沢登も同じような質問をした。

「全然知らないのか」

「今回の一件に関わる前は、名前も知りませんでした」

「そうか」横山がカップを引き寄せた。取っ手に指を通し、持ち上げようとしてふっと力を抜いた。「向こうはお前を知ってたみたいだ」

「え？」

「堀本は、遺体で見つかった時に、手の中にメモを握ってたんだ」状況を再現しようとするように拳を握り、ゆっくり開く。「そこにお前の名前と携帯の番号が書いてあった」

「そんなこと、聞いてませんよ」目の前に暗い穴がぽっかりと開く。「資料にも書いてなかった」

「そういうことは省略した書類を渡されたんだろう」

「だけど、どうして彼が俺のことを？」

「堀本は、K社の事件の時に本部で動いてたんだ」横山と一緒に捜査した悪徳商法事件である。「直接俺たちとは顔を合わせていないけどな。その時に、お前の評判をいろいろと聞いたらしい」

「どうせろくな評判じゃないでしょう」

「茶化すな」ようやく横山がカップを取り上げ、一口コーヒーを啜った。「俺の知り合いが、堀本からお前の電話番号を聞かれたそうだ。今日になってそれが分かってな。堀本が何を考えていたのかは分からんが、たぶん、あいつはお前のことを見こんでたんだろう」

「何ですか、それ」腕を組んだ。話が進むに連れ、混乱の度合いが深まる。

「あいつは、例の一件を内部告発しようとしていた。そのために信用できる相手が必要だったんだと思う」

「それが俺ですか」

「お前には色がついていない。途中から警視庁に入ってきた人間だから、言葉は悪いが一匹狼だ。すぐに暴走するのは否定できないが、筋は通す。内部告発をやり抜こうとしたら、絶対的な味方が必要になるんだろう——お前みたいな人間がな」

「堀本には仲間がいたんですよ。十日会っていう連中です」

「その連中を信じられなくなったから、内部告発しようとしたんじゃないか」

「あるいは、横流しの一件にも十日会全体が絡んでいるとか」

「ちゃんと調べてるわけじゃないからはっきりとは言えんが……」横山が天を仰ぎ、一瞬目をきつく閉じた。「否定はできないな」

「彼はどうして死んだんですか」

「そこだ」横山が煙草を取り出す。スターバックスは全店禁煙だ。それに気づいて渋い笑みを浮かべる。「やっぱり歩きながら話した方がよかったな」

「どうして死んだんですか」馬鹿みたいに繰り返すしかなかった。殺された可能性がある――一番最初に聞いた沢登の言葉を思い出す。「内部告発の動きを察知されて、それを揉み消すために……」

「直接手をかけた人間はいないと思う」横山が諦めたように溜息をつき、煙草をシャツのポケットに戻す。両肘をテーブルについて身を乗り出した。「そうするように追いこんだ、とかな」

「自殺教唆、ですか」

「それはそれで、もっと悪いことかもしれない」背中を椅子に預け、横山が腕を組む。

「まったく、信じられん連中だ。身内の不祥事を隠すために、一人の人間を犠牲にしたとしたら……」

横山の苛立ちは、私の腹の底で燻《くすぶ》っていた怒りに油を注いだ。それを抑えつけて質問をぶつける。

「横山さん、紫旗会って知ってますか」

「ああ」眉を寄せる。「それがどうした」

「今回の件、十日会と紫旗会の絡みじゃないんですかね」

「どういうことだ」

「まだ分かりません。でも、この二つのグループは対立してるんじゃないですか」

「らしいな。俺には縁のないことだから何とも言えんが、紫旗会っていうのは、官僚組織としての警察の象徴みたいなものだよ。官僚はすぐに派閥を作る。それも馬鹿みたいなことがきっかけで、だ。たまたまある部長の下にいた連中が、気が合ってずっとつるんでるとかな。その部長ってのがキャリアの人間で、野心があって、トップへ登るルートに乗っているとすれば、ただの仲良しグループじゃなくなる」

馬鹿らしい──馬鹿らしいが、そういう連中がいることは十分理解できた。ただ、私には関係のない世界だというだけである。

「こういうことか？　十日会は内部の不祥事を隠そうとする。紫旗会はそれを穿《ほ》り出して、十日会の弱みを握ろうとする。実際に事件化するかどうかに関係なく、相手を揺さぶる材料にできればそれでいいんだろう。だいたい、格好いい話じゃないんだから、事件そのものは握り潰してしまってもいいわけだ」

「冗談じゃない」カップを叩きつける。熱いコーヒーが手に飛んだ。嫌な想像が脳裏に浮かぶ。トイレで一緒になる二人の高級官僚。おたくの人間がえらいことをやったらしいじゃないか──ぶつかり合い、火花を散らす目線。

「わめくな」横山が釘を刺した。「連中は、真相に近づいたところでお前の手から事件を取り上げるつもりかもしれないぞ」

沢登の言葉は、まさにそういう意味だったのではないか。私が処理する、と。そのまま事件は闇の中に葬り去られ、一時的に紫旗会が優位に立つ。

「一課の沢登理事官は紫旗会のメンバーなんですか」

「それは分からない。名簿があるわけじゃないからな」ふと横山の声が穏やかになった。「だけど、お前なら何かできる——できると俺は信じている。この際、堀本の願いを果たしてやるべきじゃないか。あいつはクズだったかもしれないが、間違いに気づいたんだから。やり直そうとしてたんだろう」

「そんなこと、横山さんに言われなくても分かってます」

「こんなことを言ってから忠告するのは何だが、警察にいられなくなるかもしれない」

「関係ありませんね」立ち上がった。「俺はどこにいても俺ですから」

横山が一瞬、唇を歪めるように笑った。が、すぐに口元を引き締める。

「長いこと警察にいると、しがらみもできる。俺は十日会にも紫旗会にも関係ないけど、何かあったら失うものも大きいんだ。俺の立場は、何年もかけて築き上げたものだからな」搾り出すような苦渋の声だった。「何も背負ってなかったら、自分で動いていたかもしれない。まだはっきりしないところは多いが、十日会の連中は一線を越えてると思う。落とし前はつけなくちゃいけない。だけど……まあ、逃げ腰だと言われても仕方ない」

「いや」

責めることはできない。横山には家族がいる。防犯の保守本流として積み重ねてきたキャリアもある。だが、私が持っているのは誇りだけなのだ。優美や勇樹のことは……何とでもなる。何をしても、二人を食べさせていくぐらいはできるだろう。二人と暮らす、ということをはっきり意識したのは初めてだったかもしれない。こんなことがきっかけになるとは思ってもいなかったが。

「気にしないで下さい。横山さんと俺じゃ、背負ってるものが違う」

「俺もできるだけのことはする」横山の声に、やっと力強さが戻ってきた。

「だったら、俺が死んだら骨ぐらいは拾って下さい」

「いや、絶対にお前を死なせはしない。お前はどう思ってるか知らないが、鳴沢了という人間は一人じゃないんだぞ」

桜田門の方に去って行く横山の背中をしばらく見送った。官庁街とオフィス街から溢れ出た人たちで、街はざわついている。警視庁まで歩いて十分という場所だが、はるかに遠い。自分がそこで働くことは一度もないだろう、とぼんやりと思う。

今《こん》に電話を入れる。「もしもし」と言う彼の声はくぐもっていた。時計を見ると十二時二十分。差し迫った用件がない限り、彼が昼飯を抜くことはありえない。

「飯か」

「すいませんね。でも、鳴沢さんも横山さんに奢ってもらったんじゃないですか」

「飯を食いながらするような話じゃなかったよ」

「それは申し訳ない」彼の声が電話から遠ざかり、戻ってきた時には明瞭になっていた。「電話、分かりましたよ。〇三で始まる番号の一つは生活安全特捜隊のものですね」

「堀本のところか……あとは？」

「〇三のもう一つは大田区でしたね。個人の家ですけど。ここにかくまわれているかもしれませんよ。調べてみたら、捜査一課に同じ名前の刑事がいます」

「そこは、これから調べられるな。新潟はどうだった？」

「〇二五五は、妙高でした……それが、藤沼章太郎という名前なんですよ。文章の『章』にふつうの『太郎』ですね」

「藤沼って、元一課長と同じじゃないか。そっちは俺が調べてみよう」

「新谷さんに頼むんですか」今《こん》が笑いを嚙み殺すように言った。「いい人ですよね」

「扱い方を間違えなければな」

電話を切って周囲を見渡す。誰かの監視を気にするのが習慣になってしまった。こういう状況はいつまで続くのだろう。あるいは警視庁にいる限り、ずっと自分の背中を気にしなければならないかもしれない。

覚悟の上だ。

新谷から貰った名刺を取り出そうとして、彼の携帯電話の番号をまだ覚えているのに気づいた。新潟を出てから四年も経っているのに。

新谷は呼び出し音二回で出てきた。心なしか声が弾んでいる。

「おお、了。早速電話してくれたか」

「忙しいですよね」

「馬鹿言ってるんじゃないよ」新谷が豪快に笑い飛ばす。「こんなクソ田舎で忙しいわけないだろう。無駄話なら幾らでもつき合ってやるぞ」

「いや、そうじゃないんです」

「仕事か」新谷の声が緊張した。

「正式な仕事じゃありません。それなら、しかるべきルートを通しますよ。ちょっと調べてもらいたいことがあるだけです」

「いいぞ」

「妙高の、ある家を調べてもらいたいんです。どういう人が住んでいるのか知りたい」

「了解。住所は？」

告げると、新谷が快活な声で言った。

「ちょっと行って見てくればいいんだろう？　ちょろいもんさね」

「そういうことです。でも、新谷さんに直接動いてもらうのは難しいんじゃないですか。妙高じゃ、管轄も違うし」

「いや、それなら心配いらない。妙高には俺の子分が一人いるすけ。巡査時代に面倒をみてやった奴で、あっちで刑事になったばかりだから張り切ってる。警視庁からの話だって言ったら、すぐにすっ飛んでいくよ」

「別に、警視庁の方が偉いわけじゃありませんよ」

「ああ、分かってるって」新谷が面倒臭そうに言った。「今日中に何とかするよ。なに、ちょっと調べればすぐ分かるだろう」

「すいません。事情は……」

「ああ、分かってる。余計なことは言わなくていい。それより了よ、黙って動いてやるんだから、こっちの言うことも聞けよ」

「何ですか」とぼけたが、喉が渇く。高鳴る鼓動が胸郭を叩いた。

「分かってるだろう。オヤジさんに電話しろ」低い声で告げる。「約束しろよ」

「それとこれとは……」

「お前、俺に借りができるんだぞ。そういうのは、早いうちに返しておいた方がいいんじゃないか。いいな、絶対にオヤジさんに電話しろ。俺の面子《メンツ》を立てると思ってさ……じゃあな、今日中には電話できると思う」

「新谷さん——」

反論を封じこめるように、新谷は電話を切ってしまった。私は電話を見下ろして首を振った。なぜこうも厄介なことばかりが降りかかってくるのか。

2

高速の二号線を下りて第二京浜をしばらく走り、環七に入ってすぐに左に折れる。目指す家はすぐに見つかったが、一見したところでは変わった様子はない。かなり古くなった家を丁寧に使っている感じで、木製の壁には塗り替えられた形跡がある。以前どんな色をしていたかは分からないが、現在は白が混じった薄い緑色で、湘南辺りに置いたら似合いそうだった。狭い住宅地の道路を五十メートルほど行き過ぎたところで車を停める。

「普通の民家ですね」今《こん》がバックミラーを覗きながら言った。「ちょっと見てきます」

今が車を降り、左右をちらりと見渡してから足早に道路を渡る。私はシートに背中を預け、目を閉じたまま彼が戻ってくるのを待った。様々なことどもが、頭の中に入りこんでは去っていく。堀本の妻の奇妙な怯え。傲慢な福江の態度。優美を見守る冴。ベッドの上で死にかけている父――たった一人で死にかけている父。頭を振って、こんがらがり始めた思いを追い出した時、今が戻ってきて運転席にどっかりと座った。

「三人家族ですね。どうしましょう」

「待つか」

「そうですね。念のためです」

言うなり、今がバッグからチョコレートバーを取り出した。袋のまま口に咥えると車を出し、狭い道で二度切り返してUターンしてから、問題の家が正面に見える位置に停め直してエンジンを切る。同時に袋を破り、がりがりと音を立ててチョコレートバーを噛み砕き始めた。それを横目で見ながら、家を視界に入れる。

「君のオヤジさんは元気なんだよな」

「ええ」

「家族は？」

「両親と弟が一人。弟は静岡で銀行に勤めてます」

「兄弟揃って堅い仕事だな」

「そうですね……何ですか、急に」怪訝《けげん》そうに言って、今がチョコレートバーの最後のひとかけらを口に押しこんだ。「鳴沢さん、そういう話はしない人かと思ってました」

「ああ、ふだんはしない」

「ということは、普通の状況じゃないんですか」

「オヤジが死にそうなんだそうだ」腹の上に組み合わせた手を置く。自分の声が頭の中を通り過ぎた。「癌《がん》らしい」

「大変じゃないですか」前を向いたまま、今が眉をぴくりと動かす。だが、太く低い声は落ち着いたままだった。「いいんですか、仕事なんかしてて」

「誰だっていつかは死ぬ。珍しいことじゃない」

「それはそうですけど、どんな人の死だって特別なんですよ」

「だったら戦争はどうなる。百人、千人単位で人が死んでる時に、特別な死に方なんて言ってられないだろう」

「後に残された人にはそれぞれの事情があるでしょう。人は、一人では死ねないものですからね。あらゆる死が特別なんです」

「ああ」拳を口に持っていき、人差し指の第二関節を嚙んだ。

「他人事みたいに言ってるけど、お見舞いに行かなくていいんですか」

「行かない」

「家族の励ましは何よりの治療になるものですよ」

「そうじゃない時もある」

「詳しく話したいですか？」

「いや」唇を嚙み、手を腹の上に戻す。「自分から言い出しておいて悪いけど、その気はない。君が、人の話を聞くのが上手いのは知ってるけどね」

「恐れ入ります」

それきり今《こん》は沈黙した。人の話を聞くのも上手いが、黙るタイミングも心得ている男だ。こういう人間を寺などに閉じこめてしまうのは惜しい。人を救うのが天性の仕事だと信じているなら、刑事として救って欲しいと心から願った。

何もないまま二時間が過ぎた。分厚い雲の合い間から覗く空は、薄い茜色に染まり始めている。

「おっと、あの家の子かな」今が身を乗り出す。十歳ぐらいの男の子が、開いたままのランドセルの蓋をぱたぱたさせながら玄関に駆け寄り、自分で鍵を開けて家に入った。二分ほどすると、有名な進学塾の名前入りのバッグを背負って飛び出してくる。鍵をかけてドアを二度引っ張ってから、自転車を引き出した。体格には合わないサイズのMTBで、走り出すまでは危なっかしかったが、一度スピードに乗ると、尻を浮かせて必死で漕いで行く。その五分後、一台のミニバンが戻ってきて車庫に入った。両手に買い物袋をぶら下げた女性が、腰で車のドアを閉める。苦労して家の鍵を開けると、中に消えていった。

「少し荷物が多い気がしませんか」ハンドルを抱きかかえるようにして今が言った。

「家族プラスもう一人分とか」

「考え過ぎだ」

「失礼しました」

再び沈黙。一時間。外は完全に暗くなった。今がもぞもぞと尻を動かし始める。そろそろ何か食べさせてやらないと、また我を失うかもしれない。自分が動物園の飼育係になったような気がしてきた。

「どこかで夕飯を仕入れるか」

「コンビニ飯ですかね。仕方ないけど」

「確か、環七まで戻ればセブンイレブンがあったはずだ」

「覚えてますよ」今がぱちんと指を鳴らしてさっそくドアを開ける。「何かリクエストは？」

「普通の弁当でいい」腰をずらして財布を抜き取り、千円札を一枚渡した。「予算の範囲内で」

「了解しました」

今が出て行った後、ドアを開けて車を出た。コートを着ていないので身震いし、慌てて車に戻る。座った途端に電話が鳴り出した。

「すまん、遅くなったな」新谷だった。

「いえ、とんでもない」

「今、平気か」

「張り込み中で、動きはありません」

「よし。例の家な、一軒家だけど、誰かが住んでる様子はないみたいだぞ」

いから」

「そういうわけじゃないんだが……上手く説明できないな。俺も自分で見たわけじゃな
「廃屋ですか」

「教えて下さい」手帳を広げ、ボールペンを構える。こういう時、小さくなり過ぎた携帯電話を恨めしく思う。肩に挟んでメモが取れないのだ。首の筋が伸び切るまで曲げて「どうぞ」と言った。

「家の主は、藤沼章太郎。何でも、もと警察の人間らしいよ。近所の人に聞き込みして分かったんだ」

「何ですって?」

私の声は引き攣っていたに違いない。新谷が訝《いぶか》しげに訊ねる。

「どうかしたか」

「いいえ。新谷さん、面倒かけがてら、もう一つお願いしていいですか」

「いいよ。どうせ俺が動くわけじゃないし。お願いした刑事は張り切ってたぜ。もしかしたら、おめさんのファンかもしれん」

首を振って新谷の軽口を無視した。

「家の登記が欲しいんです。正式な持ち主が誰なのか知りたい」

「いいよ。だけどこの時間だ、明日になっちまうぜ」

「かまいません。でも――」

「できるだけ早く、だろう？　それぐらい分かってるって」

電話を切ってから目をこすった。手帳に書きつけた「藤沼章太郎」の文字がページから浮き上がっている。藤沼。何かを企むように福江たちを自宅へ集めた元捜査一課長と同じ苗字だ。そして、元警察官僚。さほど珍しい苗字ではないだろうが、やはり偶然の一致で片づけることはできなかった。


黙々と弁当を片づけながら、今《こん》の目は家に釘づけになっていた。今日はデザートはなし。少しはダイエットを考えているのか、それとも夜中にまた何か食べるつもりなのか。私は、飴色のウィングチップについた曇りが妙に気になっていた。ろくに靴をすり減らしてもいないのに汚れると、無性に頭にくる。

九時過ぎ、子どもが帰って来る。九時半に、家の主が疲れきった様子でドアを開けた。

「帰ってきましたね。突っこみますか」

「そうもいかんだろう」

「見てるだけじゃどうにもならないですよ。この家、昼間は誰もいないみたいだから、明日忍びこんでみますか」

「まさか……それより、藤沼の方が気になるんだけど」

今《こん》は、何となく聞いたことがある、と言った。元一課長の父親がキャリアの警察官僚。ありえない話ではない。もっとも、父親から見れば息子は出来損ないかもしれない。警視庁の捜査一課長は、着任すれば必ず新聞に写真つきで紹介される伝統のポストだが、あくまでノンキャリアの警察官がたどり着く最高位、というポジションである。

「ちょっと聞いてみよう」横山にかけようと電話を取り出した瞬間に鳴り出した。

「鳴沢？ ついさっき、妙な連中がこの辺をうろついてたわよ」冴だった。

「見つけたのか？」背筋にびりびりと電流が走る。

「向こうも私に気づいて、慌てて逃げて行ったわ。こっちに帰ってきた方がいいんじゃない？」

「ああ」どうするか。このままここで張りついていても、戸田が姿を現すとは思えない。

「分かった、すぐに行く」

「すぐって、どこにいるのよ」

「馬込《まごめ》、かな。三十分で行く」

頼む、と言わないうちから今が覆面パトカーを発進させた。電話を持ち替え、落ち着けと自分に言い聞かせる。どんなに焦っても時間は短縮できないし、十日会の連中も無茶なことはしないだろう、と。

「小野寺、藤沼さんは知ってるよな」

「元一課長？」

「ああ。その父親は？」

「警察庁の刑事局長までやった人よ。有名な人だけど、鳴沢は知らないの？」

「偉い人には興味がないからね」

「将来は警視総監か警察庁長官が確実だって言われたらしいけど、結局警察庁の刑事局長止まりだったみたいね」

「何があったんだろう」

「さあ、古い話だし。でも、何かあったんでしょうね。あのレベルになると足の引っ張り合いも凄いだろうし、ちょっとしたマイナスポイントが大きな痛手になるはずよね。何か気になることでもあるの？」

「そっちへ着いてから話す。無茶するなよ。何かあったらすぐに警察へ電話してくれ」

頼むから、という言葉を辛うじて呑みこんだ。冴が鼻を鳴らす。

「少し可愛がってやるぐらいは駄目？」

「君の可愛がるは、逆の意味だからな」

冴が声を上げて笑い、電話を切った。膝の上で携帯電話を握り締めたまま、額に手を当てる。

「大丈夫ですよ、鳴沢さん」前屈みになって運転しながら、今《こん》が励ますように言った。

「連中だって手荒なことはできないはずだ」

「早目に決着をつけよう。明日、新潟へ行かないか」

「いいですよ。でも、覆面パトはやめた方がいいでしょうね」

「俺が使える車はミニだぞ」優美の車。しかもＢＭＷが買収する前のオリジナルのミニだ。あの車で、今が二百キロ、三百キロのドライブに耐えられるとは思えない。

「私が車を出しますよ。パジェロですから、いざとなったら中に泊まりこめるし」

「六時に出れば、九時前にはつけるな」

「でも、あの家の持ち主について、もう少し調べてからの方がいいんじゃないでしょうか。向こうの調査の結果を待っても……」

「半日遅れる」私は首を振った。「無駄になっても構わない」

「無駄になったら、その分捜査が遅れるんですよ」

「それでも、何もしないよりはましだ」

今が黙りこむ。様々な可能性を吟味しているのだろう。まだ進むべき方向が見えているわけではない。それなら、少しでも可能性があるところを押すべきだ。悔しいのは、十日会の連中の方がうまく立ち回っていることだ。優美の家の周りをうろつくだけで、私の動きを中断させているのだから。いつまでもこんなことをさせておくわけにはいかないが、連中を阻止する有効な方法がない以上、本来の捜査を進めて出口を目指すのが、結局は一番の近道なのだ。

車が環七に出ると、今がアクセルを踏みこんだ。麻布までかかる時間を一分でも短縮することで、事件の真相に近づけるとでもいうように。

冴は自分のインプレッサを、優美の家が見える路地に堂々と停めていた。少しでも近くにいるためだろうし、存在を誇示することで相手を寄せつけないようにしているのだろう。後ろから近づき、ドアをノックすると窓が下がった。冴が前を向いたままつぶやく。

「まだその辺にいるかも」

「どこに」

「向こうの公園。何度か、変な連中が出入りしてたわ」

「知ってる顔は？」

冴が肩をすくめる。どうするか……多少面倒なことになっても、連中には思い知らせておいた方がいい。よし、挟み撃ちだ。

「車を出してくれ。君がいなくなったと思ったら、連中も油断して出てくるかもしれない」

「了解。五分後に戻ればいい？」

私は時計の秒針を睨んだ。「七分後」と告げると冴がうなずき、彼女にしてはゆっくりと車を出した。公園の先の交差点を曲がる時にブレーキランプが赤く瞬いて暗闇を照らし出す。車に戻り、今《こん》に作戦を説明した。

「俺は裏から回る。君は公園の正面で網を張ってくれ」

「了解」

車の屋根を一度叩き、優美の家から三軒離れたマンションの脇の路地に駆けこむ。全力で走って公園を目指した。足を停め、呼吸を整える。すっかり葉を落としたイチョウが夜よりも暗い影を地面に落とし、風が枝を揺らしていく。公衆トイレの灯りがぼんやりと闇に浮かび、砂場を照らし出していた。静かだ。この辺りは麻布十番の商店街からも離れた住宅地で、真夜中近いこの時間になると人通りは少なくなる。アスファルトに落ちた砂粒を自分の靴が踏む音さえはっきりと聞こえた。身を屈めて公園に走りこみ、イチョウの木の陰に身を隠す。顔だけを突き出して公園の中を見回した。人気《ひとけ》は――ある。トイレの陰で誰かが動くのが見えた。小滝か？　いや、ほとんど黒い影しか見えなかったが、あの背格好は福江だろう。

木から木へ移り、トイレに近づいた。五メートルまで近づいたところで、一気にダッシュする。足音に気づいたのか、トイレの陰にいた男が慌てて走り出した。やはり福江だ。年の割にすばしこく、追いつけそうでなかなか追いつけない。公園を斜めに横切る格好になったが、出口近くでようやく追いついた。コートの首のところを捕まえ、体重をかけて思い切り引っ張る。バランスを崩した福江がよろけたところで、今がどこからともなく姿を現し、相手をガードするバスケットボールの選手のように中腰になって、両手を大きく広げた。

もう逃げ場はない――そう思った瞬間、後ろから誰かに腕を摑まれる。上半身が捩れたと思うと、足払いをかけられ、私は顔から地面に突っこんだ。反射的に両手を突き出して顔を庇ったが、頰を思い切り擦りむき、膝をしたたかに打った。福江が身を翻し、倒れた私の背中を飛び越して逃げ出す。

「鳴沢さん！」今の叫びが闇を裂いた。

「追え！」

今《こん》も私を飛び越えていく。痛む膝を庇いながら立ち上がり、足を引きずりながら後を追ったが、今はすでにだいぶ引き離されていた。仕方ない。あの体型だ、瞬発力はあるかもしれないが、五メートル以上の競走になったら小学生にも勝てないだろう。追跡に参加しようとして、予想外の膝の痛みに体がぐらつく。足を引きずりながら、あっという間に小さくなる今の背中を追ったが、ほどなく車がタイヤを鳴らして急発進する音が聞こえてきた。今が肩を大きく上下させながら戻ってくる。

「すいません、逃げられました」土下座しそうな勢いで頭を下げる。

「追いかけっこでは君に期待してないよ」服の埃を払い、自分の体を改めた。強打した膝の痛みは薄らいでいたが、頬が焼けたように痛む。

「ふざけた奴らですね」

「分かってることをわざわざ言うな」

「失礼……あれ？　こいつは福江の落とし物じゃないですか」今が身を屈め、携帯電話を拾い上げる。

「発信記録を見てくれないか」

「はい」今が太い指でキーを操作した。公園の中は辛うじて表情が分かる程度の明るさなのだが、その顔に笑みが浮かぶのははっきりと見えた。「おやおや、妙高の番号ですよ。例の家ですね。今日の二十時十五分にかけてます」

「着信は?」

「おお」今の笑みがさらに広がった。「あります。妙高の家から今日だけで三回……戸田の携帯の番号もありますよ」

当たりだ。痛みも忘れ、私は体をしゃんと伸ばした。

「戸田からの電話はいつだ?」

「最後は四日前ですね」

「その後はずっと、妙高の家に隠れてるんじゃないかな」

「ええ。少なくともこれで、数パーセントだった可能性が数十パーセントにはなったんじゃないですか」

「だったら、十分妙高に行く理由になる」

今が口を大きく開いて笑った。闇の中、人工的に白い歯が輝いた。

冴には少し詳しく事情を話した。妙高にある藤沼の家に行くと告げ、警戒を続けるように頼むと二つ返事で了解してくれたが、何か考えこんでいる様子だった。

「そこで戸田が捕まると思う？」

「その可能性はある」

「捕まえたら、確かめて欲しいことがあるんだけど」

「君が？　どうして」

いじけたように唇を噛み、冴がハンドルを握ったままうつむく。ややあって顔を上げると、弱々しく首を振りながら「やっぱりいいわ」とつぶやくように言った。どうにも彼女らしくない。

「遠慮しなくてもいいんだぜ」

「聞けるなら、自分で聞きたいから……でも、それは無理ね」

話を打ち切り、冴は去って行った。歯切れが悪い。二年会わないうちに彼女が変わってしまったのか、それとも単に私には話せないことなのか。

私はすぐにでも出ようと主張したが、今《こん》は明朝の出発を言い張った。車に寄りかかって腕組みをし、先ほどの光るような笑顔を引っこめて渋い顔をしている。

「これから出れば、道路も空いてるから朝までには着ける。のんびりしてると、福江たちが先回りするかもしれないぞ」

「それならそれで仕方ないですよ。行けば何がしか手がかりはつかめるだろうから、無駄足にはならない。それより鳴沢さん、少し休んだ方がいいですよ。怪我してるんだし」

「もう、回りくどいことをやってる場合じゃないんだ」私は覆面パトカーの屋根を拳で叩いた。

「それは分かりますけどね」今が優美の家を見やる。「どこか、しばらく隠れるような場所はないんですか」

ある。優美がボランティアをしているＮＰＯの「青山家庭相談センター」だ。家庭内暴力に苦しむ女性たちの駆けこみ寺であり、マンションの一室を開放している。あそこなら、優美と勇樹が身を寄せるぐらい何でもないはずだ。それに、一軒家よりもマンションの方が何かと安全だろう。勇樹の登下校は……気がかりだが、優美に任せるしかない。

「一か所ある。そこなら小野寺の監視がなくても心配はない」

「だったら、そこに行ってもらいましょう。いつまでも小野寺を使うわけにはいきませんよ。とにかく、今夜は休んで下さい。明日の朝、うちまで来てもらえますか」

「分かった。できるだけ早く行く」

「早起きして待ってますよ」今が腕時計を見下ろした。「今日は解散しましょう。電車がなくなる」

「駅まで送るよ。車を署に返さないといけないし」

「お願いします」

駅へ向かう車の中で会話はほとんどなかった。あらゆる可能性を吟味しなければならず、話している余裕はなかった。互いに確認しながら話すことで何かが転がりだす場合もあるが、そういう気分でもなかった。

妙高にある藤沼の父親の家。戸田の隠れ家としては悪くない。金もかからないし、関係者しか知らない場所であるはずだ。そこで戸田を押さえられれば、一気に全てを解決できる。

今と別れ、車を署に返すと、もう歩けないほど疲れているのをはっきりと自覚した。タクシーを拾って優美の家を目指す。熱い風呂、優美の手当て、短いが深い睡眠。今夜はそれでおしまいだ——そう思っていたのに、ささやかな願いは叶《かな》えられなかった。足音を立てずに優美の寝室まで忍んでいこうとして、「お待ちなさい」というタカの声に足が凍りつく。クソ、退院していたのか。

「もういいんですか」

「お座りなさい」

　私の質問には答えず、タカがぴしりと命じる。半分が赤く擦りむけた私の顔を見た時には一瞬目をひくつかせたが、正座はまったく崩れなかった。膝の悲鳴を宥《なだ》めながら正座し、正面から向かい合う。彼女の脇になぎなたが置いてあるのが見えた。なぎなた？

「そのなぎなたは――」

「私にはこの家を守る義務があります」

「無茶ですよ。ちゃんと手は打ってありますから、心配しないで下さい」

「自分の安全を他人任せにすることはできないんです。それより、あなた」タカが筋張った手で座卓を叩いた。「すぐに新潟へお帰りなさい。お父様がご病気だそうじゃないですか」

　いつもなら、タカに厳しいことを言われると、適当に相槌を打つか誤魔化してしまう。だが、この問題をそんな風に解決するわけにはいかなかった。

「行くか行かないかは私の問題です」

「肉親のことなんですよ。お一人で大変なはずです」

「肉親のことだから、自分で決めます」

　タカがふう、と溜息をついた。

「気づいた時には手遅れというのはよくあることなんですよ」

「何に気づくんですか」

「自分にとって大事なこと、です」

「そんなことは分かってます」

「分かってませんよ、あなたは。分かってないから悩むんでしょう。優美のこともそうです。こうやって泊まりにくるのも、私はいいことだとは思いません」

「だったら帰ります」

タカが細い目を一層細くしたが、わずかに声の棘を丸くする。

「怪我してるんですね」

「大したことはありません」指先で頬に触れた。ほとんど乾いていたが、びりびりと痺れるように痛む。ラグビーをやっていた頃は、よく太腿《ふともも》にこういう大きな擦り傷を作っては、「ステーキ」と呼んで自虐的に大きさを競い合ったものだが、それも十年以上も前の話である。私は三十歳を越え、得体の知れない事件を追いかけ、タカに説教されている。時は流れた。

「優美に手当てしてもらいなさい」

「いや、帰ります」

「つまらない意地を張るのはおよしなさい」座卓に手を置いて立ち上がりかけてよろけ、

タカが顔をしかめる。

「大丈夫なんですか」

「あなたに心配してもらう必要はありません」

冷たく決めつけ、ひょこひょこと足を引きずりながら寝室に去っていく。取り残された私は足を伸ばし、寝転がって天井を見上げた。広い家なので暖房の効きが悪く、ひんやりした風が傷ついた頬を撫でていく。そう言えば、初めてこの家に泊まった時、優美と夜中まで話しこんだ末に、この部屋で寝てしまったのを思い出した。朝、タカに起こされた時に感じた気まずさは、私の人生で最大のものだった。

「大丈夫？」優美だ。首だけ起こして見ると、薬箱を両手でぶら下げて立っている。パジャマの上にＵＳＣ――彼女の母校の南カリフォルニア大学だ――のロゴがついたトレーナーを着ていたが、そういう格好をしていると十代にしか見えない。

「何とかね」起き上がろうとしたが、体に力が入らない。

「寝てていいわよ。その方が治療しやすいし」

私の傍らに跪き、優美が薬箱をあけた。しょっちゅう怪我して帰ってくる勇樹のために、外傷の治療薬は豊富だ。泡のような消毒薬をかけられ、巨大な絆創膏を貼られる。

「これじゃ、風呂に入れないな」

「シャワーだけ浴びてきなさいよ。出てきたら、もう一度消毒してあげるから。お腹は減ってない？」

「減ってる。でも食べない」

強張った優美の表情がわずかに緩んだ。

「明日は朝一番で新潟に行く」

「じゃあ——」彼女の顔に安堵の表情が浮かんだが、私はそれをすぐに打ち消した。

「違う。仕事だ。それより、何でタカさんに話したんだよ」

「私が言っても聞かないから」いじいじと、優美が畳に指を押しつけた。

「誰が言っても同じだよ」肘をついて体を起こし、膝を伸ばしたままの姿勢で優美の目を見詰める。「このところ過去が襲ってくるんだ。昔の知り合いに何人も会ったりして」

新谷とか。長瀬とか。あるいは冴とか。

「お父様とか」

「そういうこと」

「ねえ、了。誰だって、過去を無視して生きていくことはできないのよ」

「君もそうなのか」

優美の顔が強張る。早過ぎた結婚。噴出した夫の暴力的な性癖。離婚。アメリカにいる中国系アメリカ人の元夫は、兄の七海の説明によれば、ロスで男娼をするまでに身をやつしている。優美はそこまでは知らないはずで、何年経っても、自分に暴力を振るった元夫を赦してはいない。まさに、過去を無視できていないのだ。

「それは反則よ」

「すまない」素直に頭を下げた。こんな気持ちで、彼女以外の誰かに頭を下げたことがあったか、思い出そうとしたが無理だった。

「いいわよ。甘やかし過ぎかもしれないけど」優美が私の髪をくしゃくしゃにした。勇樹に対してよくそうするように。

明日の朝からセンターの方に行って欲しいと持ち出すと、優美は特に反論しなかった。あそこは、彼女にとって第二の家のようなものなのだ。畳の上に置きっぱなしにしてあるなぎなたに目をやり、溜息をもらす。

「おばあちゃまには困るわ」

「なぎなたなんて、どこに置いてあったんだ」

「おばあちゃまの寝室。あれぐらいの年だと、女学生の頃になぎなたをやってた人も多かったらしいんだけど」

「センターに行くように、タカさんを説得できるかな」

「大丈夫。そっちは任せておいて」ふっと顔を和ませ、優美が私の肩に手をかけた。

「ちょっと怖いし、それはあなたの責任でもあるけど、こういうのって悪くないわね」

「こういうのって?」

「家族同士で思いやること」

返事はしなかった。もう一人の家族は新潟で死にかけている。そして私は、まったく思いやっていない。

3

翌朝午前七時、今《こん》のパジェロは関越道を北へひた走っていた。かなり以前のモデルらしく、巨大なレンガにタイヤをくっつけたような代物である。あちこちにガタが来ており、路面からの突き上げがひどい。ちらりとメーターを覗いて走行距離を確認すると、七万キロを越えていた。私の目線に気づいたのか、今が照れたように頭をかく。

「休みが取れると一人で長旅に出かけるもんで、距離は伸びるんですよ。もっとも、買った時に中古で、もう三万キロになってましたけどね」

優美が思い切り早起きして作ってくれたサンドウィッチを差し出す。今が感嘆の溜息を漏らしてすぐにかぶりついた。卵がぼろぼろと零れて膝に落ちる。

「やっぱり、朝飯を作ってくれる人がいるのはいいですよね。私も結婚しようかな」

「俺はまだ結婚してないぜ」

「でも、同じようなものでしょう」

「全然違う」

「失礼しました」

川越《かわごえ》を過ぎると交通量が少なくなり、視界が広がる。今は百キロを保ったまま、淡々とパジェロを走らせた。練馬を出てから藤岡《ふじおか》ジャンクションまで五十分。上信越道に入ってから四十分で長野県境を越えた。休憩しなくていいかと確認したが、今は首を振った。

「片道三時間ぐらいでしょう？　もう半分来てるんだから、大丈夫ですよ」

「運転、代わろうか？　あまり寝てないんだろう」

「それはお互いさまです」

長野県の東北部を切り取るようなルートで北上し、九時過ぎには妙高の山々が見えてきた。まだ白くなってはいないが、雪を予感させる分厚い雲が山頂付近を覆っている。今が窓を巻き降ろし、湿った冷たい空気を車内に導き入れた。それで一気に体も気持ちもしゃきっとする。

「鳴沢さん、この辺は詳しいんですか」

「いや」

「新潟の生まれなのに？」

「新潟は広いんだよ。妙高は、小学生の頃にスキースクールに参加したのと、刑事になってから一度、強盗事件の裏取りで来たぐらいだね。基本的にはほとんど何も知らない」

「ま、何とかなるでしょう」

インターチェンジを降りて、国道一八号線に乗る。二キロほど北に走ってガソリンスタンドを見つけると、今が迷わずパジェロを乗り入れた。「いい車なんですけど、燃費が最悪なんですよ」とぼやきながら。確かに、燃料計の針はゼロ近くを指している。

給油している間に市内の地図を買い、問題の家の住所を店員に確認する。池《いけ》の平《たいら》の辺りだった。ということは一般の民家ではなく、別荘かもしれない。あの辺りは、温泉やスキー場が集中している場所だ。藤沼の名前を出そうかとも思ったが、ちょっと考えてすぐにやめにした。地元では名士で通っている可能性もある。怪しいよそ者が訪ねてきたら、この場ではにこやかに応対してくれているガソリンスタンドの店員も、私たちがいなくなった後で即座に連絡を入れるかもしれない。

　地図を見ながら、今の道案内をする。

「目標はイモリ池だな」

「イモリ池？」

「聞いたことがある。イモリがたくさんいるからイモリ池」

「本当ですか？」一瞬、パジェロが尻を振った。見ると、今《こん》の顔は死体のように蒼褪《あおざ》めている。「苦手なんですよ、両生類は。勘弁して欲しいな」

「別にイモリ池に用事があるわけじゃない。その近くっていうだけだ」

「それならいいですけど」

　イモリ池にたどり着くと、ビジターセンターを通り過ぎてさらに山深く分け入る。冬の訪れを前に、背筋が伸びるほどの青空が広がり、右手に妙高山がくっきり見えていた。ほとんど長野県境まで戻った時、森の緑の中で赤茶けた屋根が浮き上がった一軒の家を見つける。通り過ぎる瞬間にイメージを頭に叩きこんだ。積もった雪が滑り落ちやすいように、屋根は裏の森の方に向かって急傾斜になっている。窓はどれも小さい。家そのものは二メートルほども高さがあるコンクリートの土台に載った格好で、玄関にたどり着くには階段を上がっていかなければならない。雪が積もっても出入り口を確保するための雪国の工夫だ。もっとも、土台部分にある車庫から車の出し入れをするために、雪かきは一日たりとも休めないのだが。

五十メートルほど行き過ぎてから、今が車を路肩に寄せた。窓を開け、首を突き出して振り返る。開いた窓から、清冽な山の空気と、かつかつと釘を打つような音が聞こえてきた。キツツキだろうか。

「ここで動くと目立ちますね」

「確かに」

「あの家、何なんでしょう」

「それこそ別荘とか」

「さすが、高級官僚になると別荘も持てるわけだ」

「皮肉を言ってる暇があったら、何か手を考えろよ」

「了解……」太い首を回して周囲の状況を観察する。「裏から回ってみましょうか。連中も、裏山までは警戒してないでしょう」

「それも手だな」

言いながら今の格好をちらりと見た。きちんとしたスーツ姿である。私は、こんなこともあろうかと、分厚いアランセーター、油を染みこませた防水布のジャケット、ジーンズにトレッキングブーツで武装してきた。

「君はここで待機していてくれ。まず俺が行ってみる。とりあえず偵察だけだから、すぐ戻ってくるよ」

「了解」

今がゆっくりと車を進めた。緩いカーブを曲がって家が見えなくなったところでUターンし、車のエンジンを切る。私はドアを押し開け、道路に降り立った。舗装こそされているものの、新潟でよく見る消雪パイプも通っていない。冬場の除雪は一苦労だろう。

森に分け入り、木の幹を手がかりに斜面をずっと上まで登って、やや平坦になっている場所を見つける。呼吸を整えて、文句を言い出した脹脛《ふくらはぎ》を宥めながら、身を屈めるようにして早足で歩き出す。足元で、乾いた落ち葉がサクサクと音を立てた。空は覗けるのだが、ほとんど陽も射さず、かすかに汗をかいた体に寒さが沁みこむ。濃厚な土と木の香りが鼻孔を刺激した。五分ほどかかって、藤沼の家の裏手に出る。こちら側に向かって斜めに落ちこむ屋根が、視界のほとんどを占めていた。少し動き回って、何とか二階部分の窓が見える場所を探し当てる。

家の中で灯りが点いている。

携帯を取り出し、電波の状況を確認した。何とか通じる。来た道を引き返し、家が見えなくなった位置から今《こん》に電話をかけた。

「誰かいるぞ」

「当たり、ですか?」

「灯りが点いてるんだ。だけど、しばらく監視してみないと分からないな。家の中の様子ははっきり見えないから、照明を消し忘れただけかもしれない」

「どうしますか」

「一度そっちへ降りる。新谷さんとも連絡を取りたいから」

「お待ちしてます」

電話を切り、降りる前に先ほど家を観察したポイントまで引き返した。灯りの点いた窓をじっと見やる。戸田、そこにいるのか。どうして隠れている。その理由を聴くチャンスを摑みたい。問題は、それからどうするかだ。沢登に引き渡せば、私たちの仕事は終わる——組織に属する者としての仕事は。

だが、それで終わってはいけない。事実と真実はしばしば異なるものだからだ。

新谷の携帯は留守番電話になっていた。メッセージを残し、時間を置いてかけ直すことにする。今は街へ買い出しにでかけ、私はその場に残った。先ほど曲がったカーブの先に出て、藤沼の家が見える場所で木立に体を隠す。じっと立って時間をやり過ごしているうちに、時の流れが次第に緩やかになっていく。雲はさらに分厚くなった。気温も上がらず、首筋を撫でる風の冷たさが次第に不快になってくる。時折雲の隙間から覗く青空もすぐに雲に隠されてしまい、嫌でも冬の足音を間近に感じた。

メッセージを残してから二十分後、新谷から折り返し電話があった。藤沼の父親の家を睨みつけたまま、声を潜める。

「すいません、お忙しいところ」

「こっちこそすまん。会議中でな」

「いいんですか」

「ああ。それよりおめさん、今どこにいるんだ」

「新潟県内」

新谷がはっと息を吞む様子が伝わった。

「妙高か」

「新潟県内、です。それ以上はノーコメントということにしてくれませんか」

「地元の署に仁義を切っておかなくていいのかよ」

「正式の捜査じゃありませんから」逸脱、という言葉が頭に浮かぶ。これから先何があっても、始末書程度では済まない気がしたが、不思議と焦りや怒りはない。私は一度辞表を出した人間だから。二度目はもっと簡単だろう。それに、警察を辞めても刑事でいることはできるはずだ――牙のように。

「そこの家な、主の藤沼さんのことだけど……」

「元警察庁刑事局長、ですね」

「そうだよ」新谷が怖い顔をするのが目に浮かぶ。「おい、おめさん、そんなところで一体何をやってるんだ」

「すいませんが、言えません」

「しょうがねえ野郎だな」新谷が盛大に溜息をつく。それで覚悟を決めたようだった。

「別荘って言っても、ちょっと前まではそこに住んでたみたいだぜ。藤沼さんって人は、元々新井《あらい》の生まれでな。そこには、引退してから引っ越してきたみたいだ。しかし、ずいぶん偉い人のことを調べてるんだな。戦前の内務省時代から警察に関わってきた人だぜ。おめさんに関係があるとは思えんね」

「ちょっと待って下さい。戦前からって、いったい何歳になるんですか」

「九十五。計算は合うだろう？　終戦の時は三十五歳だ」

「今もそこに住んでるんですか」

「一年ほど前から体を壊して、上越の病院に入院してるそうだ。年が年だからな、あちこちガタも来るだろう。だけど公共料金の契約は解除していないから、いつかは我が家に戻るつもりでいるんじゃないか」

「なるほど、そういうことか」

「何だ、そういうことって」

「いや、独り言です」使われていない家。誰かが身を寄せるには最適である。実際、あの家には誰かいるのだ。「すいません、お手数おかけしまして」

「派手にどんぱちやるつもりなら、喜んで手を貸すぜ」

「いや、新谷さんはこれ以上関わらないで下さい」

「何だよ、それ」

「新谷さんには、新潟のワルの面倒を見る仕事があるでしょう」

「おい、何考えてるんだ」新谷の声に焦りが混じる。全て話してしまいたいという気持ちを辛うじて呑みこんだ。実際、すでに危ない状況なのだ。ちょっと調べれば、私が新谷と接触していたことぐらい、すぐに分かってしまうだろう。

「あくまでこっちの事件ですから」

「そうかよ」新谷が深く溜息をついた。「おめさんと言い合いをするのは時間の無駄だな。それより、伝言があるんだが」

「伝言？」

「オヤジさんからだ。実は、見舞いに行ってきてな。おめさんに会ったことを話した。その時に十日会の話もしたんだけど――」

「余計なことしないで下さい」

「いいから聞け。オヤジさんは、十日会のことを何か知ってるようだったぜ。詳しくは話してくれなかったけどね。いいか、伝言はな、『どんな手を使ってもいいから徹底的にやれ』だ。俺には何のことかさっぱり分からんのだが、おめさん、分かるか？」

「いや」

「オヤジさん、すっかり弱気になってる。あのオヤジさんが、だぞ？　会いに行ってやれよ。いいな？」

なおも追いかけてくる新谷の声を無視して電話を切る。父が十日会のことを知っている？　ありえない話ではない。何度か警察庁に出向しているから、警視庁をはじめとして全国の警察官とのパイプも持っているはずだ。しかし、「どんな手を使ってもいいから徹底的にやれ」とはどういう意味なのだろう。父も十日会の不正を知っていて、潰すべき忌まわしい存在だとでも思っているのだろうか。

大きく溜息をついて、天を仰いだ。雲はますます低く、黒くなり、妙高山は完全にその背後に隠れている。ふと思いつき、福江の携帯を取り出した。これで戸田に電話をかけてみるのはどうだろう。福江からの電話だと勘違いして出るかもしれない――いや、無理だろう。福江が携帯を落としたという情報は、とうに戸田の耳にも入っているに違いない。かえって用心させるだけだ。

三十分後、今《こん》が帰ってきた。温かい車内に滑りこむと、ようやく緊張が解ける。体を捻って後部座席に目をやると、彼が調達してきた荷物で埋まっているのが見えた。

「ずいぶん買いこんできたな」

「冷えそうですから、着る物も買ってきました。中綿入りのジャケットがあったんで」

「当然、食料も」

「それは、何よりも最優先です」

新谷が話してくれた藤沼の家の一件を説明した。握り飯を頬張りながら、今が一々うなずく。喉仏を上下させて大きくうなずくと、家の方に目をやった。

「このまま突っこむのは、やっぱりまずいでしょうね」

「あいつらはいい加減な連中だけど、こっちが合わせる必要はないだろう。まず、あの家に誰がいるのか確認しないと」

「でも、籠城するのに必要なものはそろえてるでしょうからね。簡単には外に出てこないと思いますよ。誰かが訪ねてくるかもしれないけど」

「そうだな」

「待ち、ですね」

「当面、そうするしかないか。とりあえず、俺はもう一度裏に回る」

「しんどくなったら言って下さい。交替しますから」

「君があの斜面を登ることを想像するだけで怖いよ。俺一人で大丈夫だ」

「じゃ、これをもっていって下さい」今《こん》が体を捻って後部座席に置いたビニール袋に手を伸ばす。「携帯電話用の予備電源。途中で切れたらアウトでしょう」

「気が利くな」

「お褒めいただきまして、痛み入ります」

握り飯を二つ、大急ぎで腹に詰めこんでから車を出る。念のため、ペットボトル入りのミネラルウォーターをポケットに突っこんだ。先ほどと同じルートを辿《たど》って家の裏側に回る。場所を移動しながら、観察に適当な場所を探した。二十メートルほど離れた斜面で、窓が正面から見えるところを探し当て、木の幹に抱きつくようにして腰を下ろす。これなら、木が目隠しにもなってくれる。今の買ってきた、腰まである中綿入りのジャケットは、森の中で寒さをしのぐにはちょうどよかった。風が襟足をくすぐったのでジャケットの襟を立て、背中を丸める。枯れ枝が風でこすれあう以外の音はまったく聞こえない。窓に灯りが点っているのは相変わらずだったが、人の気配はなかった。ふと、何本か電話をかけなければならなかったのを思い出す。ここで電話しても、家の中にいる人間に気づかれる心配はないだろうと判断して、まず冴に電話をかけた。今夜から優美の家の警戒を解除するように言うと、不審そうな声で聞き返してきた。

「平気なの？」

「安全な場所に移ってもらったから」

「本当にいいのね？」冴が念押しする。

「ああ。他にも人がいるところだから、まず心配いらない。それに、いつまでも君を縛っておくわけにはいかないし」

「じゃあ、私も動いていいわけね」

「ちょっと待て」電話を左手に持ち換える。「動くって、何だよ」

「鳴沢、この件でどこまで真相に近づいてると思う？」

「一気にいけるかもしれないし、また無駄足になるかもしれない。まだ分からないな」

「でも、手がかりの近くにいるんじゃないの？　新潟の妙高でしょう」

「ああ」

「東京から三時間ぐらいよね。私のインプレッサだったら、ちょっと気合を入れれば二時間で行けるかも。その辺りで藤沼という名前を出せば、住所は分かるわね、きっと」

「おい、小野寺——」

「私にも知る権利があるんじゃない？」

「君は警察官じゃないんだ。変に首を突っこむと、後で面倒なことになる」

「どうしても知りたいことがあるの。何だったら、ここまでの分の料金はなかったことにしてもいいわよ」

「そういうわけにはいかない」

「そういうわけなの」乱暴に言って、冴は電話を切ってしまった。こうなったら彼女を止めることはほとんど不可能である。いったい何を摑んでいるのか。何を知りたいのか。幸運が重なって、彼女がここへ来る前に全てが片づくのを祈るしかできなかった。

優美にも電話をかける。素っ気なく三十秒ほど話したところで切られてしまったが、センターにいるのだから仕方がない。誰かが、涙を流すために彼女の肩を必要としているのだろう。そういう仕事は実に神経を遣うもので、私には邪魔する権利がない。

一人森の中に取り残されたまま、午後はじりじりと過ぎていった。木陰になっているので陽射しはほとんど射しこまず、薄暗がりの中でじっと座っているうちに体が冷えてきた。二十分に一度立ち上がり、周囲を歩き回って体が強張らないようにする。今《こん》から一度電話があった。異常なし。別れてから、車は一台も通らないという。

本格的な暗がりが森に下りてきた。このままここで夜明かしすることになるのだろうか。ただ時間を無駄にしているだけではないかと気になってくる。二人しかいないのだ。ここ以外の場所で事態が進展していたら、手の打ちようがない。

頭上でキツツキが木を打つ音がした。見上げると、すぐ近くにいるフクロウと目が合う。やあ、調子はどうだい。口の中でもごもごとつぶやくと、フクロウは恐れもせずに私の顔に視線を投げかけてきた。睨めっこにもすぐに飽きて、視線を家に戻す。

影が動いた。

明かり取りの窓の向こうは階段になっているのだが、人影がそこを過《よぎ》った。手すりにつかまり、しんどそうに階段を登ってくる。戸田か？　いや、違う。顔ははっきり見えないが、戸田ではないように見える。

今に電話をかける。戸田以外の人間が家にいると告げると、はっきりと落胆の吐息を漏らしたが、それでも気を持ち直したように明るい声で言った。

「戸田もいるかもしれませんよね」

「可能性としてはな」

「あ、ちょっと待って下さい」にわかに彼の声が尖った。「車が来ます……家の前で停まりました」

「誰だ」

「クソ、あいつですよ。福江です」

「仕事をサボって何をやってるんだか」

「私としてはそれも許せませんね」憤然と言う今《こん》の鼻息が聞こえてきた。「福江一人ですね。手に荷物を一杯抱えてますけど、食料でしょうか」

「それしか気にならないのか、君は」

「食べ物は、生きるための基本ですよ。これで少なくとも、家には二人いることが分かったわけですね。肝心の戸田がいるかどうかはともかく」

その時、突然どこからか声が降りてきた。罠をしかけろ。相手をおびき寄せろ。誰だ？　周囲を見回すが、もちろん誰もいない。が、その声は続いて告げた。逸脱しても構わない。自分の中にある「線」は何度でも引き直せる。罠をしかけて奴らをおびき出せ――父の声だろうか。

瞬時に計画が固まった。頭の中で整理しながら今に話す。話しているうちに、計画の細部までがはっきりしてきた。私の話を聞きながら、今は目を見開いているだろう。

「それは……ヤバくないですか」

「膠着《こうちゃく》状態なんだ。何か手を打たないと」

「分かりますけど、乱暴過ぎますよ」

「だけど、これしかないだろう」

「仕方ないですね。いつやりますか」

暗がりの中で時計を見た。六時。少しだけ今に気を遣ってやろう。

「とにかく飯を食ってからだ。連中も動かないだろうし、今夜は長くなりそうだから。腹ごしらえをしよう」

「いいんですか」

「いざという時、腹が減って動けないんじゃ話にならないだろう」

電話を切って、木立の隙間から空を眺める。いつの間にか雲が去り、月が顔を見せていた。黒々と見える妙高山の稜線は優しく女性的で、何かを私に訴えかけてくるようだった。

ふと気づいた。こんな作戦は、祖父だったらまず考えつかなかっただろう。絶対に冒険はしない人だったはずだから。これは「詰め将棋《しょうぎ》のようだ」と評される父の考えに近いのではないか。ここを突けば相手はこう出る。そこを先回りして、さらに仕掛けを作る——首を振り、いつも険しい表情を浮かべていた父の姿を頭から追い払おうとした。気づくと、何も無理にそうすることはないのではないか、という気持ちになっていた。行き着く先が同じならば、経緯は問う必要がない時もある。

今《こん》の仕入れてきた食料は、明日の昼までは十分に持ちそうだった。しかも彼は、簡単なキャンプぐらいはできそうな道具を車に揃えている。シガーライターを電源にして湯を沸かし、紙コップで固形スープを溶かして啜る。残っていた握り飯は全て私たちの胃の中に消えた。デザート代わりに今はチョコレートバーを頬張った。私にも勧めたが断る。もう一度湯を沸かし直し、インスタントのコーヒーを淹れた。

「さっきのプラン、危険もありますよ」コーヒーの入った紙コップを両手で包みこみながら、今がぼそりと漏らした。

「それは承知だ」

「違法性を問われるかも」

「検事に心配させておけばいい」

「裁判にできると思ってるんですか」

「人が一人死んでるんだぞ。それできっちり裁判にならなくてどうする。覚醒剤の件もある」

「だけど、理事官に戸田を引き渡してしまったら、後はどうしようもないですよ。私たちが騒いでも、黙殺されるだけじゃないですか。それとも、何か考えがあるんですか」

「ない」

「割り切りますか？　言われた仕事はこなすわけだから、そこから先のことは考えないようにする」

「何度も言ってるけど、それはできない……何か考えるよ」

今にはできるだけ関わって欲しくない、という気持ちもあった。何かまずいことになっても、彼には被害を蒙《こうむ》って欲しくない。痛い目に遭うなら私一人で十分だ。

「それよりな、小野寺がこっちに来るかもしれない」

今がコーヒーを噴き出しそうになった。慌てて口を拭い、「ご冗談でしょう」と言って顔をしかめる。

「止めても聞くような奴じゃないよ。何か確認したいことがあるそうだ」

「小野寺には何の権利もないんですよ。終わってから聞かせてやればいいじゃないですか。それだってサービスし過ぎだけど」

「彼女は、無理して俺たちの言うことを聞いてくれたんだぜ。最後の最後でのけ者ってわけにはいかないだろう」

「小野寺は警察官じゃないんですよ」

先ほどは自分がこの台詞を使った。しかしいつの間にか、そんなことはどうでもいいと思えてきた。わずか数時間で、自分でも分からないうちに意識が変化したのだ。線を引き直す——そう、右か左かは分からないが、私は自分の中で不動だと思っていた基準を己の意思で動かした。

今《こん》が不満そうに低い声で文句を漏らす。

「私の見こみ違いですかね」

「何が」

「鳴沢さんは、確かに普通のやり方からはみ出してしまうところがある。上司のことも何とも思ってないみたいですしね。だけど、法律的な一線は踏み越えない人だと信じてました」

「まだ違法行為をやったわけじゃない。それに、何かあっても君に迷惑はかけない」

「それは駄目です」今が腕を組み、怖い顔で私を睨んだ。

「どうして」

「こんな得体の知れない事件を、ここまで一緒にやってきたんですよ。相棒じゃないですか。ぶん殴られるのも、始末書を出すのも一緒でいいでしょう」

にっと笑った今の顔は、真夏の太陽さながらに輝いていた。

4

暗闇と青臭い風。湿った冷たい土の臭い。久しぶりに感じる新潟だ。懐かしさを覚える反面、どうにも落ち着かない。

家から漏れ出る灯りで辛うじて周囲の様子は見えるが、動きようがない。何度も時計を覗いて時間を確認する。この一時間で二回、ネジを巻いた。一日に一回、決まった時間に巻くのが故障させせないコツだと、この時計を譲ってくれた祖父はしつこく言っていたのだが。

八時半。福江の携帯を取り出し、目の前の家の電話番号をプッシュした。呼び出し音が三回……四回。五回目の途中で誰かが受話器を取った。

「はい」

福江の声ではなかった。もっと甲高い、若い声で、聞き覚えがある。一度電話を切り、かけ直した。

「誰だ」今度は福江だった。

「あんたの携帯を拾った男だよ」

「お前か」福江が吐き捨てる。「何の用だ」

「話がある」

「話すことはないがね」

「こっちはあるんだ」

「と言っても、そう簡単には会えないぞ」

「そうでもないんじゃないかな。あんたたちを見ているんだから」

「何だと」それでなくても低い福江の声が一層低く、聞き取りにくくなった。

「しっかり見てる」

「おい――」

電話を切り、今《こん》が買ってきてくれたジャケットのポケットに落としこむ。ここまで言って何も気づかなかったら、刑事の資格はない。今度は自分の携帯を取り出し、今に電話をかけた。

「電話したぞ」

「どうでした」

「慌ててる」

今がくすりと笑った。

「肝が据わってない連中だ……様子を見ます。一度離れますよ」

「了解」

斜面に座り、木の幹に背中を預けて暗い空を見上げる。依然として風の音が耳にまとわりつくだけである。両手をポケットに入れ、暖を取った。握っては開き、次の展開に備える。

十分。枯葉を踏む音が後ろから聞こえた。ずいぶん大回りしてきたようだ。ここまで気づかれずに近づいてきたことは褒めてやってもいい。背中を木につけたまま立ち上がる。膝が伸びきった瞬間、ざっと何かが滑り落ちる音がし、「動くな」の声が重なった。その直後、耳元に冷たいものが当たる。

「動くな」再度の忠告に、私は両手を挙げてぴたりと動きを止めた。

「撃つなよ」

「ここに死体を転がしておけば、見つからないだろうな」小滝の声だった。緊張で硬くなり、震えているのが分かる。この場で拳銃を奪い取って逆襲することもできそうだし、実際そうしたいという気持ちは急激に膨れ上がってきたが、今との打ち合わせ通りに進めることにした。

「その拳銃、どこから持ち出してきた。ちゃんと許可はもらったのか？　始末書を用意しておいた方がいいぞ」

「うるさい」

小滝の声がかすかに震える。捜査一課に行って、十日会に迎え入れられて、エリートコースに乗ったと胸を張っていたはずだが、こんなことをさせられるとは考えてもいなかったに違いない。

「で？　どうするつもりだ」

「下へ降りろ」

「分かったから、間違って引き金を引かないでくれよ。震えてるみたいだけど、大丈夫なのか」

「そっちが大人しくしてればな」強がった台詞だったが、語尾は頼りなく揺れた。

枯れた落ち葉を踏みしめながら歩き始める。斜面だし、滑るので歩きにくいことこの上ない。だが傾斜は次第に緩やかになり、家の手前ではほとんど平坦になった。

「そこから入れ」小滝が私の顔の横から拳銃を突き出して、裏口のドアを指し示す。

「鍵は持ってない」

「開いてるよ、馬鹿野郎」小滝が銃把《じゅうは》で私の耳の上を小突いた。二年前に傷を負ったところに、もろに当たる。クソ、今度どこかで会ったら、必ず腹にきつい一発を叩きこんでやる。

ドアを開けた途端、温められた空気に包まれて体の緊張が解けた。

「さっさと歩け」

「靴は脱がなくていいのか」

「いいから行け。左に階段がある」

両手を挙げたまま歩くのが、いい加減面倒になってきた。一歩進むごとに、拳銃が頬や耳に触れるのも鬱陶しい。銃口を顔にくっつけておかなくても十分人は殺せるんだと、何度も言いそうになった。

階段を五段下った。出た先は、地下室ではなく一階のガレージである。小滝が手を伸ばしてドアを開けると、湿った冷たい空気が流れ出した。背中を押され、室内によろめきだす。膝が車のバンパーにぶつかった。開いたドアから漏れ出てくる灯りだけを頼りに、中の様子を目に焼きつける。車が二台ほど入る車庫で、私の行く手を邪魔したのは旧型のクラウンらしい。ボディは薄らと埃をかぶり、くすんだ白になっていた。かすかにガソリンの臭いが漂っている。冬用のスタッドレスタイヤが四本、片隅に積み上げられていた。クラウンの向こう側に誰かが立っている。影しか見えなかったが、誰なのかはぼんやりと分かった。一方車庫の隅では、誰かが両手両足を縛られ、自由を奪われている。

ぱちんと音がして、急に明るくなる。右手を目の上に翳して光を遮った。

「ここまで来たか」

橋本だった。

「あんたか」吐き捨て、額に翳していた手を下げる。

「黙れ」小滝が、私の肩の後ろを拳銃で小突く。

「うるさい」橋本の方を向いたまま怒鳴った。喉が涸れ、かすかな痛みが走る。夕食が胃の中で逆流した。

「今《こん》はどうした」

「いつも一緒ってわけじゃないんでね」

「まあ、いい。お前がここまで来たのは予定通りだからな」

瞬時に筋書きが読み取れた。この家に入りこむために罠をかけたつもりだったのに、実際はこの連中の書いたシナリオ通りに踊らされていたのだ――だが、いつからだろう。

「最初から仕組んでたのか」

橋本が肩をすくめて私の質問をやり過ごす。小さな木製の折り畳み椅子に腰を下ろし、床につきそうになったコートの裾を尻の下にたくしこんだ。

「ところで、お前、本当に堀本のことは知らないのか」

「知らなかった。でも、今は知ってる。クズ野郎だったかもしれないけど、最後の最後で目が覚めたんだろう。そこがあんたたちとの違いだ」

「あいつは優秀だった。惜しい人間を亡くしたよ。人間、金に目が眩《くら》むとろくなことにならないな」

「あんたが殺したんじゃないのか。覚醒剤の横流しをしていることに罪悪感を感じた堀本が、内部告発しようとするのを恐れて、自殺に見せかけて殺した。違うか？」

「滅相もない」

「実際にやったのは戸田か」

「あいつは一直線に走るタイプだし、今度の件ではいい仕事をしてくれた」

背筋が冷たくなった。橋本は強がっているわけではない。心の底から自分のしたことが正しいと信じているのだと、私は確信した。どこかで倫理観がひっくり返り、物事を裏面からしか見られなくなってしまったに違いない。

「お前には分からんだろうが、派閥は大事なんだぞ。自分が誰の下につくか、どんな部下を持つかで、警察官としていい仕事がやれるかどうかが決まる。仮にも警察官になったなら、自分の望むところで、思う存分腕を振るいたいじゃないか。そのためには、派閥が後ろ盾になってくれる」

「本当に仕事ができる人間には、派閥なんか関係ないはずだ」

「ほうほう」馬鹿にしたように言って、橋本がコートの襟をかき合わせる。吐く息は煙草の煙のように真っ白だった。「まあ、いい。とにかく、十日会の和を乱すような人間には口をつぐんでもらう必要があったからな。それは分かるだろう」

「そんなことで殺したのか」怒りを通り越してただ呆れていた。

「殺したわけじゃない。くどいぞ」

「あの部屋が、堀本のアジトだったんだな？」

「元々は、十日会の人間がいろいろな用事に使えるように借りていた場所だ。堀本の様子がおかしくなってから、別に監視できる部屋を借りたんだ」

「それでわざわざ監視カメラまでつけて、決定的な瞬間を押さえようとしたわけか」

「内偵は捜査の基本だからな……さて、お前は理事官の指示通り戸田を見つけたわけだ」橋本が、ガレージの片隅に転がされた男に目をやった。「後はこの男を始末してもらえば、それでお前の仕事は終わりだ」

「始末？」シナリオの最後はそうなっていたのか。背筋が凍り、吐き気さえ感じた。

「お前が想像する通りなら、戸田は人を殺した人間だぞ。面倒臭い手続きは抜きにして、自分の手で罰を与えてやったらどうだ。お前は馬鹿じゃない。これだけ言えば分かるだろう。分からないならもう少し言ってやってもいいが、もう選択肢はない。戸田を殺すか、お前も殺されるかだ」

「誰が俺を殺す？」

橋本の唇の端に笑みが浮かんだ。

「銃を突きつけられてるんだぞ、強がりはよせ。引き金を引けばそれで終わりだ」

手のこんだことを。おそらくは、最初から仕組まれていたのだ。戸田は失踪したのではなく、ずっとここに軟禁されていたのだろう——いずれ殺されるためだけに。そして殺し屋として選ばれたのが、派閥に何の関係もない私と今《こん》だったのだ。それらしく妨害もしてきたわけだが、あれも計算のうちだったのだろう。途中で出てきたヒントも、全てこの連中がばらまいてきたものに違いない。妨害があれば私たちが一層むきになるのを見越しての演出だったのだ。戸田を見つけ出させておいて、逮捕の際に暴れたとかいう理由をつけて殺させる——全ては事故で処理され、真相は闇の中に消える。連中は自分では手を汚さず、私と今に沈黙を強いるだろう。それができないとなったら、最後は私たちを殺すはずだ。

これは警察官の発想ではない。次第に怒りが忍びこみ、私の心を黒く染め始めた。

「戸田がびびって誰かに喋りそうになったんじゃないか。戸田を殺せば、真相は完全に埋められる。だけど、そのために十日会の人間が手を汚すつもりはなかったんだな」

「ほぼ完璧な推理だな」橋本が冷たく笑った。「鳴沢よ、一匹狼を気取るのもいいが、いつも誰かに利用される可能性があることは忘れない方がいい。そういう教訓も、お前にはもう必要ないかもしれんがね」

「ふざけるな」

「よく考えろ。お前にはもう逃げ場はないんだよ。戸田を殺して秘密を黙っているか、お前も殺されるかだ」橋本が立ち上がった。「私は帰る。そろそろ話すのも面倒になってきたよ」

脇をすり抜ける橋本を捕まえようとしたが、小滝に腕をがっしりと摑まれた。

「そうそう、分かってると思うが、そこで転がってるのが戸田だ」ドアのところまで来て振り向き、橋本が言った。「どうするか、方法はゆっくり考えてくれ。ロープがあるからそれがいいかもしれないな」

戸田は、両足を膝のところで、両手は背中側で縛られて床に転がされていた。灰色のダクトテープが口の周りにぐるぐる巻きにされており、表情は窺えない。クソ、この連中はどうかしている。派閥の動きに狂わされたのではなく、人間として根本的な部分がおかしくなってしまったのではないか。

「最後まで見届けろよ」小滝に命じて、橋本が車庫を出て行った。入れ替わりに福江が入ってきて、ドアを後ろ手に閉める。顔には薄い笑みが張りついていた。

「お前はな、結局俺たちの掌の上で動いてただけなんだよ」唇を歪めながら嘲笑う。「ちょっと妨害すれば、熱くなって一生懸命走り出す。全部シナリオ通りだ。分かりやすい男だな」

「俺の前に適当に手がかりをまいておいて、ここへおびき寄せたわけだ」

「そういうことだ。お前は分かりやすい。実に分かりやすい男だ。次の行動が簡単に読めるからな……さ、こっちは、お前が仕事をするのを見届けないといけないんでね。さっさと済ませよう」

「断ったらどうする」

「その場合は俺たちが何とかするしかないな。汚い仕事はしたくないが……ただし、戸田を殺したのはお前だと報告することになる」

福江の声に、狂気の響きを聞き取ろうとした。が、彼の口調は冷静であり、それ故に私の中に恐怖と怒りを呼び起こした。

「クズだな、お前たちは」

「何とでも言え。一匹狼はしょせん流れには乗れないんだからな。さ、どうやってやるかじっくり考えろ。拳銃を貸してやってもいいぞ。撃ち殺すのは慣れてるだろう」

じりじりと時間が流れる。クソ、遅い。

「簡単なことだろうが」福江が私の横に立ち、背伸びしながら耳元で囁いた。「どっちにしろ、お前さんに選択肢はないんだ」

「生きてる限りは諦めない」

「格好つけてるのは勝手だが……仕方ないな」福江の生暖かい溜息が耳に触れた。「こういう筋書きで行こう。お前は戸田を見つけた。そこで揉み合いになる。戸田がお前を刺して、お前は苦し紛れに戸田を銃で撃つ。相討ちだ。あとの始末は俺たちがしてやるよ」

「ここは新潟県警の管轄だぞ。好き勝手なことをして逃げられると思うか」

「田舎警察の目を騙すぐらいは簡単だ」

私は戸田に目をやった。芋虫のように転がっているが、穏健とは言えない一連の会話はははっきりと耳に入っているのだろう。必死になって両手の縛《いまし》めを解こうとしてもがいている。ダクトテープを巻かれた口から喘ぎが漏れた。福江が鼻を鳴らしながら彼の下に歩み寄り、頭を蹴飛ばした。

「銃の出所をどう説明する」

福江が振り返る。緊張のためか怒りのためか、顔は真っ青になっていた。頭に押しつけられた銃口から震動が伝わる。福江を睨みつけたまま、動揺を隠せない小滝に言ってやった。

「人を撃ったことがあるか？　震えてるんじゃ、無理だろうな」

福江が語気荒く言葉を叩きつけた。

「この距離ならやりそこなうことはない。それに、二人とも死ねば面倒なことにはならない。被疑者死亡のまま、こっちのシナリオ通りに処理できるからな」

「相棒がいるぞ」

「あいつもこの辺りをうろうろしてるんだろう。見つけて始末するだけだ。馬鹿だったな、お前は。理事官に乗せられて、鼻先にニンジンをぶら下げられて舞い上がってただけなんだからな……さて、無駄話はこれぐらいにしようか」

福江がゆっくり近づいてきて、背広の内ポケットからナイフを取り出す。鞘を投げ捨てて顔の前で翳すと、裸電球の光を受けて刃が怪しく輝いた。汗が一筋、私の頬を流れて顎を伝う。唇を引き締め、とにかくぎりぎりまで諦めるな、と自分に言い聞かせる。ナイフの刃先が体を切り裂く瞬間まで、しっかり目を開けているのだ。最後の最後まで、見て考えろ。そうすれば何か打開策が見えてくる。

ドアが蹴破られる音に、福江が一瞬身をすくませる。首筋に押し当てられた小滝の銃口が離れた。体を捻りながら屈みこみ、ドアの方を向いた小滝の背中を蹴飛ばしてやる。開いたドアから突入してきた冴が、よろめき出した小滝の眉間に容赦なく警棒を振り下ろす。ぴしり、と肉を打つ音がして、小滝が額を押さえて短く悲鳴を上げ、膝から崩れ落ちた。さらに追い討ちをかけるように首筋を打ち据えると、拳銃が床に落ちる。パスからダイレクトにゴールを狙うように、私は拳銃を車の下まで蹴飛ばした。小滝が倒れるタイミングを見計らったように今《こん》が飛びこんでくる。ラインバッカー並のスピードで突進すると、巨体からは想像もできない身軽な動きで右足を高々と上げ、福江の喉元に蹴りを見舞った。よろめいたところに、肘を側頭部に叩きつけると、福江は二メートルほども吹き飛ばされ、車のドアに後頭部をぶつけ、ゆっくりと前のめりに倒れた。

ドアが開いてから制圧まで十秒。沈黙と汗の臭いが車庫に満ちる。私は大きく深呼吸をし、今に向かって笑いかけた。ほとんど凍りついた不自然な笑いだったが。

「遅いぞ」

「失礼しました。家に入るのに手間取りまして」

今が荒い息を整えながら言った。車庫の中を見回し、ロープがあるのを確認すると、小滝を縛り上げる。額から血が滴り落ちたが、冴が乱暴にハンカチを巻きつけて応急処置する。私は、倒れこんだ福江の脈を取り、無事を確認した。意識は戻っていないが、命に別状はないだろう。ネクタイの結び目辺りに、今の靴底の模様がくっきり残っている様は滑稽でもあった。余ったロープで福江も縛り、両手を叩き合わせる。

冴に向き直り、努力して険しい表情を浮かべた。

「特殊警棒はまずいんじゃないか」

冴が、一メートルほどに伸びた警棒の先を床に叩きつけると、すっと短くなる。この状態では、長さは三十センチほどだった。

「助けてあげたんだから、説教はよして」

「止めなくちゃ駄目じゃないか」無駄なこととは分かっていたが、つい今に文句を言ってしまった。

「無理」今は、連続でベースランニング十本をこなした後のように、まだ息を切らしている。

「これは見過ごすわけにはいかないぞ」横目で冴を睨む。

「じゃあ、私を逮捕する？」

「鳴沢さん、面倒なことはやめにしましょう」ようやく呼吸が整った今が言った。「あなたは、この連中に拉致《らち》されたんですよ。私がそれを察知して助けにきた。彼女はたまたまこの近くにいた民間の協力者です。それが一番シンプルで説得力のある筋書きじゃないですか。いや、そもそも彼女はいなかったことにしてしまえばいい。それより、早くしましょう」

　縛り上げた二人の様子をもう一度確認した。今が戸田をそのまま担ぎ上げる。この場を善意の第三者に見られたら、間違いなく警察に通報されるだろう。冴が先導し、私がしんがりについて家の中を通り過ぎた。玄関のドアには壊された形跡はなく、綺麗に開けられていた。そこに目をやりながら訊ねる。

「これ、どっちがやったんだ」

　先頭を行く冴が無言で手を上げた。私は溜息をつき、足取りが次第に重くなるのを感じていた。家宅侵入。傷害。裁判で執行猶予がつくかどうかは微妙だ。

　車を取りに行った今が戻ってくるまでに、十分近くかかった。よほど遠くに車を停めて、自分は闇に隠れていたのだろう。縛られたままの戸田をパジェロの後部座席に押しこみ、私がその横に座った。窓を開け、暗闇の中、自分の車に戻って行く冴に声をかける。

「小野寺」

冴がぴたりと立ち止まり、踵《きびす》を返す。五メートルほどの距離を置いて私と向き合う。闇の中でも、その目は強い光を放っているようだった。

「君はもう帰れ」

「駄目よ」

「これ以上つき合わせるわけにはいかない。それでなくても、十分危ない橋を渡ってるんだから」

「だから？」平然とした顔で肩をすくめる。「ここまで来たのよ。最後までつき合わせてくれたっていいじゃない」

「君はもう刑事じゃない」

「何度も言わないで。それは分かってるんだから。二年間、ずっと考え続けてたのよ」怒りの台詞を吐き捨て、冴がそっぽを向く。ややあって私の顔を見た時、目にはさらに強い光が宿っていた。「私には知る権利があると思う」

「何を」

「それは、直接その男に聞くわ」

「尋問する気か？　君にその権利はない」

彼女の顔からすっと表情が消えた。この表情は以前見たことがある。多摩署で片隅に追いやられ、二人で一見無意味に見える事件を追いかけていた時に何度となく見せた、黒い穴のような顔つきだ。

「鳴沢、私には知る権利があるのよ」同じ台詞を繰り返し、冴が近づいてきた。パジェロの車内を覗きこむ。近くで見ると、その瞳に露骨な敵意が浮かんでいるのがはっきりと見て取れた。視線がぶつかり合い、寒々とした空気が流れる。私たちの間は三十センチほどしか開いていなかったが――彼女とこれほど接近したのは久しぶりだった――心は何光年も離れていた。

「分かった」

かすれた声で言うと、冴が小さくうなずいて車から離れる。

「ついてきてくれ。ガソリンは満タンだよな？」

ようやく冴の顔に薄い笑みが広がる。それは安堵や満足感からくるものではなく、獲物を見つけたライオンの顔に――ライオンが笑うとすればだが――浮かぶ類の笑みだった。

今《こん》が後部座席を振り返って渋い表情を浮かべた。

「実はもう一人、この家に来たんですよ。中には入らないで、橋本と一緒に車で帰りましたけど」

「誰だ」

今の口から出た名前は、私の胸を激しく波打たせた。「まさか」でもあり、「やはり」でもある。一つはっきりしているのは、最後にぶつからなければならない相手がようやく分かった、ということだ。

5

念のため、来た時とは別のルートをたどって大きく迂回することにした。上信越道を北上して上越まで抜け、北陸道に乗り入れる。長岡《ながおか》で関越道に入り、一路東京を目指した。闇の中、記憶の底に眠る光景が次々と通り過ぎる。長岡と小千谷《おぢや》の間の田園地帯を進むひたすら真っ直ぐな道は、わずかにアップダウンがあるだけで、昔と同じように滑走路を思い起こさせた。堀之内《ほりのうち》を過ぎるといかにも山道という感じでカーブが多くなり、魚沼の山々が黒く迫ってくる。何度も通った道。だが、今夜ここを走る意味合いは、あの頃とはまったく違ってしまっている。

　私はずっと遠くまで来てしまった。

　戸田は、後部座席でぐったりしていた。ダクトテープはまだ口に張りついたままだし、手足も縛ってあるが、不思議と安心した様子にもみえる。すぐ側で「どうやって殺すか」などという相談を聞かされていた状況からひとまず脱出できたのだから、それも当然だろう。横を向くと、薄目を開けて私をじっと見ているのに気づいた。その目に浮かんでいるのは戸惑いと不安、それにわずかながらの安堵感である。

　妙高を出てほぼ二時間、日付が変わって一時間が経ってから、とうとう今《こん》がギブアップした。車は六日町インターチェンジを通り過ぎたところで、東京まではまだ二時間はかかる。

「少し休みませんか」溜息混じりに言って肩を上下させ、ばきばきと音をたてて太い首を回す。

「もうすぐ塩沢石打《しおざわいしうち》のサービスエリアだ」

「そこへ入りましょう」

　今がハンドルを左に切り、パジェロをサービスエリアへの進入路に乗り入れた。後ろを振り向くと、冴のインプレッサも左にウィンカーを出して付いて来る。何だか元気のない走りだった。

百台ほどが楽に停められそうな広い駐車場には、私たちの他に車は二台しかなかった。北風に追い立てられるように前屈みになりながら、小走りにトイレから出てくる人が一人。売店の前のベンチに座り、肩を丸めて寄り添いながら一杯の飲み物を分け合って飲んでいるカップルが一組。外へ出ると、頰を張られるような寒さに思わず身震いした。今が両手を突き上げて大きく伸びをする。冴が欠伸を嚙み殺しながらこちらへ近づいてきた。

車に戻り、戸田の口を塞いだダクトテープをはがしてやった。一気にはがしたので、髪の毛がごっそりと抜けてついてくる。戸田は顔をしかめたが、それでもほっとしたように大きく息をついた。目が潤み、髪からは汗の臭いが漂い出す。

「もう少し優しくしてくれないかね。ついでに手足の方も何とかしてくれよ。痺れてかなわん」

「逃げられると困りますからね」

「逃げてどうするよ」戸田が首を振る。「ここ、どこなんだ?」

「塩沢石打のサービスエリア」

「ってことは、関越道か。こんな時間にこんな場所からどうやって逃げる?」

彼の顔を覗きこんだ。どれだけ監禁されていたのかは分からないが、目は真っ赤に充血し、疲労の色は濃い。髭が顔の下半分を黒く塗り潰していた。背中で縛った腕を自由にしてやると、肩をぐるぐる回して顔をしかめた。首を左右に倒すと、ばきばきと枯れた音がする。

「どれぐらい縛られてたんですか」

「さあ、どうだろう」首を回すと、ばきばきと硬い音がする。「あんたらが来る二時間ぐらい前だから、かれこれ六時間近くになるわけだ……クソ、肘が痛いな。昔、柔道で傷めたところなんだ」

「そのうち医者へ連れて行きますよ」

「そのうち」の範囲は二十四時間以内から十年先まで幅広い。足のロープも外してやった。蹴飛ばされないように慎重にやったが、戸田にはもうそんな元気は残っていないようだった。屈みこんで、脹脛から膝にかけてを丹念にマッサージする。

「外へ出ていいか。手足を伸ばしたい」

「くれぐれも馬鹿なことは考えないで下さいよ」

「そんなこと考える気力もないよ。だけど、俺をどうするつもりなんだ」戸田が一瞬薄ら笑いを浮かべたが、それはすぐに凍りついて闇と同化した。

戸田の肘をつかみ、車外へ連れ出す。すぐに今《こん》と冴が挟みこむように左右に立った。戸田は困ったように左右を見渡して歩みを止めたが、体を伸ばしたいという誘惑には勝てないようだった。思い切り伸びをし、次いで膝の屈伸運動を始める。唸り声を漏らしながらしばらく柔軟運動をしていたが、ようやく満足したのか、腰に手を当てて背中をそらし、胸を張った。

「腹が減ったな。それに、コーヒーでも飲んでおかないと意識が飛びそうだ……それは贅沢かな？」

「いや、我々も眠気覚ましが欲しいところですから」

三人で戸田を囲んで歩き出した。三人でする警護の基本はどうだっただろう。前に一人、横に一人、斜め後ろに一人だったか。もっともそれは、対象を誰かから守るためのものであり、護送には役立たない。横に並んだ冴が、殺意に近い強烈な目線を戸田に投げかけているのに気づいた。何かきっかけがあれば、また警棒で頭を横殴りにするかもしれない。そんな彼女の怒りがどこから湧き出てくるのか、私にはさっぱり分からなかった。

売店も食堂もとうに閉まっている。カップルもいつの間にかいなくなっていた。自動販売機の灯りがやけに明るく闇に浮かび、それゆえにさらに寒さを強く意識させられた。

ブラックのコーヒーを四人分、スナックの自動販売機でホットドッグを四本買う。高速道路料金ということなのか、安っぽいホットドッグは一本四百円もした。今が恨めしそうな顔をしたので、もう一本を追加する。財布がすっかり軽くなってしまった。

建物の脇にある展望台に移り、冷たいコンクリート製のベンチに腰かけて深夜の食事に取りかかった。無言のまま、塩気がきついホットドッグを頰張り、コーヒーを啜る。植えこみのすぐ向こうは高速道路の上り車線だが、時折巨大なトラックが轟音を立てながら通り過ぎるだけで、廃墟で饗宴を開く古代人になったような気分だった。

煙草が吸いたいという戸田のリクエストに応え、マイルドセブンを一つ買ってやった。ズボンのポケットを探ってライターを見つけ出すと、嬉しそうに煙草を咥える。深く煙を吸いこみ、暗い天を仰いで吐き出すと、眩暈《めまい》を追い払うようにゆっくりと首を振った。二口目は長く肺の中にとどめておいて、顔の周りに煙をまとわりつかせながらうつむき、指先で赤く燃える火をじっと見つめる。何かに気づいたようにはっと顔を上げ、忙《せわ》しなく根本まで吸い尽くした。さらにもう一本。今度はじっくり時間をかけて味わった。

その間もずっと、冴の目線は戸田の顔に突き刺さったままだ。

ベンチに張りついたように重くなってしまった腰を上げ、車に戻る。私と戸田が後部座席に、冴は助手席に納まった。この位置なら、彼女も簡単には手を出せないだろう。

戸田が上目遣いに私を見た。

　私は手帳を広げた。運転席では、今《こん》がICレコーダーで録音しているはずだが、私もできるだけきちんと自分の字で書きつけたかった。

「堀本が覚醒剤の横流しをしていたのは間違いないんですね」

　戸田が喉仏を大きく上下させた。

「いきなりかよ。前置きもなしで？」

「これは正規の取り調べじゃないんですよ。誰も見ていないし、違法行為に違法行為で応戦することもできる」

　言葉が戸田の頭に沁みこむまで少し待った。戸田の喉仏が小さく上下し、溜息と一緒にやっと言葉を押し出す。

「押収品から少しずつ抜いてたんだ。それを溜めこんでたらしい。元々、そういうブツは仕こみに使ってたんだがね」

「それは、おとり捜査としても認められませんよ」

「分かってる。取り引き材料としてだよ。いきなり覚醒剤が部屋なりポケットから出てきたら、何か後ろめたいことのある奴は慌てるだろう？　それを見逃してやるから……というわけだ、もちろん、それだけじゃ公判維持はできないけど、相手の弱みを握ることはできる」

　辛うじて溜息を押し殺した。十日会に昔から伝わっていたノウハウなのだろうが、これまで発覚しなかったのは不思議だ。

「暴力団相手なら、そういう手も使えるわけですか」

「外国人にもな。あの連中は、事情が分かっていないから」

「最初は違法な捜査に使っていたのが、いつの間にか横流しするようになっていたわけですね。相手は暴力団？」

「外国人もいた。横流しの現場を見た時のショック、あんたにも分かるだろう」

「堀本は、どうしてそんなことを？」

「金に困ってたんだよ、あいつは。ガキの学校のこととか、いろいろあったみたいでな。いつも目を血走らせてたらしい」

「子どもをキャリアの警察官にしたかったらしいですよ」

「ああ」戸田が唇の端を歪ませて笑った。「自分は人に使われるだけだから、子どもには人の上に立って欲しいってわけか。だけど、背伸びし過ぎだよな。公務員は公務員らしく、身の丈に合った生活をしなくちゃ」

　首を振り、戸田が新しい煙草を咥えた。火を点けずに口の端でぶらぶらさせ、視線を泳がせる。

「あんた、俺たちのことはあまり知らないんだろう」

「十日会の名前を聞いたのもつい最近ですからね」

「十日会の仲間はあちこちに散らばってる。たぶん、現役だけで百人ぐらいはいるだろうな。信頼できる仲間ばかりだ。だけど、堀本はクズだった」戸田が唇から煙草をもぎ取った。「シャブの横流しだぞ？　警察官として絶対に許されないことだろうが。それはあんたも認めるだろう」

「だから？」

「だから？」狭い車内で戸田が顔を紅潮させ、両手を振り回した。が、すぐに、コンセントを抜かれたようにぱたりと腕を下ろす。

「とにかく、どんな理由があっても許されることじゃない。堀本は警察の恥だ」

「だから殺したんですか」

「滅多なことを言うなよ」戸田の頰がひくひくと引き攣る。笑おうとして失敗したようだった。

「堀本のような人間がいると、十日会の恥になる。もっと言えば紫旗会につけ入る隙を与える。だから堀本が邪魔になったんじゃないですか」

「穏便に解決することもできたんだ」自分に言い聞かせるように言って、戸田が膝に置いた手をじっと見下ろした。「言い聞かせて、大人しく警察を辞めてもらって、自分のやってたことを胸の中に呑みこんでおけば、それで解決だ。覚醒剤に手を出してた連中は何人もいたけど、そいつらも同じようにして辞めさせる。誰も気づかない。誰も損しない。大人の解決ってやつだ。説得で上手くいくかと思ったけど、あいつは、俺たちを裏切ったんだ」

「内部告発しようとした」

戸田が身を乗り出し、私の顔を正面から見据えた。

「あんた、本当に堀本と知り合いじゃないのか」

「俺は知りませんでした。彼は、俺を知ってたようですけど。俺に相談しようとしてたらしいですね」

「ろくに知りもしない人間に相談しようとするなんて、馬鹿な話だと思わないか？　血迷ってたとしか考えられない」

「だからって、殺していいという理屈は成立しません」

「俺は殺してないぞ」

「言葉で追いこんでも人は殺せる」

戸田の顎がぐっと引き締まった。堀本に吐きかけた台詞の数々を思い出しているのだろう。例えば——組織の仲間を裏切って、先輩たちの顔に泥を塗って、それで平気でいられるのか。お前さえいなくなれば、みんなが安泰だ。これまで受けた恩を考えろ。どうする。考えろ。警察を辞めるぐらいじゃ駄目なんだ。だいたい、覚醒剤の一件が表沙汰になれば情状酌量の余地はない。まず実刑を食らう。こうなった以上、お前にできるのは、黙って責任を取ることだけだ。

そして、そこにロープがあれば。

「自殺教唆も罪です」

「それを立件するのはまず無理だ。俺だったらそのカードには手を出さないね」自信を持って言い切ってから、戸田は顔を暗くした。ようやく煙草に火を点け、深く一服する。

「と思ってたんだが」

「要するに、あなたもびびったんですね」

「馬鹿言うな」

「仮にも人を殺してるんだから——」

「殺したんじゃないって言っただろう」戸田が拳を膝に叩きつける。その手が小刻みに震えているのを私は見逃さなかった。

「人を殺したら正常な精神状態じゃいられなくなる」

「だから――」怒気を含んだ声で言いかけ、口を閉ざした。「だから」繰り返した言葉からはすっかり力が抜けていた。両手を広げ、掌に視線を落とす。さながらそこに血痕が残っているかのように。

「俺は、堀本が死ぬところを直接見たわけじゃない。だけどな、死んで一分かそこらという死体を見たのは初めてだったよ……義務を果たしたつもりだった。ちゃんと仕事をしたつもりだった。クズを一人片づけるぐらいで、びびることなんかないと思ってたんだけどな。隠しておけない、ケリをつけなくちゃいけないって、十日会の上の連中に話したら、急に態度が変わった」

「だから、あなたも逃げた」

「逃げたというか、逃げたことにされたんだ。何だかんだ言って拉致されたわけだよ。それでずっと、あの家に閉じこめられてた」

「だったら、俺には感謝してもらわないと。あの連中は、最終的には俺にあなたを殺させるつもりだったんですよ。乱暴なシナリオだけど、それで俺も死ねば、世間からは隠しておける」

戸田の喉仏がまた大きく上下した。指先から立ち上る煙に目を細め、車の灰皿に押しつける。

「誰があなたに命令したんですか」

「何を」戸田がちらりと私を見る。

「堀本を殺せ、と」

「俺が一人でやったんだ」

「馬鹿な」思わず吐き捨てた。

「堀本がいなくなれば、覚醒剤の横流しはなかったことにできる。俺は十日会の仲間のために自分で考えて行動したんだ」

「今さらあいつらをかばうのはやめましょうよ。あなたは、やり過ぎたと気づいた。不安になって、隠しておけないと言った瞬間に、あなた自身が十日会にとって危険人物になったんですよ。それで、自分たちの手を汚さずにあなたを始末するために、連中は私たちを使った。その計画も、最後は滅茶苦茶になりましたけどね」

　戸田がうなだれ、股の間に両手を挟みこんだ。しばらく肩を震わせていたが、やがて助けを求めるように顔を上げる。痙攣するようにまつげが瞬いた。

「そもそも十日会は誰が作ったんですか」

「あんたたちは、さっきまでその発祥の地にいたんだぜ」

「ああ」舌で唇を湿らせた。「藤沼刑事局長ですか」

「何十年も前の話だよ。藤沼局長が警視庁の刑事部長をやってる頃に、その人柄に惚れこんだ連中が集まったそうだ。藤沼局長を何とかしてトップに押し上げようとしてね。ところが、そううまくはいかなかった」

「ライバルがいたんですね。それが紫旗会の連中ですか」

「そういうことだ。人脈ってのは、時間を越えてつながるものなんだよ。もちろん、キャリア組はキャリア組で動く。だけど、俺たちが頑張って成績を上げることで後押しになるんだ。自分の大将が偉くなるってことは、何にしろありがたいことだからね。俺は今まで、ずっと自分が希望する部署で仕事をしてきた。仲間もバックアップしてくれた」

「そんなによかったんですか、十日会のメンバーでいることは」

「そりゃあそうだ」戸田の口調に熱が入る。「できる連中の集まりだぜ。別の仕事をしていても刺激になる。俺たちの仕事はマニュアル通りにやるものじゃないだろう？ いろいろなノウハウも教えてもらった。もちろん後輩にも伝えていく。刑事の仕事っては、そうやって引き継がれていくんだよ」

戸田の熱弁とは裏腹に、私の心はどんどん冷えていった。先輩から後輩へ引き継がれたのは、正当な捜査のテクニックだけではないのだ。押収品から抜いた覚醒剤を使った違法な捜査。この連中が脈々と受け継いできた不法な捜査方法は、それだけではないだろう。成績。人脈。そういうことばかりに目が行き、派手な事件を挙げることに目を血走らせて、肝心なことを忘れたのだろう。

私の疑念には気づかない様子で戸田が続ける。

「結束力も固いんだ。金に困っている時も助けてもらえる。実際、うちの義理のオヤジが病気した時も、十日会の連中からはずいぶん援助してもらったからね。それで助かったんだ」

「篠崎さんですね。彼も十日会のメンバーだった」

「知ってたのか」

「ええ」

「後ろ盾があるってのはありがたいことだよ」戸田が溜息をつく。

「これまではね」今後、十日会は、警察の暗部の象徴として知られることになる。

戸田がもう一度、さらに深く溜息をついた。

「俺をどうするつもりだ」

答えなかった。答えられなかった。逆に疑問が一つ、浮き上がってくる。

「アパートの管理人に電話を入れたのはあなたですか？　水道の調子が悪いって。結果的に、それで遺体が早く発見されることになったんですよね」

「ああ？」

「管理人」

「そうだ」戸田の喉仏が大きく上下する。「武士の情けだ。こんなことを言うとあんたは怒るかもしれないけどね。いつまでも見つからなかったら可哀相だろう。あの時俺はもう……自分がとんでもないことをしたと分かってた」

情状酌量の材料には——ならない。私は首を振った。

「東京へ帰ります」ハンドルを抱えて前を向いたまま、今《こん》が言った。腹が膨れたためか、元気を取り戻している。「私たちは刑事です。だから、刑事としてこの一件を処理する。そう思っておいて下さい」

刑事として処理することが可能なのか。自殺教唆として戸田の一件を扱うことはできるだろうが、それが全てではないのだ。堀本の覚醒剤横流し事件。橋本たちが仕組んだ罠。それらを無視するわけにはいかない。だが、実際に立件できるかどうかは別問題である。一つの解決法としては、紫旗会の連中に事件を引き渡すというのもあるだろうが、そんなことをすれば下らない派閥争いに油を注ぐだけだ。

何とかしたい。だが、刑事としてできることには限界がある。

拠って立つ柱を失った気分だった。腐った大地の上で生きている自分は腐っていないと言い切れるだろうか。卑しい街を一人高貴な魂を持ったまま行く——と思っていても、世間はそうは見ない。いずれは私自身も腐っていくか、この大地から去っていくしかないだろう。

ジイサン、あんたならどうしただろう。オヤジだったらどんな策を巡らせて解決するだろう。

「どんな手を使ってもいいから徹底的にやれ」という父の言葉が頭の中を巡る。ふと、まったく突然に、全てを明るみに出す方法を思いついた。馬鹿馬鹿しいアイディアだ。刑事としては間違っている。そう考えても、その考えは高く広く、雲のごとく湧き上がり、私の頭を満たし始めた。

「東京へ帰ります」今の台詞を繰り返す。

「帰ってどうするよ」戸田の目に暗い色が宿る。煙草を引き抜こうとする指先が小刻みに震えた。何度試してもどうにもならず、「クソ」と短く悪態をついてパッケージを床に投げ捨てる。

答はすぐ目の前にある。だがそれを実行すれば、刑事でい続ける資格をなくすのではないか。事件は事件として解決すべきで、法執行機関でない第三者に委ねるのは問題外だ。だが、事件を明るみに出して、十日会の動きを抑える方法はこれしか思い浮かばない。間接的に紫旗会に利益を与えてしまうかもしれないが、そこまでバランスを取ることはできないだろう。

「東京へ戻ったらもう一度話を聴かせてもらいます」

「ちょっと待って」それまでずっと黙って私たちの話を聞いていた冴が、急に割りこんできた。「出発する前に、確認しておきたいことがあるの」


サービスエリアは空っぽだった。外に出てパジェロのボディに背中を預け、天を仰ぐ。夜空には薄い雲がかかり、月がぼんやりと光を放っている。星は一つも見えなかった。吐く息ははっきりと白く、むき出しの両手がかじかんでくる。両手を丸めて口元に持っていき、そっと息を吹きかけた。冴の痛烈な尋問の衝撃がまだ残っている。これをどうしたらいいのか。

結局、先ほど描いた計画の補強材料、それもかなり有力な材料として使えるという結論が導き出された。

冴が車から降りてきて、私の横に並んで立った。顔を見ずに話しかける。

「とんでもない話だな。いつ分かった？」

「前から噂はあったのよ。でも、あの頃の私は、この問題を冷静に考えることができなかったから。刑事を辞めてから真相に突き当たるのも皮肉よね」

「自分で調べたのか」

「そう。でも、はっきり分かったのは偶然みたいなものね。誰かが導いてくれたんだと思う」冴がジーンズのポケットに両手を突っこみ、腰を車のボディに当てて体をくの字に折った。足首を組み、目の前のアスファルトをじっと見詰める。そこに、彼女にしか読めない文字が書いてあるとでもいうように。「何か、変な感じ。真相が分かったら、その場で泣き叫ぶか、相手を殺してしまうかもしれないって思ってたのに」

「どんな恨みでも、いつかは消えるのかもしれない」

「かもね」背筋を伸ばし、髪を掻きあげる。遠くを見詰める目がかすかに緩み、唇が小さく震えた。「失ったものがどんなに大きくてもね。人間は、忘れることができる動物だから。それに、今度は別の人間が大きなものを失うんだって考えると、プラスマイナスのバランスは取れてるような感じもするし。だいたい、私にはどうしようもないじゃない……それで、どうするつもり？　普通にやっても上手くいかないわよ」

「考えてることはある」

　思いついた計画を、整理しながら話した。冴は相槌も打たず、ひたすら目の前のアスファルトを見ながら聞いていた。私は携帯電話を手にしてしばらく迷った。こんな時間に電話して、話が通じるだろうか。いや、優秀な新聞記者なら、二十四時間待機しているはずだ。話し終えると、両手を擦り合わせながら冴がぽつりとつぶやく。

「鳴沢、変わった？」

「どうだろう」

「昔のあなただったら、怒りに任せて暴走してたわよね。許せないと思ったら、相手を殺すことぐらいは──」冴が両手で口を押さえた。「ごめん」

「いや」いつの間にか拳を握り締め、肩にも力が入って盛り上がっていた。心臓は激しく肋骨を叩き、息が荒くなっている。慎重に細く息を吐き、拳を開いた。人を殺した経験は──年上の大事な親友を殺した経験は──簡単に忘れられるものではない。「いいんだ。人間は忘れることができる動物なんだろう。さっき、そう言ったよな」

「あなたの場合は、簡単には忘れないかもしれないけど」

「忘れなくても生きていける。忘れる必要もないいんじゃないかな。最近そう思うようになってきた」

「ふうん」冴が鼻で笑い、気安く私の肩を叩く。こんな時間なのに、くたくたに疲れているはずなのに、春風のように暖かい笑みを浮かべていた。「要するに、鳴沢も少しは大人になったってことね」

「馬鹿にしてるのか？」

「人よりちょっと遅かったかもしれないけどね……でも、あの頃とはちょっと状況が違う。それは忘れないでね」

「何が違うんだ」

「あの頃、あなたは一人だった。私も」冴が両手で自分の胸を押さえた。パジェロの車内に視線を走らせる。「でも今のあなたには、あの相棒がいる。私もいる。それに、大事な人も一緒なんだから。一人で戦ってるわけじゃないのよ」

「ああ」横山もそう言っていた。鳴沢了は一人ではない、と。

「自分が信じた通りにいけばいいのよ。それがあなたらしいやり方だし、無理に捨てたり我慢したりする必要はないと思うわ。でも、一つだけ覚悟しておいた方がいいわね」

「刑事を辞めなくちゃいけないかもしれないな」吐き出す言葉が喉に引っかかった。同時に、戸田たちに対する怒りが膨れ上がってくる。あの連中は、俺が立っている土台を腐らせていたのだ。「分かってる。覚悟してるよ。でも、警察を辞めても刑事ではいられる。小野寺がそうじゃないか」

「そういうことね」冴が私の目を真っ直ぐ覗きこんだ。相変わらず、目に痛いほど美しい。昔に比べて、わずかな柔らかさも混じっていた。刑事時代には決して見せることのなかった表情である。「へこみそうになったらいつでも言って。私は鳴沢の側にいるから。でも、勘違いしないでね。あくまで守護者としてよ」

「守護者? それって、キリスト教の用語じゃないか。俺は宗教なんて信じてない」

「守護者。守る者。何でもいいじゃない。そういう人間がいるっていうことを忘れないで……じゃあね。私は先に帰るから」

踵を返し、冴は自分の車の方に戻って行った。

「小野寺」

呼びかけに一瞬立ち止まる。が、彼女は振り返らずに拳を突き上げた。肩から拳の先まで真っ直ぐに伸びたその線が、凛として崇高な美しさを漂わせる。背筋を伸ばし、一人で歩いて行く女。私がそうさせてしまったのなら。あんな別れ方をしなかったら――一瞬、きつく目を閉じる。インプレッサがタイヤを鳴らして走り去る音を聞いてから目を開け、夜空を見上げた。いつの間にか空は晴れ上がり、南の空にオリオンが輝いている。

6

桜田通りと内堀通りの角にある警視庁の正面入り口は、様々な伝説の宝庫である。有名なのは、ある殺人事件の時効に絡んだものだ。十五年前に捜査本部で事件を担当していて、時効の翌日に定年を迎えることになっていた刑事がそこに立ち尽くし、日付が変わる瞬間を迎えた。百万に一つの可能性で、犯人が自首してくるかもしれないと期待したというのだ。最後まで諦めなかったと褒めるべきなのか、単なる感傷だと切って捨てるべきなのか。初めてこの話を聞いて以来、私はずっと判断を留保している。

この日、私が新たな伝説を加えようとしているのは間違いなかった。

何本も電話をかけ、必要な人間に会い、走り出せる状況を固めるのに、数十時間が必要だった。戸田を確保してから三日目の夕方、私は警視庁の入り口に立ち、呼び出した人物の登場を待っていた。お濠から吹きつける風は冷たく、二本の幹線道路の交わるところに渦巻く排気ガスで鼻がむずむずしてくる。

沢登が出てきた。十メートル先でも頬が引き攣っているのが見える。お供は福江と小滝。福江は喉に白い包帯を巻き、小滝は頭に包帯ネットを被っている。二人とも私を激しく睨みつけたが、目には力がない。睨み返してやると、視線が地面に落ちてしまった。

私と二メートルの距離を置いて立ち止まり、沢登が首をすくめた。コートを着ていないので寒さが身に沁みるのだろう。背筋が曲がり、急に年老いてしまったようにも見える。強い風が一瞬吹き抜け、ぴしっとセットされた髪を乱した。

コートのポケットから両手を出し、背筋を伸ばした。両の手を軽く握り、体の両脇に垂らす。

「何の用だ」

沢登の口調は、冷凍庫から出したばかりのように冷たかった。私は短く敬礼し、すぐに右手を体の脇につけた。沈黙が長引く間に、沢登の体が左右に揺れだす。寒さに耐えるためだけに体を動かしているのでないことは明らかだった。庁舎に出入りする警察官たちが、ちらちらと好奇の視線を浴びせてくる。

「何だ」繰り返す沢登の声に、露骨な苛立ちが混じり始めた。

「ご命令の通りに」

「ああ?」

「戸田を発見しました。これから引き渡します」

沢登が周囲を見回す。釣られて、福江も小滝も左右に視線を送った。

「間もなく、今《こん》がここに連れてきます。それまで少し時間がありますから、お話しさせて下さい」

「話すことはない」

「いえ、聞いていただきます」両の拳をぎゅっと固めた。これから喋る一言一言が、結果的に自分を追いこむことになるかもしれない。だが、覚悟は決まっている。優美は「思った通りにして」と背中を後押ししてから、「お金のことなら心配いらないから」と小声でつけ加えた。勇樹はと言えば、「ずっと家にいるの？」とむしろ嬉しそうだった。今は「私がついてます」と無意味に胸を張った。

　冴からは連絡がない。だが、彼女が背中を見守ってくれていることは意識していた。守護者。

「戸田から全て事情は聴きました」

「ほう」沢登の眉がぴくりと動く。

「今回の件だけでも、あなたたちを刑務所にぶちこむことはできる。覚醒剤の横流しをした堀本を自殺に追いこみ、戸田も殺そうとした。理事官、全てあなたの指示ですね？石動《いするぎ》という名前で私に電話をかけてきたのもあなたでしょう。ずいぶん面倒なことをしたものだ。妨害者と協力者、その両方を演じていたんですからね。それは全て、私たちに自然な流れで戸田を見つけ出させるためだったんですね」

「そんな電話のことは知らない」

「白《しら》を切っても無駄です。通話記録を調べましたよ。でも、それだけじゃなかった。もう少し検事や裁判官の心証を悪くするための材料を提供しますよ」

「何を言ってるのか、さっぱり分からないな。言いがかりはよしてくれ」

「三年ほど前になります。渋谷署の管内で、深江義信《ふかえよしのぶ》という男が射殺されました。暴行と殺人の容疑で逮捕状が出ていた男です。結果は最悪でした。逮捕に抵抗して拳銃を乱射し、刑事を一人殺したんですからね。その時反撃して深江を殺したのが、小野寺冴という女性刑事です。彼女はその事件の後で多摩署に飛ばされて、結局は警察を辞めました」一気に喋って言葉を切り、沢登を睨みつける。「その拳銃を仕こんでいたのも十日会の人間だったんですね」

沢登の顎ががくんと落ちた。認めた、と直感して続ける。

「深江は暴力団と関係のあった人間ですが、一つ大きな問題を抱えていました。暴力的にしか女性と関係できない男だったんです。いくら暴力団と言っても、面倒ばかり起こしている人間を飼っておくことはできないから、結局は切ることになりました。ところが、暴力団担当の組織犯罪対策第四課の刑事――当然十日会の人間です――はその頃、深江を噛ませ犬に使おうとしていたんです。奴の部屋に拳銃を仕こんで弱みを握り、暴力団につながるルートを解明しようとした。当時、深江が関係していた暴力団は、中国人と組んであちこちで乱暴な窃盗事件を起こしていたようですから、それを一網打尽にしようとしたんでしょう。成績を上げるためには悪くない事件だとしても、計画そのものはクソみたいなものです。

ところが所轄が、この刑事の狙いとまったく関係ないところで、婦女暴行事件の関係で深江の逮捕状を取りました。四課の刑事は慌てたでしょうね。もしかしたら深江は、自分の部屋に拳銃があるのに気づいているかもしれない。それが使われたら厄介なことになる、というわけです。それで、所轄の連中に、深江が拳銃を持っていると匿名で警告したんです。まさか、深江の部屋に行って、拳銃を回収することはできませんからね。ところが深江は、自分の部屋に拳銃があることにとうに気づいていた。それで、最悪の事態が起きたんです。刑事を一人射殺されたんですよ？　ここまではいいですね」一気に喋って言葉を切り、三人の顔を順番に見詰める。三人とも、上目遣いに情けない視線を送ってくるだけだった。

「四課の刑事の名前は橋本です」

沢登が、頬を引き攣らせながら私の言葉を否定した。

「それは証明できないな」

「証言があります」

「戸田か？」

「それは、読めば分かります」

「読む？」見る間に沢登の顔が蒼褪め、唇が震え始めた。

「理事官は、新聞はきっちりチェックなさってますよね」

「誰に喋った」押し殺した声が震える。

「私は喋ってません。戸田が自主的に証言したんです。詳しいことは、明日の東日新聞をご覧下さい。内容は私も知らないので」

「貴様、新聞記者との接触はご法度《はっと》だぞ。それぐらい知ってるだろう。警察を裏切るつもりか」

肩をすくめてやった。

「だから、私は一言も喋ってません。戸田も目が覚めたんですよ。自分がやったことがどれほど大変なことだったのか、ようやく分かったんでしょう」

血相を変えて、福江が踵を返す。私が「待て」と怒鳴りつけると、後ろから引っ張られたように動きが止まった。ゆっくりと振り返り、火を吹くような目つきで私を睨みつける。そこに水を吹きかけてやった。

「あんたがばたばた動き回っても輪転機は止まらないよ」

実際には、朝刊の印刷のために輪転機が動き出すのは数時間後である。もちろん、沢登はあらゆる手を尽くして東日に圧力をかけるだろうが、これは東日にとっても決して譲れない特ダネであるはずだ。取材にかかった記者たちは、今頃頭から煙を吹きそうな勢いで記事を書いているだろう。もっとも、私が最初に情報を提供した長瀬は、相変わらず欲のない、淡々とした調子だったが。「特ダネが欲しくないのか」と念押ししてみたが、彼は「いやあ」と苦笑いしながら頭を掻くだけだった。しまいには、「自分の管内の事件だし、仕事だから取材はしますけど、面倒ですね」と言い出す始末である。だからといって、彼を怒る気にはなれなかった。結局は書くだろう、彼が書かなくても、普通の感覚を持った他の記者が聞けば飛びつくはずだ。

戸田からじっくり話を引き出し、裏を取るにはそれなりの時間がかかった。二日間の取材の結果が、第一弾として明日の朝刊に出る。もちろん、それだけでは終わらないだろう。終わって欲しくもなかった。

「身内の話を新聞に持ちこんだのか」

「しつこいですよ、理事官。文句があるなら戸田におっしゃってもらえませんか」私は耳の上の傷跡に指を這わせた。ふだんは痛むことはほとんどないのだが、今日に限ってはわずかに風が沁みるようだ。「いや、文句は自分自身におっしゃったらいいでしょう。あなたたちは、組織のためという名目で、成績を上げるために許されないことを積み重ねてきた。誰かをトップに押し上げるために、金魚のフンみたいに後にくっついて歩くだけなら、私も何も言いません。でも十日会は、ずっと違法な捜査のノウハウを伝え続けてきたんですね。昔の事件も穿《ほじく》り返されるでしょう。これからどうするか、よく考えた方がいい」

「ふざけるな」吐き捨てた沢登の目は血走っていた。「貴様、ただで済むと思うなよ」

「どうぞご自由に。でも、私をどこへ飛ばすかを考えるよりも、まずは自分の身の安全を心配した方がいいんじゃないですか」

「どうも、お待たせしました」

張りのある今《こん》の声に振り向く。傍らには戸田。スーツはよれよれで、コートは紙でできているかのように皺が寄っていた。足取りは覚束なく、今に二の腕を摑まれて何とか 真っ直ぐ立っている。今が背中を押すとよろめきながら二、三歩踏み出し、辛うじて倒れずに踏み止まった。真っ赤な目で沢登をにらみつけたが、視線には力がない。

「やあ、鳴沢。こんなところで何してる」呼びかけられて振り向くと、横山が二人の刑事を引き連れて立っていた。

「横山さん」

「いや、参ったよ」さほど参った様子でもなく横山が言った。「急にややこしい仕事を押しつけられてな。うちの仕事じゃないんだが、応援に駆り出された。これから忙しくなりそうだ」

「どうしたんですか」

「ヤクなんだけどな。恥ずかしいことだが内輪の話で……ここでは詳しく話せないが」

「横山さん、それは……」

私の質問を、横山が首を振って中途で打ち切った。

「また後でな」小さな笑みを浮かべると、そこで初めて沢登に気づいたように眼鏡の奥の細い目を見開く。「おや、沢登理事官じゃありませんか。ちょうどよかった。ちょっとお話を伺いたいんですが、お時間を作っていただけませんかね」

「何だと」沢登が、爪が食いこむほどきつく拳を握り締める。

「ぜひ」うなずきながら言う横山の口調が厳しくなった。「ただちに、です」

「ふざけるな」沢登が、横山に詰め寄ろうとした。顔は真っ赤になり、爆発しそうだ。

今がすっと動いて沢登の前に立ちはだかる。

「どけ」

「申し訳ありませんが、どけません」

「貴様は誰の味方なんだ」

「私は私の味方です」今《こん》がにっと笑った。

「いい加減にしろ。お前らのように傍流の人間に、俺たちの理想が分かってたまるか。どれだけのものを犠牲にしてきたか、分かってるのか？」

「下らないですね」私は吐き捨てた。「組織がそんなに大事なんですか」

「組織がしっかりしているからきちんと仕事ができる。それのどこが悪いんだ」

私は沢登に詰め寄り、正面に立ちはだかった。どちらかが一歩でも踏み出そうものなら、顔がくっつきそうだった。

「諦めなさい。私は十日会を潰そうとは思わないけど、結果として潰れるかもしれない。違法行為を見逃すわけにはいきませんからね。そうでなくても、あなたが切られるかもしれません。組織の最大の目的は、永遠に組織を維持し続けることじゃないですか。そのためには、不要なものは切るでしょう——あなたが堀本や戸田を切ったように。二人を汚れ役にしてあなたたちは安全なつもりだったかもしれないけど、今度はあなたが汚れ役になるんです」

「ふざけるな」

沢登は完全に取り乱していた。私の胸倉を摑み、右手を引いて顔に一撃を食らわせようとする。スローモーションのように顔に近づいてくる拳を待った。ぶつかる寸前に顔を逸らすと、風が耳の上を通り過ぎる。屈みこんで下向きに体重をかけると、胸倉から沢登の手が外れた。素早く腕を引き、右の拳を思い切り胃の辺りに叩きこむ。沢登が膝をつき、体を二つに折って吐き始めた。福江と小滝が跪き、沢登の体に手をかける。顔を上げて私に激しい視線を浴びせかけてきたが、助けを求めているようにしか見えなかった。

横山が眉をひそめる。

「見なかったことにしておくぞ」

「目が悪くなったんですか、横山さん」

「減らず口を叩くな」横山の目が細くなった。口を引き結び、必死に笑いをこらえている。

「失礼します。これで私たちの仕事は終わりですから」

「失礼します」

周囲にとどろく馬鹿でかい声で、今も同調した。二人で並んでゆっくりと桜田通りを歩き始める。これで終わり。そう、この奇妙な男とのコンビもこれで解消だ。今《こん》が、桜田通りに違法駐車していたパジェロの前で立ち止まる。

「じゃあ、私はここで」

「ああ」

「やっちまいましたね、鳴沢さん」にっと口を横に広げて笑ったが、すぐに表情を引き締めた。「まったく、ああいう子どもじみた真似はやめて下さいよ」

「大人になりきれないんでね、俺は」

「何かあったら私も被りますから」

「馬鹿言うな。共倒れなんて意味ないぜ」

「水臭いこと言わないで下さいよ。相棒じゃないですか」

「君が相棒？」私は声を上げて笑った。今は車のルーフに手をかけ、真顔で私を見つめている。私は一瞬目を伏せ、無理に笑顔を作って顔を上げた。「いろいろありがとう」

「何言ってるんですか」

「お疲れ――相棒」

手を振って歩き出す。一度だけ振り返ると、今は同じ姿勢を保ったまま、じっと私を見送っていた。

　十日会が絡んだ事件は、全てとは言わないが明るみに出るはずだ。万が一、明日の朝刊の記事を差し止めることができても、今度は他のメディアが黙っていないだろう。警察の圧力で輪転機が止まれば、義憤に駆られてにしろ、面白がってにしろ、様々なメディアが警視庁を包囲するはずだ。何もないままでは絶対に終わらない。

　だが、自分の取った行動が正しかったかどうか、未だに自信は持てない。

　斜め前に夕日を見ながら、霞《かすみ》ヶ関《せき》の駅に向かってゆっくりと歩く。枯れた桜の木が私を見下ろしていた。

　正しかったのかどうか。判断を下せる人間は一人しかいないような気がした。電話を取り出し、新潟の電話番号をプッシュする。父と話をしよう。病気の話はしない。ただ今回の事件について淡々と説明し、感想を聞いてみるのだ。父は何と言うだろう。「馬鹿者が」と冷たい声で言い放つか、「それが正解だ」と評価してくれるか。電話を耳に押し当て、私は背筋をぴんと伸ばした。

新装版解説

内田俊明

ヒットメーカー堂場《どうば》瞬一《しゅんいち》氏の代表シリーズである「刑事・鳴沢了《なるさわりょう》」が、このたび新装版として刊行されることとなりました。本書『孤狼』は、その第四作にあたります。「新装版」ということでおわかりの通り、このシリーズは、かつて、全十作にて刊行されていたものです。以下に、旧版の、第四作までの書誌をひもといてみます。ついでと言ってはなんですが、私の勤める八重洲ブックセンターの、本店の売上冊数も併記します。（発売から二〇一九年九月までの累計。ただし単行本はすべて品切れ）

第一作『雪虫』単行本　二〇〇一年十二月刊　三〇冊
　旧版文庫　二〇〇四年十一月刊　八九六冊
第二作『破弾』単行本　二〇〇三年二月刊　一八冊
　旧版文庫　二〇〇五年一月刊　五三三冊
第三作『熱欲』単行本　二〇〇三年十月刊　一五冊

旧版文庫　二〇〇五年六月刊　四一六冊
第四作『孤狼』旧版文庫　二〇〇五年十月刊　三八七冊

最近はそうでもありませんが、この当時の文芸作品は、まず単行本が発売され、その後三年程度たってから文庫化されるというのが通常でした。ところが、前記でお気づきかと思いますが、鳴沢了シリーズは、この第四作からは、初めから文庫で刊行されています。堂場氏がまだ新進作家であられたことを思えば、単行本もけっして売れていなかったわけではありませんが、この後、シリーズが十作まで続く人気を博したのは、この第四作から「いきなり文庫本」で刊行され、お客様が買い求めやすくなったからでは、と考えます。事実、第三作の文庫版と第四作の売上冊数は、さほど差がありません。

というわけで、本書『孤狼』は、売る側の書店員としては、ロングシリーズのきっかけとなったという面において、特別な意味のある作品と言えるのです。

堂場作品の「すごさ」について、書店員の立場からもう少し付けくわえます。

文芸書の、書店店頭での最近の傾向を言えば、「生き方の参考になるもの」「感動を与えてくれるもの」が、特に支持されているように思います。それはそれでとても良いのですが、文芸に面白さや興味深さ以外をあまり求めてこなかった身としては、何か寂しさを感じます。「重厚さ」「スリル」「高揚感」という、私が好きな文芸の特徴三点セットのある物語が売れた、ということは、テレビ番組で紹介されたり、映像化されたり、ということでもないかぎり、あまりありません。スリルが生まれるためには、ある程度の暗さ、重さがどうしても必要なので、前述したような最近の傾向の中では、手に取られにくい、ということはあるかもしれません。

読みごたえ満点なのに、売れない、というのは、とても忸怩《じくじ》たるものがあるのですが、そういった心配が全くないのが、堂場瞬一作品です。前述の三点セットを充分すぎるくらいに満たしながら、新作が出るたびにしっかり売り上げもとれる、数少ない作家のひとりが堂場氏なのです。

長く続くシリーズものは、軽い内容でさらりと読めるものが多いのですが、もちろんそこは堂場作品なので、この鳴沢了シリーズにおいても、どの巻でも「重厚さ」「スリル」「高揚感」の三点セットは外していません。

※以下、『孤狼』の内容にふれます。極力ネタバレを避けるつもりで書いてはいますが、「物語に全く先入観を持ちたくない！」という方には、先読みはおすすめしません。読後にお読みください。

ある刑事が変死をとげ、その死の謎の鍵をにぎると思われる別の刑事が行方不明になります。主人公の青山署刑事・鳴沢了は、警視庁の理事官から、行方不明の刑事を捜す特命を帯び、捜索にあたります。所轄《しょかつ》の枠を越えて、鳴沢の相棒を命じられたのは、練馬北署の今敬一郎《こんけいいちろう》。警察官でありながら将来は僧侶《そうりょ》を目指しているという、超・変わり種です。

行方不明の刑事の捜索というメインストーリーだけで、真っ直ぐに突き進んでいく物語展開に、冒頭からぐいぐいと引きこまれます。実直で融通《ゆうずう》のきかない面のある鳴沢に、巨漢で大食いで、僧侶っぽい（？）融通無碍《むげ》な性格の今という相棒が、なぜかぴったり合っているのも実に愉快です。ドス黒く展開していく物語の中で、今のキャラクターは清涼剤的な役割を果たしています。（今敬一郎は、この後もシリーズのどこかで再登場しますので、お楽しみに）

第二作『破弾』で、鳴沢の相棒となった型破り女性刑事の小野寺冴《おのでらさえ》が登場するのも嬉しいところです。単なる再登場ではなく、今回の捜索にがっちりと絡んで、大活躍します。今と小野寺との因縁のある関係にも、注目しながらお読みください。

捜索が進むにつれ、警視庁の、どろどろした暗部がしだいにわかっていきます。そのあまりの醜悪《しゅうあく》さに、さすがの鳴沢も逡巡《しゅんじゅん》します。
「私は何をやっているのだろう。これから暴こうとしていることはあくまで犯罪であり、担当が違うにしても警察官としてはいつも通り処理すればいいだけの話だ。組織もクソも関係ない。当たり前のことなのだが、なぜか胸がざわつく。私は自分の立場を心配しているのだ、と気づいた。腐った場所にいたまま、自分だけは潔白だ、と言い切ることができるのか」（二六二ページ）
　第一作からお読みになってきた方はご承知のとおり、鳴沢は、本来、実直な警察官を全うすることができないほどの、後ろ暗い過去をもっています。それでも、自分の生きる道は警察官しかない、という自負、さらに警察官として鳴沢が優秀であるということが、かえって、彼の中に常にありつづける傷ましさとなっており、それを抱えながらも奮闘しつづける姿には、毎回、大いに胸をうたれます。
　題名の『孤狼』は、誰を指しているのでしょう。それは深いジレンマをもち、いつも心は孤独な鳴沢のことでもあり、不幸な事態ゆえに警察官を辞めざるをえなかった小野寺のことでもあるでしょう。あるいは、本作の中で、警察の組織としてのあり方、その場所での自らのあり方を自問することになるすべての人々が、組織に属していながら、孤独を抱えた狼となっていくのかもしれません。シリーズを通して、そういった傷ましさを背負っていく登場人物たちの、人間としての陰影が、「刑事・鳴沢了」シリーズの最大の魅力だと、私は思います。

次作『帰郷』は、久しぶりに、鳴沢の地元新潟を舞台にした物語となります。恋人である優美《ゆみ》との関係が進展するのかどうかも気になるところです。

最後に、余談をひとつ。

堂場氏には、私の名前を、登場人物に使っていただいたことがあります。堂場氏が作家生活十周年を迎えられた折なので、もう十年くらい前になりますが、周年記念に、氏と書店員の懇親会を、出版社が開催してくださいました。その会の最後におこなわれたビンゴ大会で、「堂場作品への登場権」が当たったのです。鳴沢了シリーズではない別のシリーズでしたが、「実直そうなガソリンスタンドの店長」で登場させてくださいました。ほんのワンシーンだけなので、気づく方はおられないと思いますが、私にとってはまたとない僥倖《ぎょうこう》でしたので、はなはだ個人的な思い出ながら、ここに記しておきます。

（うちだ・としあき　八重洲ブックセンター営業部　書店員）

この作品はフィクションで、実在する個人、団体等とは一切関係ありません。

本書は『孤狼　刑事・鳴沢了』（二〇〇五年十月刊、中公文庫）を新装・改版したものです。

中公文庫

新装版《しんそうばん》
孤《こ》　狼《ろう》
——刑事《けいじ》・鳴沢了《なるさわりょう》

2005年10月25日　初版発行
2020年 4 月25日　改版発行

著　者　堂《どう》場《ば》 瞬一《しゅんいち》

発行者　松田陽三

発行所　中央公論新社
〒100-8152　東京都千代田区大手町1-7-1
電話　販売 03-5299-1730　編集 03-5299-1890
URL http://www.chuko.co.jp/
DTP　ハンズ・ミケ
印　刷　三晃印刷
製　本　小泉製本

Published by CHUOKORON-SHINSHA, INC.
Printed in Japan　ISBN978-4-12-206872-8 C1193

各書目の下段の数字はＩＳＢＮコードです。978－4－12が省略してあります。

中公文庫既刊より

と-25-36
ラスト・コード
堂場瞬一
父親を惨殺された十四歳の美咲は、刑事の筒井と移動中、何者かに襲撃される。犯人の目的は何か？　熱血刑事と天才少女の逃避行が始まった！〈解説〉杉江松恋
206188-0

と-25-43
バビロンの秘文字（上）
堂場瞬一
カメラマン・鷹見の眼前で恋人の勤務先が爆破。彼女が持ち出した古代文書を狙う、ＣＩＡ、ロシア、謎の過激派組織――。世界を駆けるエンタメ超大作。
206679-3

と-25-44
バビロンの秘文字（下）
堂場瞬一
激化するバビロン文書争奪戦。鷹見は襲撃者の手をかいくぐり文書解読に奔走する。四五〇〇年前に記された、世界を揺るがす真実とは？〈解説〉竹内海南江
206680-9

い-127-1
ため息に溺れる
石川智健
立川市の病院で、蔵元家の婿養子である指月の遺体が発見された。心優しき医師は、自殺か、他殺か――。見えていた世界が一変する、衝撃のラストシーン！
206533-8

い-127-2
この色を閉じ込める
石川智健
人食い伝説を残す村で殺人事件が発生。住人の口から上がった容疑者の名は、十年前に死んだ少年のものだった。恐怖度・驚愕度ナンバーワン・ミステリー。
206810-0

た-81-5
テミスの求刑
大門剛明
監視カメラがとらえた敏腕検事の姿。手には大型ナイフ、血まみれの着衣。無実を訴えて口を閉ざした彼に下る審判とは？　傑作法廷ミステリーついに文庫化。
206441-6

た-81-6
両刃《りょうじん》の斧《おの》
大門剛明
未解決殺人事件の犯人が殺された。容疑者は十五年前に娘を殺された元刑事。事件の裏に隠されたあまりに悲しい真実とは。慟哭のミステリー。文庫書き下ろし。
206697-7